Elli C. Carlson
Finde mich, wo der Regenbogen endet

AF178008

Das Buch

»Die Liebe macht keine Hausbesuche. Du musst ihr schon entgegengehen.«
Die Pension Sturmnest, die seit Jahrzehnten im Familienbesitz
der Larsens ist, steckt in der Krise, und Anni hat alle Hände voll
zu tun, ihr Leben und das ihrer Familie endlich wieder in ruhigere
Gewässer zu steuern. Doch Brodershöveds neuester Bewohner, der
reiche IT-Investor Sten Ohlsen, macht es ihr nicht gerade leicht, und
so scheinen die Tage des alten Familienhotels gezählt. Aber so schnell
geben die Frauen der Familie Larsen nicht auf!
Hilfe bekommt Anni von dem Meeresforscher Hauke, der in
dem kleinen Ort ein Walmuseum eröffnen will. Zudem stellt sich Sten
bei der Rettung des Hotels als gefährlich charmanter Typ heraus, der
zwar keine Ahnung von Tourismus hat, aber Anni unbedingt für sich
gewinnen will …

Die Autorin

Elli C. Carlson lebt und arbeitet in Berlin und hat unzählige
Drehbücher fürs Fernsehen geschrieben. Seit sie 2016 ihren ersten Roman veröffentlicht hat, kann sie nicht mehr damit aufhören.
Humorvolle, emotionale und spannende Liebesgeschichten haben es
ihr angetan. Happy End garantiert. Inspiration findet sie meist auf
ausgedehnten Spaziergängen mit ihren beiden spanischen Streunern
oder ganz entspannt bei einem Cappuccino, vorzugsweise in einem
kleinen Strandcafé an der schönen Ostseeküste.

Elli C. Carlson

Finde mich, wo der REGENBOGEN endet

Roman

 Montlake

Deutsche Erstveröffentlichung bei
Montlake, Amazon Media EU S.à r.l.
38, avenue John F. Kennedy, L-1855 Luxembourg
November 2020
Copyright © der deutschsprachigen Ausgabe 2020
By Elli C. Carlson
All rights reserved.

Umschlaggestaltung: bürosüd München, www.buerosued.de
Umschlagmotiv: © Reinke Fox/ Shutterstock;
© Mama Belle and the kids/ Shutterstock; © FotoYakov/ Shutterstock;
Lektorat und Korrektorat: VLG Verlag & Agentur, Haar bei München,
www.vlg.de
Gedruckt durch:
Amazon Distribution GmbH, Amazonstraße 1, 04347 Leipzig /
Canon Deutschland Business Services GmbH, Ferdinand-Jühlke-Straße 7,
99095 Erfurt /
CPI books GmbH, Birkstraße 10, 25917 Leck

ISBN 978-2-49670-427-3

www.montlake.de

Für
Alby El Feliz,
der uns in stürmischen
Zeiten das Glück brachte

Anneke

Es gibt Momente im Leben, da fragt man sich, was wohl auf dem eigenen Grabstein stehen sollte, wenn man nun das Zeitliche segnet. Das mag Ihnen etwas morbide erscheinen, wenn man mitten im Leben steht und der Tod noch in weiter Ferne liegt. Aber man kann ja nie wissen, und da ist es doch besser, auf alles vorbereitet zu sein. Womit wir auch schon bei meinem Motto wären:

»Es ist immer gut, einen Plan zu haben.«

Im Pläne machen bin ich nämlich gut. Das war ich schon immer. Schon im Kindergarten, als ich meinen späteren Mann im Alter von vier Jahren davon überzeugte, mir sein Laufrad zu überlassen, weil es einfach die ansprechendere Farbe hatte. Als er es mir widerstandslos übergab, stand für mich fest, dass wir beide prima zusammenpassten und eine Heirat zwangsläufig der nächste Schritt unserer Beziehung sein musste. Wir würden eine Familie gründen, ein Haus nebst großem Garten besitzen und einen unglaublich wohlerzogenen, nichthaarenden Familienhund haben. Natürlich würden wir beide arbeiten gehen (was genau, war eigentlich egal), ein Vermögen verdienen und die Anerkennung und Bewunderung unserer kleinen Brodershöveder Dorfgemeinschaft genießen. Später dann würde ich zur ersten Bürgermeisterin gewählt werden und das kleine Dorf mit Weitsicht und Milde durch bewegte Zeiten führen. Von Prinzessinnen habe ich nie viel gehalten. Ich wollte die Königin sein.

Es war ein wirklich guter Plan, und ich habe ihn mit der Präzision eines Schweizer Uhrwerks abgearbeitet, wie man so schön sagt. Mir wäre nie in den Sinn gekommen, dass irgendetwas daran nicht genau so in Erfüllung gehen sollte. Was ich dabei nicht bedacht hatte, war, dass die Überlebenschancen des Ehemannes bei einem Unfall mit einem hundertdreißig Stundenkilometer schnellen Speedboot äußerst schlecht sind. Was mich mit vierunddreißig zur Witwe machte. Auch etwas, was so nicht in meinem Lebensplan vorgesehen war.

Nach dem Schock kam die Trauer, den einen Menschen in meinem Leben verloren zu haben, der immer an meiner Seite gewesen war, mit dem ich den Stürmen des Lebens trotzen konnte. Es war ein schreckliches Gefühl. Und vielleicht war es ganz gut, dass es nicht so lange anhielt. Wenn man nämlich kurz nach dem Tod des Mannes erfährt, dass er die letzten Jahre sehr erfolgreich damit verbracht hatte, das Familienunternehmen finanziell an die Wand zu fahren, einen mit einem Schuldenberg von der Höhe des Mount Everest zurücklässt, man plötzlich mittellos auf der Straße steht und kein Dach mehr über dem Kopf hat, dann ist das die beste Trauertherapie, die man sich vorstellen kann. Zum Trauern hat man nämlich keine Zeit. Allerdings ist es auch das Einzige, was daran gut ist.

Seitdem bin ich mit dem Plänemachen etwas vorsichtiger geworden. Wenn Sie mich also heute fragen, was ich mir auf dem Grabstein wünsche, dann wäre meine Antwort vermutlich die: »Shit happens«.

Und das ist nicht ironisch gemeint.

KAPITEL 1

»Nur damit wir uns richtig verstehen, Anni – wenn dich deine Chefin das nächste Mal bittet, deine Meinung für dich zu behalten, dann tust du genau das. Du behältst deine Meinung für dich!«

Liv ließ ihre angestaute Wut an dem abgewetzten Lenkrad des altersschwachen Jeep Wrangler aus.

»Verdammt noch mal!«

Ich zuckte bei dem Geräusch zusammen, das ihre flache Hand auf dem alten Leder verursachte, als sie sauer dagegenhaute.

»Konntest du nicht einfach die Klappe halten?«

Der Kopf meiner Mutter erschien zwischen den Rücklehnen der Vordersitze und sie blickte stirnrunzelnd von meiner Schwester zu mir.

»Ich denke, wir sind unser eigener Chef.«

Liv verdrehte nur die Augen, und ich hörte sie unterdrückt fluchen.

»Das war unser größter Auftrag, Mama!«

»Vielleicht überlegt sie es sich bis morgen ja anders.« Ich beschloss, die offensichtliche Tatsache, dass wir gerade einen unserer lukrativsten Auftraggeber verloren hatten, so gut es ging zu ignorieren und stattdessen ein wenig Optimismus zu verbreiten.

»Weißt du, wie schwer es ist, auf die Schnelle noch Reinigungskräfte für den Zimmerservice zu bekommen? Die Saison hat gerade angefangen, und alle anderen sind komplett ausgebucht. Das hat mir Silke erzählt, von den *Putzperlen*.«

Silke und ihre Schwiegermutter betrieben seit einer halben Ewigkeit ihren Putz- und Hausmeisterservice in unserem kleinen Ferienort an der Ostsee und ihre genaue Kenntnis des Dorfklatsches war legendär.

Meine Mutter auf der Rückbank des Wagens nickte zustimmend. »Anni hat recht. Ich kann mir nicht vorstellen, dass Madame Ich-weiß-alles-besser ab morgen selbst den Putzlappen in die Hand nimmt.«

»Das mag ja sein, aber falls euch das noch nicht aufgefallen sein sollte: *Madame* wird sich vermutlich eher in einem Putzeimer ertränken, als ausgerechnet uns zu bitten, den Zimmerservice wieder zu übernehmen. Glaubt mir, diese Frau ist nicht nur arrogant, die ist auch verdammt zäh.«

Meine Mutter schnaufte kurz auf. »Stimmt auch wieder.«

Einen Moment herrschte bedrücktes Schweigen im Inneren des Wagens, der uns noch nicht einmal gehörte. Jewe, mein angehender Schwager, hatte ihn uns zur Verfügung gestellt, damit wir zu all den weitläufig verstreuten Ferienwohnungen, Häusern und Hotels kommen konnten, die wir mit unserem neu gegründeten Familienunternehmen anfahren mussten, seit wir unseren Lebensunterhalt mit dem Schrubben von Badezimmern und verkrusteten Herdplatten verdienten.

Er hatte etwas schlucken müssen, als ich in großen rosafarbenen Lettern den Schriftzug »Sauber und Sorglos – Reinigungsdienst Larsen« auf den Seitentüren des Wagens angebracht hatte, nebst Telefonnummer, um unser noch junges

Unternehmen bekannt zu machen. Protestiert hatte er nicht. Er mochte meine Schwester wirklich sehr.

Liv blickte mich auffordernd an und zog dabei provozierend die Augenbrauen hoch.

»Also, Madame Ich-weiß-alles-noch-viel-viel-besser? Was machen wir denn jetzt?«

Livs Frage war verständlich. Allerdings musste ich zugeben, dass ich diese Frage nun wirklich nicht mehr hören konnte. In den vergangenen zwölf Monaten schien es nämlich nur diese eine beherrschende Frage in meinem Leben zu geben. Seit dem Tag, an dem ich den leblosen Körper meines Mannes auf der Seebrücke gesehen und überraschend klar realisiert hatte, dass nun nichts mehr so sein würde, wie es einmal gewesen war.

Ich war nicht zusammengebrochen, hatte nicht vor seelischem Schmerz aufgeschrien oder mich in Tränen aufgelöst. Ich hatte einfach das gemacht, was man tun musste, wenn man die Mutter zweier Teenager-Töchter ist, einen familieneigenen Hotelbetrieb leitet (der, nebenbei bemerkt, äußerst erfolgreich lief) und nun dafür Sorge trägt, dass der tote Ehemann ein würdevolles Begräbnis erhält. Es hatte wirklich gut funktioniert, wenn ich mal die irritierten Blicke meiner Familienmitglieder außen vor ließ, die sich verwundert darüber zeigten, wie gut ich diese Tragödie meisterte. Die Wahrheit war, dass ich schlicht und ergreifend unter Schock stand. Und da schafft man schon mal die erstaunlichsten Dinge.

Vermutlich wäre es so weitergelaufen, wenn ich nicht am Abend des Begräbnisses am Esstisch meiner Luxus-Einbauküche festgestellt hätte, dass unsere Probleme weitaus größer waren, als es mir bis dahin bewusst gewesen war. Thies, die große Liebe meines Lebens, wie man so schön sagt, wenn man sich bereits im Kindergartenalter ineinander verknallt hat, war nämlich ein wirklich schlechter Aktienspekulant gewesen und hatte unser Vermögen an der Börse verzockt. Und noch ein wenig mehr.

Ohne dass ich auch nur den Hauch einer Ahnung davon gehabt hatte. Was vermutlich nicht gerade ein positives Bild auf meine Ehe wirft. Davon abgesehen, waren wir so pleite, dass selbst ein osteuropäisches Inkassounternehmen sich an uns die Zähne ausgebissen hätte.

Alles, was danach kam, ging wahnsinnig schnell. Keine drei Monate später gehörte das Sturmnest irgendeinem Investor aus Hamburg, der vermutlich aus purer Langeweile und weil er einfach nicht wusste, was er mit seinem ganzen Vermögen sonst noch anstellen sollte, unser altehrwürdiges Familienhotel für einen mehr als annehmbaren Preis ergattert hatte.

Eine neue Hotelleitung brachte er gleich mit, was mir einerseits recht war. Mein Sturmnest als Angestellte zu führen, hätte ich nicht ertragen können. Den Investor bekam ich gar nicht erst zu sehen, das regelten alles der Insolvenzverwalter und die Banken unter sich. Auch die kleine, wunderschöne Einliegerwohnung unter dem Dach, die eigentlich meiner Mutter gehörte, kam unter den Hammer. Immerhin war ich am Ende dieser drei Monate mehr oder weniger schuldenfrei. Allerdings auch arbeits- und obdachlos.

Ich zog mit meinen beiden Töchtern und meiner Mutter in eine etwas in die Jahre gekommene ehemalige Fischerkate, die vermutlich in den späten Sechzigern des vergangenen Jahrhunderts das letzte Mal renoviert worden war. Das Bad in einem schrillen Orange ließ jedenfalls darauf schließen. Im Winter zog es gewaltig durch die Fenster, und wir verbrachten die kalten Monate an der schleswig-holsteinischen Küste, die um diese Jahreszeit recht rau sein konnte, durchweg in dicken Fleecejacken und Thermostrümpfen, um die Heizkosten für das kleine Backsteinhaus nicht in astronomische Höhen zu treiben. Und uns trotzdem keine Frostbeulen zu holen.

Eigentlich gab es nur zwei Dinge, die an unserem neuen Heim annehmbar waren. Es war etwas abseits zwischen windschiefen Fliederhecken nah an der Küstenlinie gelegen und dazu wirklich klein und völlig verwinkelt. Was sich alles in allem positiv auf die Heizkosten auswirkte. Zudem konnte man sich prima aus dem Weg gehen und in irgendeine Ecke zurückziehen, wenn man mal ungestört sein wollte. Der zweite Grund war die unschlagbar günstige Miete. Vermutlich wäre außer mir auch niemand auf die Idee gekommen, auch nur einen Cent dafür zu bezahlen, dass man sich in der heruntergekommenen Hütte den Tod holte.

Um die Inneneinrichtung unseres neuen Heims musste ich mir zum Glück auch keine Sorgen machen. Die Möblierung stammte noch aus seinem früheren Leben als Ferienhaus und der Siebzigerjahre-Charme der abgenutzten Möbel hatte einen gewissen Retroschick. Mit ein wenig Optimismus betrachtet. Meine Luxusküche und all die anderen liebgewonnenen Designerstücke meines ehemaligen Zuhauses waren ebenfalls dem Insolvenzverwalter zum Opfer gefallen. Was ich tatsächlich nicht weiter schlimm fand. Den riesigen Smart-TV mit Soundbar, auf den Thies bestanden und den er vermutlich mehr als mich geliebt hatte, hätten wir in unserem kleinen Heim sowieso nicht mehr unterbringen können. Jule und Clara schauten ihre Videos viel lieber auf ihren Handys oder dem Tablet, und die meiste Zeit verbrachten sie damit, sich in ihrem winzig kleinen Dachzimmer in ihren Betten einzukuscheln und sich durch das neueste Angebot von YouTube oder TikTok zu zappen.

Ich hätte mir auf der Ausziehcouch im Wohnzimmer, das nun mein Schlafzimmer war, auch gerne die Decke über den Kopf gezogen und die nächsten Jahre im Tiefschlaf verbracht. Leider kam das für mich nicht infrage. Der altersschwache Kühlschrank füllte sich nämlich nicht von allein und ich musste zusehen, wie ich nun Geld verdienen konnte.

Ich bewarb mich auf so ziemlich jede Stelle im Hotelgewerbe im Umkreis von hundert Kilometern mit der immer gleichen Absage: »Saisonbedingt sind keine Neueinstellungen möglich«. Ich könne es ja im nächsten Frühjahr wieder versuchen. Dass wir bis dahin möglicherweise verhungert wären, schien niemanden zu interessieren. Also fing ich als völlig unterbezahlte Aushilfskraft bei den großen Discountern an, die vor den Toren der nächstgrößeren Kreisstadt ihre Filialen hatten und eigentlich ständig jemanden suchten, der die Regale auffüllen konnte. Ein Job, der meist Schülern vorbehalten war, die dringend ihr Taschengeld aufbessern mussten. Neben ihnen kam ich mir mit Mitte dreißig steinalt vor.

Die Arbeit entsprach nicht ganz meinen beruflichen Qualifikationen und war geistig nervtötend. Aber immerhin hatte ich genug Zeit, mir einen Plan für mein restliches Leben zu überlegen. Dass ich in absehbarer Zeit wieder ein Hotel leiten würde, das nicht gerade am Ende der Welt lag, war mir ziemlich schnell klar (ich hatte kurz in Erwägung gezogen, eine Stelle in Hamburg bei einer dieser Hotelketten für Geschäftsreisende und Städtetouristen anzunehmen, war aber am Veto meiner Töchter gescheitert: »Haaaamburg?! Niiiiemals!«). Und so stand zu Beginn der Frühjahrssaison ein neuer Businessplan: Ich würde in ein Gewerbe einsteigen, bei dem eigentlich immer Personalmangel herrschte. Und bei dem sich die Investitionen auf reine Manpower und den Kauf von Reinigungsmittel im günstigen Fünfliterkanister beschränkten. »Sauber und Sorglos« war geboren.

Die meisten Vermieter der Ferienwohnungen und Häuser in unserer Region vermieteten ihre Immobilien zwar gerne an die zahlreichen Touristen aus dem ganzen Land. Deren Dreck wollten jedoch die wenigsten gerne wegmachen. Was durchaus verständlich war. Die Feriengäste benahmen sich in ihrem Urlaub nämlich so, wie sie sich daheim vermutlich

14

nie benommen hätten, und hinterließen nach ihren kurzen Gastspielen Müllberge und Schmutz in den Wohnungen, die jedem Freiluft-Rockfestival alle Ehre gemacht hätten.

Da meine Mutter ebenfalls ziemlich knapp bei Kasse und Liv als Tauchlehrerin an der Ostsee auch eher unterbeschäftigt war, stiegen sie bei der Unternehmensgründung kurzerhand mit ein. Außerdem konnte etwas moralische Unterstützung in den schweren Zeiten nicht schaden. Statt also das Sturmnest, das fast hundert Jahre lang im Besitz unserer Familie gewesen war, zu leiten, wie es die Familientradition vorgeschrieben hätte, schwangen die Larsen-Frauen nun die Putzlappen. Was kurzzeitig das Tagesgespräch in unserem kleinen, idyllischen Küstendorf gewesen war.

Die Brodershöveder teilten sich dabei in zwei Lager auf. Die einen betrachteten mich und meine Familie mit einer gewissen Häme. Immerhin hatten wir bis vor Kurzem das erfolgreichste Hotel der Region besessen, und ich muss selbstkritisch zugeben, dass es mich etwas arrogant hatte werden lassen. So im Nachhinein betrachtet. Man sah also mit Wohlwollen meinem gesellschaftlichen und beruflichen Abstieg zu und stimmte hinter vorgehaltener Hand dem vielzitierten Spruch »Hochmut kommt vor dem Fall« zu.

Ich versuchte, sie so gut es ging zu ignorieren. Was mir wesentlich leichter fiel als meiner Mutter, die, ohne auch nur eine Sekunde zu zögern, dem Verkauf ihrer Einliegerwohnung zugestimmt hatte, um meine Schulden auf ein erträgliches Maß zu schmälern, sie nun aber schmerzlich vermisste. Sie versuchte, es vor mir zu verbergen, aber an der Art und Weise, wie sie sehnsüchtig auf unser Sturmnest blickte, wenn wir daran vorbeifuhren, sprach Bände.

Meinen beiden Töchtern ging es nicht anders. Allerdings besaßen Clara und Jule nicht das Feingefühl meiner Mutter und erinnerten mich bei jeder passenden und unpassenden

Gelegenheit daran, was ihre völlig inkompetenten Eltern aus ihrer Sicht so alles verbockt hatten. Kinder können ganz schön gemein sein, ganz besonders die eigenen.

Die andere Hälfte der Brodershöveder Dorfgemeinschaft hatte Mitleid mit unserer Familie. Und sie versuchte zu helfen, wo sie helfen konnte. Unseren ersten Großauftrag bekamen wir daher von der Ferienvermietung Stüwe, die zwei Dutzend Objekte im Angebot hatte und deren Chef vor mehr als dreißig Jahren in meine Mutter verknallt gewesen war. So wie es aussah, war er es noch immer. Meine Mutter war allerdings nicht gewillt, ihre Meinung über den alten, stets etwas miesepetrigen Stüwe zu ändern und gab ihm weiterhin einen Korb.

Hauke, der zum Freundeskreis meiner Schwester gehörte, und als Umweltbeauftragter der Kreisverwaltung einen guten Draht zum Bürgermeister hatte, vermittelte uns die Reinigung von zwei Grundschulen und einer Kita, was ebenfalls Geld in unsere Kasse spülte. Nach drei Monaten waren wir mit Aufträgen so weit versorgt, dass wir halbwegs über die Runden kamen. Bis zu dem denkwürdigen Moment vor etwas weniger als einer Stunde, in dem ich, wie Liv treffend festgestellt hatte, einfach nicht meine Klappe halten konnte.

»Die Apfelrosen hinterm Haus blühen bestimmt schon.«

Meine Mutter stieß hinter mir auf der abgewetzten Rückbank einen Seufzer aus und blickte etwas wehmütig durch die Seitenfenster, die leicht beschlagen waren, auf das Sturmnest. Ich kurbelte mein Fenster herab, um etwas von der frischen Seeluft, die über die Klippen hoch zu dem Parkplatz wehte, hereinzulassen.

»Glaub ich nicht.« Ich blickte mich um und sah sie dann mitleidig an. »Hast du gesehen, was sie mit dem Garten

16

angestellt hat? Die Wildrosenhecke ist dermaßen gestutzt, dass sie die nächsten fünf Jahre nicht mehr blüht.«

Liv schenkte mir einen ihrer unnachahmlichen Seitenblicke.

»Na, da bin ich aber froh, dass du dich gerade nur über das unzureichende Frühstücksbüfett beschwert hast. Und nicht auch noch über die Rosen.«

»Das war nicht unzureichend, das war eine Katastrophe. Unsere Gäste sind hochwertige, regionale Produkte gewöhnt. Die wollen keinen Plastikkäse aus dem Supermarkt.«

»Nur sind unsere Gäste nicht mehr *unsere* Gäste, sondern *ihre* Gäste.«

Ich wollte etwas erwidern, doch Liv brachte mich mit einer Handbewegung zum Schweigen.

»Wie auch immer – vielleicht hätte sie sogar auf dich gehört, wenn du diese dusselige Käsediskussion unter vier Augen mit ihr geführt hättest. Und nicht mitten im Frühstücksraum vor den Gästen.«

Nun, da war was dran, das musste ich meiner Schwester lassen. Andererseits hatte es mich schon seit Wochen geärgert, dass Sabine Warendorf, die bestimmt noch keine dreißig war und das Hotel als »Managerin« führte, die Verträge mit sämtlichen regionalen Zulieferern gekündigt hatte. Nachdem sie versucht hatte, die Preise auf ein Niveau zu drücken, das unsere Biobauern niemals akzeptieren konnten. Jedenfalls nicht, wenn sie nicht pleitegehen wollten. Frau Warendorf ließ sich daher nach diesen schwierigen Verhandlungen lieber von den großen Discountern beliefern, was zwar den Einkaufspreis drückte, aber erheblich auf Kosten der Qualität ging.

Nun gab es Aufbackbrötchen aus China, weil die Brötchen der Landbäckerei Ohlrogge (die besten nördlich von Lübeck) ganze fünf Cent teurer waren und Frau Warendorf und ihrem Chef im fernen Hamburg vermutlich die Bilanz versauten. So konnte man doch kein Hotel führen, wie ich fand. Und das hatte ich ihr heute früh, gleich, nachdem ich mit den ersten Zimmern fertig gewesen war, auch mitgeteilt. Ungefragt, wie Liv treffend meinte.

Es war tatsächlich nur um Käse gegangen. Zumindest in den ersten Minuten, eskalierte dann allerdings in eine Richtung, die schließlich zu unserem Rausschmiss führte. Frau Warendorf fand meinen Hinweis auf ihr mangelhaftes Management für eine Reinigungskraft reichlich anmaßend. Dass ich das Hotel in jahrelanger harter Arbeit zur besten Herberge an der Kieler Bucht gemacht hatte, schien sie nicht wirklich zu interessieren.

»Vielleicht kann uns Hauke ja noch eine Schule oder die Gemeinde-Kita vom St. Josef besorgen. Ich habe gehört, die sind sehr unzufrieden mit dem Putzdienst.«

Liv warf mir erneut einen Seitenblick zu, und ich bereute meine Worte umgehend.

»Hauke hat uns schon mehr Aufträge besorgt, als gut für ihn ist. Die Leute beginnen schon, darüber zu reden.«

»Was soll es darüber zu reden geben?«

Ich sah überhaupt nicht ein, dass ich wegen Haukes Hilfsbereitschaft ein schlechtes Gewissen haben sollte.

»Er ist eben wirklich sehr nett.«

Liv tauschte über den Rückspiegel Blicke mit meiner Mutter, die sich vorausschauend mit einem Kommentar zurückhielt.

»Der Arme ist total verknallt in dich, Anni. Und du nutzt das schamlos aus.«

»Wenn schon, dann nutzen *wir* das aus.«

Ich starrte zum Seitenfenster hinaus, damit Liv meinen Gesichtsausdruck nicht sehen konnte.

»Es geht schließlich um das wirtschaftliche Überleben unserer Familie. Denn soweit ich weiß, habt ihr beide auch nicht gerade Superjobs und das Geld fließt bei euch in Strömen. Unsere kleine Putzfirma hält uns *alle* über Wasser.«

18

Der Kopf meiner Mutter erschien wieder zwischen den Vordersitzen.

»Vielleicht sollten wir einfach das Thema wechseln, Kinder. Und darauf hoffen, dass Frau Warendorf es sich noch einmal anders überlegt. Ich könnte morgen mit meinem Apfelkuchen vorbeischauen und mich für den kleinen Streit entschuldigen.«

Livs Seufzer hätte man vermutlich bis an die dänische Küste hören können.

»Ach, Mama …«

»Was denn?«

Bevor Liv ihre Skepsis weiter ausführen konnte, griff ich ein.

»Wenn sich einer entschuldigt, dann ich.«

Ich sah die beiden entschlossen an.

»Morgen. Allerdings ohne Apfelkuchen. Der ist viel zu schade für die arrogante Schnepfe.«

»Vielleicht solltest du Mama lieber mitnehmen.« Liv schien von meinem Plan nicht besonders überzeugt zu sein.

»Deine Entschuldigungen neigen dazu, sich nicht ganz nach Entschuldigungen anzuhören.«

»Ich werde mir besonders viel Mühe geben.« Ich schenkte ihr ein ironisches Grinsen. »Und du könntest ruhig ein wenig optimistischer sein. So schlecht gelaunt kenne ich dich gar nicht.«

Bevor Liv protestieren konnte, deutete ich auf die Straße, die vor uns lag.

»Jetzt sollten wir machen, dass wir zu Stüwe kommen. Da reisen die Gäste nämlich heute Nachmittag an, und es wäre ganz schön blöd, wenn wir dann immer noch rumputzen würden.«

Liv stieß erneut einen hörbaren Seufzer aus und startete kommentarlos den Motor, der nach einem halben Dutzend Fehlversuchen stotternd zu laufen begann. Einmal mehr fiel mir

19

auf, wie sehr ich doch meinen cremeweißen Mercedes GLK 350 mit Startautomatik vermisste.

Mit einem Gurgeln soff der Motor wieder ab, als Liv die Zündung stoppte.

»Was ist?«

Ich sah sie angestrengt nach vorn auf den Kiesweg starren, als hätte sie eine Erscheinung.

»Noch was vergessen?«

Sie schüttelte den Kopf.

»Ich glaub, ich …« Sie löste hektisch ihren Sicherheitsgurt und riss die Tür auf, um ein paar Schritte hinter dem verblühenden Forsythienstrauch zu stolpern, der am Straßenrand stand. Dann übergab sie sich.

Besorgt blickte ich zu meiner Mutter auf der Rückbank, die das Geschehen mit Interesse verfolgte.

»Ich hoffe, Liv wird jetzt nicht krank. Das können wir uns im Augenblick wirklich nicht leisten.«

»Krank würde ich das nicht nennen.«

»Wie denn dann?«

Es brauchte drei Sekunden, bis auch bei mir der Groschen fiel. Ich starrte Liv sprachlos an, die sich in leicht gebückter Haltung den Bauch hielt und versuchte, wieder zu Atem zu kommen.

»Bei dir hab ich es damals auch sofort gewusst.«

Meine Mutter beugte sich wieder vor und beobachtete Liv durch die geöffnete Fahrertür mit leichter Besorgnis.

»Ich frage mich, ob es bei ihr auch Zwillinge werden.«

Kapitel 2

Das kleine Backsteinhaus war erfüllt vom lautstarken Streit zweier kreischender Teenager, als ich am späten Nachmittag unser windschiefes Heim betrat. Liv hatte mich am Feldweg rausgelassen und sich gemeinsam mit unserer Mutter auf den Weg nach Freistadt gemacht, um sich dort möglichst anonym in einer Apotheke einen Schwangerschaftstest zu besorgen. Sie hasste es noch immer, Mittelpunkt des Dorfklatsches von Brodershöved zu werden. Was unweigerlich passiert wäre, wenn sie in der einzigen Apotheke unseres Ortes einen Test gekauft hätte. Davon abgesehen, hatte sie die Erkenntnis, dass ihre schlechte Laune und die gelegentliche Übelkeit womöglich nicht von einem empfindlichen Magen herrührten, sondern ganz andere Ursachen haben könnten, den Rest des Tages sehr wortkarg gemacht. Ich hatte mich mit Kommentaren ebenfalls zurückgehalten. Allerdings fand ich das Timing fürs Kinderkriegen in unserer Familie nicht sehr gelungen.

»Clara! Jule!« Ich stellte die riesige Tasche mit schmutzigem Bettzeug und Handtüchern (wir übernahmen gegen Aufpreis auch den Wäschedienst) in der schmalen Diele ab und ging direkt in die kleine Küche, in der meine Töchter gerade lautstark miteinander stritten. »Geht's auch ein bisschen leiser? Man kann euch bis zur Seebrücke streiten hören!«

»Dann erklär du ihr mal, dass sie die Finger von meinem Handy lassen soll!«

Jule funkelte mich sauer an. In ihren hellen Augen, die meinen sehr ähnlich waren, glitzerten Tränen der Wut.

»Mein Gott, nun hab dich nicht so.« Clara verdrehte die Augen auf eine Art und Weise, wie es nur zwölfjährige Mädchen hinbekommen, die dabei sind, die Grenze zur Pubertät zu überschreiten, um damit ihre Eltern in den Wahnsinn zu treiben.

»Ich musste nur mal kurz was checken. Auf Insta.« Sie lehnte lässig an der verschrammten Keramikspüle und zuckte gleichmütig mit den Schultern. »Mein Handy ist ja uralt. Und der Akku war alle.«

»Du lügst!«

Jule, die acht Minuten älter war als ihre Zwillingsschwester und die bis vor Kurzem noch sehr stolz darauf gewesen war, die Vernünftigere der beiden zu sein, hatte von der Hektik rote Flecken im Gesicht. Was ziemlich eindeutig ein Zeichen dafür war, wie groß ihre Empörung sein musste. Sie wandte sich von Clara ab, und ich erkannte in ihrem Blick pure Verzweiflung.

»Die blöde Kuh spioniert mir nach!«

Eine leise Alarmglocke begann in meinem Kopf verhalten ihre Arbeit.

»Hat sie denn einen Grund, dir nachzuspionieren?« Ich versuchte, möglichst uninteressiert zu klingen, während ich meine Jacke auszog und sie über die Stuhllehne hängte. Aus den Augenwinkeln sah ich, wie Clara mit leichtem Triumph im Blick zu grinsen anfing, während Jule noch eine Spur röter wurde und beschämt die Augen niederschlug.

»Nein ... gar nicht .... «

Sie war schon immer eine miese Lügnerin gewesen.

Ich blickte zu Clara, die mich ansah, als hätte sie das Geheimnis des ewigen Lebens entdeckt, wäre allerdings nicht bereit, es zu teilen.

»Okay.«

Ich deutete auf den kleinen Küchentisch mit seiner abgenutzten orangefarbenen Resopalplatte (Orange war die beherrschende Farbe in diesem Haus, sehr zu meinem Leidwesen.) und forderte sie auf, sich zu setzen.

»Wir klären das jetzt ganz in Ruhe.«

Clara verdrehte wieder genervt die Augen und kam sehr widerstrebend meiner Aufforderung nach.

»Können wir nicht vorher essen. Ich habe Hunger.«

Es war mal wieder typisch, dass die beiden das Mittagessen nicht angerührt hatten.

»Warum habt ihr euch nichts warm gemacht? Steht doch alles im Kühlschrank.«

Clara sah mich an, als hätte ich von ihr verlangt, die Kieler Bucht zu durchschwimmen. Mitten im Winter.

»Früher haben wir uns nie was warm machen müssen.«

Sie hatte diesen nörgeligen Ton an sich, der einen in weniger als drei Sekunden zur Weißglut bringen konnte.

»Da war immer alles fertig, wenn wir aus der Schule kamen.«

»Ich kann nun mal nicht mehr daheim arbeiten, Clara.« Insgeheim bewunderte ich mich, für den ruhigen und beherrschten Klang meiner Stimme, obwohl ich im Innern kurz vorm Explodieren war. »Das haben wir doch schon geklärt.«

Sie lachte nur bitter auf. »Na ja, du hast uns vor vollendete Tatsachen gestellt. Klären geht ja wohl anders.«

Ich zählte innerlich bis zehn und ging nicht weiter auf ihre Provokationen ein. Ich wusste nur zu gut, wo das sonst enden würde. So oft wie in den vergangenen Monaten hatte ich mich in den zwölf Jahren, die die Zwillinge nun schon auf der Welt waren, nicht mit ihnen in den Haaren gehabt. Und dabei waren sie wirklich sehr nervige Kleinkinder gewesen, die mich und Thies nächtelang wachgehalten hatten. Mit einem aufmunternden Lächeln, von dem ich hoffte, dass es nicht überzogen war, wandte ich mich an Jule, die mit gesenktem Kopf am Tisch saß und nervös mit einer weißblonden Haarsträhne spielte, die ihr ins Gesicht hing.

»Warum glaubst du denn, dass Clara dir hinterherspioniert?«

Sie zuckte nur mit den Schultern und vermied es, mich anzusehen.

»Gibt's da irgendetwas, was ich wissen sollte?«

Sie schüttelte den Kopf und ließ dabei die Haarsträhne nicht los.

Clara hatte sich auf ihrem Stuhl zurückgelehnt, die Arme vor der Brust verschränkt, und quittierte die Antwort ihrer Schwester mit einem ironischen Lächeln.

Als sie meinen fragenden Blick erhaschte, zuckte sie nur mit den Schultern. Was wohl so viel wie »Frag mich bloß nicht« heißen sollte.

Der Tag war anstrengend genug gewesen und ich warf einen verstohlenen Blick auf die altmodische Küchenuhr, die an der Wand hing. Heute war Dienstag und ich hatte noch eine weitere Schicht im Anker vor mir, in dem ich zweimal die Woche als Bedienung aushalf. Dienstag war Schnitzeltag in der ältesten Kneipe von Brodershöved, und die Hälfte des Dorfes verzichtete an diesem Tag aufs Kochen und ließ sich lieber von Willy kulinarisch verwöhnen. Dafür ließen sie ordentlich Trinkgeld springen, und das hatte uns in den letzten Monaten schon oft über die Runden gebracht.

»Okay. Wenn ihr jetzt nicht darüber reden wollt, dann belassen wir es dabei. Aber dann hört auf, euch zu streiten. Und deckt lieber den Tisch. Ich muss in einer Stunde wieder los.«

Mürrisch kamen die beiden meiner Aufforderung nach, während ich zum Kühlschrank ging und den mediterranen Gemüseeintopf (ein hervorragendes Resteessen und preislich unschlagbar) herausholte.

Clara nahm nicht gerade enthusiastisch die Teller aus dem Schrank, um sie etwas lieblos auf dem Tisch zu verteilen. »Wo steckt eigentlich Oma?«

»Sie ist noch mit Tante Liv nach Freistadt gefahren.«

»Na, super!« Sie hörte augenblicklich mit dem Tischdecken auf, verschränkte erneut voller Empörung die Arme vor der Brust und zog theatralisch eine Schnute. »Die hätten uns wenigstens fragen können, ob wir nicht mitwollen! Ich war seit Ewigkeiten nicht mehr shoppen.«

Wobei sie das Wort Ewigkeit so künstlich in die Länge zog, als hätte sie noch nie in ihrem Leben eine Einkaufsstraße gesehen.

Jule schenkte ihrer Schwester den Blick einer Professorin, die bedauerlicherweise ihren minderbemittelten Studenten das einfachste Grundlagenwissen beibringen muss. »Was vermutlich daran liegt, dass wir fürs Shoppen echt keine Kohle mehr haben.«

»Du kannst ja gerne hierbleiben.«

Bevor der Streit wieder eskalieren konnte, griff ich vorsorglich ein.

»Wir fahren nächste Woche in die Stadt. Ihr könnt euch ein paar T-Shirts für den Sommer aussuchen, okay?«

Das schien Clara zu besänftigen. Wenigstens ein bisschen, und sie fuhr mit dem Tischdecken fort. »Ich brauche auch neue

Chucks. Die vom letzten Sommer kann ich auf keinen Fall mehr anziehen. Das geht gar nicht.«

»Solange sie nicht auseinanderfallen, geht's schon noch eine Weile.«

Ich sah sie mahnend an. »Und bitte verschon mich jetzt mit einem Vortrag über die neuesten Trendfarben, Clara.«

Sie verdrehte kurz die Augen und kniff beleidigt die Lippen zusammen. Ich beschloss, ihre Trotzreaktion zu ignorieren und es mit Humor zu versuchen. »Schon mal was von Fridays-for-Future gehört, mein Schatz? Nachhaltigkeit steht ganz oben auf der Liste.«

»Hahaha ... ich lach mich tot.« Clara schenkte mir einen bitterbösen Blick. »Jule ist die Ökotussi! Die würde ja auch im Müllbeutel rumlaufen. Vorausgesetzt, der ist nicht aus Plastik.«

Bevor Jule etwas erwidern konnte, nahm ich den Eintopf vom Herd und stellte ihn auf den Tisch.

»So – und damit ist auch diese Diskussion beendet.« Ich schenkte meinen Töchtern ein zuckersüßes Lächeln. »Wie war's denn in der Schule?«

Als Antwort bekam ich ein überraschend synchrones Stöhnen. Zumindest darin waren sie sich noch immer sehr ähnlich.

Eine Stunde später stand ich schon wieder in der Diele und machte mich für meine Abendschicht im Anker fertig. Clara und Jule stritten sich in der Küche um den Abwasch. Seit wir keine ultramoderne Spülmaschine mehr besaßen, mussten sie sich eigenhändig darum kümmern. Es machte ihnen zwar keinen Spaß, war aber immerhin besser als Badputzen. Vor diese Alternative hatte ich sie nämlich gestellt, sollten sie den täglichen Küchendienst verweigern. Einen Augenblick dachte ich daran, wie privilegiert meine Töchter bis vor einem Jahr gewesen waren, als sie das Wort Hausarbeit nur vom Hörensagen kannten. Thies hatte die beiden in ihrer Freizeit lieber in den Segelklub geschickt oder zum Klavierspielen verdonnert.

»Ich will, dass ihr spätestens um zehn im Bett seid«, rief ich ihnen von der Haustür aus zu, und der Streit verstummte für einen kurzen Moment. »Und versucht erst gar nicht, Oma zu überreden, noch länger aufbleiben zu dürfen.«

Die darauffolgende Stille interpretierte ich als mürrische Zustimmung. Ich würde erst nach Mitternacht wieder daheim sein. Die Schnitzelabende im Anker waren eine sehr gesellige Angelegenheit.

»Wir sehen uns beim Frühstück.«

Dann schwang ich mich auf das alte Hollandrad meiner Mutter, das in den letzten Monaten bei Wind und Wetter mein treuer Begleiter geworden war, wenn ich mich auf den Weg ins Dorf machen musste.

Die Luft war mild und es wehte eine leichte Brise von der Ostsee über den alten Klippenweg, der zwischen der mit zerzausten Wildrosenbüschen bewachsenen Steilküste und den Feldern direkt ins Zentrum von Brodershöved führte. Die Maisonne ging malerisch über den sanft geschwungenen Hügeln der weiten Landschaft unter und tauchte die leuchtend gelben Rapsfelder in ein Meer aus orangerotem Licht. Das sanfte Rauschen der Wellen unten am Strand mischte sich mit dem Knirschen des Kieses unter den Rädern meines Fahrrads und dem trillernden Abendgesang der Feldlerchen. Die Rapsblüten verströmten ihren süßlichen Duft, und über meinem Kopf kreiste ein Schwarm geselliger Sturmmöwen, die sich vom Wind hoch in den Himmel tragen ließen.

Für einen Moment genoss ich diese ganz besondere Idylle eines milden Frühsommerabends an der Ostseeküste. Seit ich auf den Luxus eines Oberklassewagens verzichten musste und auch nicht mehr dreizehn Stunden am Tag ein erstklassiges Familienhotel am Laufen hielt, bekam ich tatsächlich wieder Gelegenheit, die Schönheit meiner Heimat wahrzunehmen. Wann ich angefangen hatte, sie als Selbstverständlichkeit hinzunehmen und ihr keine Aufmerksamkeit mehr zu schenken, weiß ich gar nicht mehr. Dabei hatte ich als Kind und selbst noch als Teenager die Hotelgäste meiner Eltern mit akribisch vorbereiteten Vorträgen über die Naturschönheiten der Ostseeküste erfreut. Gut, mein Taschengeld konnte ich damit ebenfalls aufbessern, umsonst waren meine Vorträge schließlich nicht. Aber wenn ich ehrlich war, dann hatte es mir einfach einen Riesenspaß gemacht, mich in die Vorbereitung zu stürzen und in sämtlichen Büchern unserer kleinen Dorfbibliothek nach den Sehenswürdigkeiten und Besonderheiten unseres Landstrichs zu suchen.

Thies hatte daran kein Interesse gehabt. Er beschäftigte sich lieber mit seinem Laser, einer Einhandjolle, die er zum elften Geburtstag geschenkt bekommen und die er auf den Namen *Bandit* getauft hatte. Er hatte unbedingt die norddeutsche Jugend-Segelmeisterschaft damit gewinnen wollen. Als das nicht so richtig klappte, stieg er mit sechzehn auf das Motorboot seines Vaters um. Und entdeckte den Rausch der Geschwindigkeit. Was Jahrzehnte später dazu führte, dass wir mit der *Red Pearl* das schnellste Speedboot der Kieler Bucht unser Eigen nennen durften, welches Thies das Leben kosten sollte. Vielleicht sollte ich die Erinnerung an ihn und sein unglückseliges Hobby lieber beiseiteschieben. Noch immer machte sich ein Gefühl unbändiger Wut auf ihn und seine Unvernunft in meinem Inneren breit. Was hatte er sich nur dabei gedacht, mich und seine beiden Töchter in einem Meer aus Trauer, Chaos und wirtschaftlichem

Ruin versinken zu lassen, und unwiderruflich aus unserem Leben zu verschwinden?

Das laute Hupen eines Autos, das mit quietschenden Reifen eine Vollbremsung hinlegte und mit schlingernden Bewegungen knapp an meinem Vorderrad vorbeizog, riss mich aus meinen Gedanken.

Ich war im Begriff, den kleinen Küstenweg zu verlassen und auf die breite Hauptstraße von Brodershöved einzubiegen. Was mir nicht weiter aufgefallen war. Dem Fahrer des schicken, schneeweißen und ziemlich futuristisch anmutenden SUVs wohl schon, der mich fast touchiert hatte. Nur seiner schnellen Reaktion war es zu verdanken, dass ich nicht direkt vor der mächtigen Motorhaube gelandet war. Was mit Sicherheit alles andere als gut für mich ausgegangen wäre.

Für Sekunden setzte mein Herz vor Schreck aus und ich hielt abrupt an. Der Wagen war einige Meter von mir entfernt ebenfalls zum Stehen gekommen. Durch die verdunkelten Scheiben konnte ich die Insassen nicht erkennen, vermutete allerdings, dass sie in diesem Moment alles andere als gut auf mich zu sprechen waren. Ich erwartete mit schlechtem Gewissen, dass die Fahrertür aufging und sich eine wütende Schimpftirade über das allgemein gedankenlose Verhalten der Radfahrer und von mir im Besonderen über mich ergießen würde. Doch nichts geschah. Schließlich erloschen die roten Bremslichter des Wagens, und der Wagen setzte seinen Weg fast geräuschlos fort.

Mit einer gewissen Anerkennung nahm ich zur Kenntnis, dass mich fast ein Tesla X das Leben gekostet hatte. Kein Wunder, dass ich ihn nicht hatte kommen hören, und einen Moment fragte ich mich, wer in unserem Dorf wohl einen solchen Elektro-Luxusschlitten fuhr, bis mir auffiel, dass es sich wohl eher um einen Feriengast aus Hamburg handeln musste, bei dem Nummernschild. Nach drei tiefen Atemzügen, die meine zitternden Knie beruhigten, setzte ich schließlich meinen Weg fort, diesmal mit der nötigen Aufmerksamkeit. Schließlich sollte man sein Glück nicht zu oft herausfordern.

»Du hast gleich drei Tests gemacht?« Ich sah Liv ungläubig an. »Noch auf dem Gästeklo vom Kaufhaus Stolz?«

»Schschsch ….« Meine Schwester hielt sich einen Zeigefinger an die Lippen und sah mich mahnend an. »Geht's auch ein bisschen leiser? Oder willst du, dass es gleich ganz Brodershöved erfährt?«

Sie sah sich vorsichtig um. Der Geräuschpegel in der alten Dorfkneipe hatte mittlerweile eine Lautstärke erreicht, die es notwendig gemacht hätte, ein Megafon zu benutzen, um sich Gehör zu verschaffen. Ihre Vorsicht war daher völlig übertrieben, wie ich fand.

Der Abend war schon fortgeschritten und Willy hatte in der Küche vor zehn Minuten den Herd abgestellt. Ich hatte unzählige Teller mit Schnitzeln in den phantasievollsten Variationen zu den Tischen gebracht und stand nun hinter der Theke, um die unzähligen Biere zu zapfen, die man wohl trinken musste, wenn man die Fleischberge, die Willy unter Schnitzel verstand, halbwegs verdauen wollte. Liv saß auf einem der Barhocker und beugte sich verschwörerisch über den Tresen. Sie hatte unsere Mutter heimgebracht und war dann direkt zu mir in den Anker gekommen. In ihren dunklen Augen erkannte ich eine Mischung aus ungläubigem Staunen, freudiger Erregung und grenzenloser Panik. Meine kleine Schwester war tatsächlich schwanger, und ihre hilflose Reaktion darauf ließ mich alle Streitigkeiten zwischen uns im Nu vergessen. So abgeklärt und weltgewandt, wie Liv normalerweise war, mit den alltäglichen Gegebenheiten des Lebens schien sie so ihre Probleme zu haben.

»Ich fass es nicht.« Sie starrte mich mit großen Augen an. »Ich krieg ein Kind.«

»Nun.« Ich musste lächeln. »Das soll vorkommen, wenn man wilden, leidenschaftlichen Sex mit seiner großen Jugendliebe hat und gar nicht mehr aus dem Bett kommt.«

Ich reichte ihr ein Glas Orangensaft. »Wenn du mich also fragst, wie das passieren konnte, dann hau ich dich. So wie früher.«

Mein Sexleben sah nämlich im Gegensatz zu ihrem alles andere als erfüllend aus. Und das war auch schon der Fall gewesen, bevor mich das Schicksal zur Witwe gemacht hatte.

Liv stieß einen hörbaren Seufzer aus und nippte an dem Saft.

»Habt ihr denn schon darüber gesprochen? Du und Jewe?«

»Nicht so richtig.«

Ich sah sie fragend an. »Nicht so richtig?«

»Na, eher theoretisch. Wie das wohl wäre, wenn wir noch ein Kind hätten. Oder zwei. Jette hält uns ganz schön auf Trab, wenn sie da ist.«

Jette war Jewes kleine Tochter, die er aus seinem früheren Leben mit einer wirklich netten Meeresbiologin in die Beziehung zu meiner kleinen Schwester gebracht hatte. Die drei verstanden sich prima, und ich war in den letzten Monaten mehr als einmal erstaunt darüber gewesen, wie gut Liv mit einer Sechsjährigen umgehen konnte. Die Entwicklung ihrer beiden Nichten von kleinen, schreienden Babys über nervende Kleinkinder hin zu nörgelnden Teenagern hatte sie nämlich verpasst. Sie trieb sich lieber jahrelang am anderen Ende der Welt herum und war erst vor einem Jahr zurück nach Brodershöved gekommen.

»Dann hat Jewe noch keine Ahnung, was ihn erwartet.« Es war keine Frage, eher eine Feststellung. »Hast du ihn heute überhaupt schon gesprochen?«

Liv schüttelte den Kopf. »Er ist mit Hauke und Inken und jemandem vom meeresbiologischen Institut aus Kiel den

31

ganzen Tag draußen. Sie wollen die neuen Sommertouren für die Beobachtung der Schweinswale festlegen.« Sie schien in Gedanken weit weg zu sein. »Inken steigt jetzt auch mit ein. Bis zum Sommer will sie ihr Boot umbauen.«

Ich blickte interessiert auf.

»Das ist ja großartig. Davon hast du gar nichts erzählt.«

»Ist auch ganz neu.« Sie sah mich wieder an und ihr Blick wurde aufmerksamer. Mit kaum zu verbergendem Stolz brachte sie mich auf den neuesten Stand der Dinge. »Jewe hat so viele Anmeldungen für seine Touren, dass er den Leuten nur noch absagen kann. Also hat er so lange auf Inken eingeredet, bis sie zugestimmt hat. Sie wollen gemeinsam eine kleine Firma gründen.«

Ich nickte beeindruckt. Jewe Jaspers, der verschrobene Einzelgänger, den alle für verrückt gehalten hatten, als er mit seinen Walbeobachtungstouren anfing, hatte sich zu einem erfolgreichen Geschäftsmann entwickelt. Ohne dabei seinen Charme und seine Liebenswürdigkeit einzubüßen.

»Das freut mich für ihn. Und auch für Inken. Sie haben sich den Erfolg hart verdient.«

Liv atmete tief durch und nippte wieder an ihrem Saft. »Wir hatten überlegt, noch einen kleinen Tauchshop aufzumachen, so als Zubrot im Sommer. Mit geführten Tauchtouren und Kursen.«

Livs große Leidenschaft war das Tauchen, und auch wenn unsere Gewässer nicht gerade für ihre bunten Korallenriffe berühmt waren, wollte sie in Brodershöved nicht darauf verzichten.

»Geht das überhaupt? Schwanger sein und tauchen?« Ich stellte die gezapften Biere auf ein Tablett.

»Eben nicht. Ist viel zu gefährlich für das Baby.«

Ich erkannte die Besorgnis in ihrem Blick.

»Warst du die letzten Wochen denn draußen?«

32

Sie sah mich ernst an und nickte. »Letztes Wochenende erst. Mit Hauke. Wir haben nach Geisternetzen gesucht.«

»Okay, aber jetzt stehst du munter und gesund vor mir. Und schwanger. Also wird mit dem Baby bestimmt alles in Ordnung sein.«

Sie nickte zaghaft und wich meinem Blick aus. Ich legte ihr die Hand auf den Arm. »Du machst morgen sofort einen Termin bei Frau Doktor Lorenz. Du wirst schon sehen, dir und dem Kind geht's gut. Wir Larsen-Frauen sind zäh.«

Sie lächelte verhalten. Ich deutete auf das Tablett in meinem Arm. »Bin gleich wieder da. Nicht weglaufen.«

Damit eilte ich zu den Tischen, um die Getränke zu servieren, auf die unsere Gäste schon sehnlichst warteten. Mit dem automatischen Lächeln der routinierten Servicekraft stellte ich die Getränke ab und war in Gedanken noch immer bei Liv und ihren Problemen. Wobei man ehrlicherweise sagen muss, dass Schwangersein, in einer glücklichen Beziehung zu stecken, sich mit Heiratsplänen herumzuschlagen und dazu noch ein florierendes Unternehmen zu besitzen, alles andere als ein Problem war. Wenn man da mal meine Situation als Vergleich hinzunahm.

»Hey! Hallo! Sie da!«

Die Stimme klang ungeduldig. Ich drehte mich um und schaute in das etwas mürrisch dreinblickende Gesicht eines Gastes, der allein an einem Zweiertisch unter dem Fenster saß.

»Würden Sie wohl die Freundlichkeit besitzen, meine Bestellung aufzunehmen?« Die Stimme des Gastes tropfte vor Ironie. »Um ehrlich zu sein, warte ich nämlich schon eine Ewigkeit darauf.«

Das war zwar maßlos übertrieben, aber egal. Er musste hereingekommen sein, als ich mit Liv gesprochen hatte und konnte bestimmt noch nicht länger als zehn Minuten dort sitzen. Ich setzte mein professionelles Ich-bin-die-Ruhe-selbst-Lächeln auf.

»Natürlich. Was darf ich Ihnen bringen?«

Er zog etwas arrogant die Augenbrauen hoch. »Wie wäre es zum Beispiel mit der Karte?«

Der Typ ging mir ein wenig auf die Nerven. Er mochte etwa in meinem Alter sein, machte in Jeans, T-Shirt und Turnschuhen einen lässigen Eindruck und besaß die arrogante Ausstrahlung eines Großstädters, der es gewohnt war, in irgendwelchen Szenekneipen umgehend bedient zu werden. Er war ganz offensichtlich Tourist und musste wohl heute erst angekommen sein. Seine Haut war blass, und unter den Augen hatte er dunkle Schatten, so weit man das unter der riesigen Hornbrille, die er auf der Nase trug, erkennen konnte. Er sah aus wie einer dieser hippen Start-up-Typen, die aus Hamburg oder Berlin hoch zu uns an die Küste kamen, um ein wenig Frischluft zu tanken und denen Sylt zu spießig war. Auf alle Fälle machte er den Eindruck, als würde er die meiste Zeit seines Lebens lieber in geschlossenen Räumen verbringen.

»Ich würde gerne etwas essen. Haben Sie frischen Fisch?«

Ich schüttelte den Kopf. »Tut mir leid, dienstags gibt's bei uns nur Schnitzel.«

Er sah mich erstaunt an. »Aha …«

»Und das leider auch nur bis zwanzig Uhr. Danach ist die Küche geschlossen.«

Er zog wieder ungläubig die Augenbrauen hoch. »Sie nehmen mich auf den Arm, oder?«

Ich schüttelte erneut den Kopf. »Nein.«

»Es gibt nichts mehr zu essen? Ab zwanzig Uhr?«

»Richtig. Wir sind erst in der Vorsaison. Da kommen eigentlich nur die Einheimischen zum Essen. Und die müssen am nächsten Tag früh raus. Nach acht nehmen sie Lebensmittel nur noch flüssig zu sich.«

Er sah mich noch immer so an, als müsste er prüfen, ob ich ihm nicht gerade die größte Lüge auftischte, die er sich vorstellen konnte.

»Okay …« Er kratzte sich nachdenklich im Nacken. »Ich hab schon den halben Ort nach einem Restaurant abgesucht. Die hatten alle zu.«

Ich nickte. »Ruhetag. Wenn Willy seine Schnitzel macht, haben die anderen sowieso keine Chance.«

Er blinzelte mich ein paarmal ungläubig an, und ich bekam tatsächlich etwas Mitleid mit ihm.

»Passen Sie auf, ich kann Ihnen unsere Fischfrikadellen bringen. Die sind hausgemacht und wirklich gut. Allerdings kalt. Und ich kann schauen, ob noch Salat oder Bratkartoffeln in der Küche übrig sind.«

Er überlegte einen Moment und nickte dann.

»Das … das wäre sehr freundlich von Ihnen.« Nach einem kurzen Moment fügte er ein »Vielen Dank« hinzu und schaffte es sogar, so etwas wie ein Lächeln auf seine schmalen Lippen zu zaubern.

Ich lächelte zurück. »Gern geschehen. Dazu würde ich Ihnen unser Hausbier empfehlen. Kommt direkt vom Fass und das trinkt hier eigentlich jeder gern.«

»Okay.«

Der Mann schien sehr erleichtert zu sein, nicht verhungern zu müssen, und nahm meine Vorschläge nun kommentarlos an. Ich nickte ihm knapp zu und eilte wieder zu Liv, die noch immer am Tresen saß und mit ihrem Smartphone hantierte. Sie blickte kurz auf, als sie mich sah.

»Jewe kommt noch vorbei. Mit Inken.« Sie lächelte etwas anzüglich. »Und Hauke.«

Ich stöhnte verhalten auf. Sie sah mich verständnislos an. »Was passt dir denn an Hauke nicht? Du hast selbst gesagt, er ist nett.«

»Ja, ist er auch. Sehr nett sogar. Und sehr jung.«

Ich rief kurz Willy in der Küche zu, dass er einen Teller mit Fischfrikadellen und irgendeiner Beilage, die er noch übrig hatte, fertig machen müsse, bevor ein Gast vor Hunger auf unserer Türschwelle zusammenbrechen würde. Dann widmete ich mich wieder dem Zapfhahn.

Liv beobachtete mich währenddessen stumm.

»Was denn?« Ich sah sie genervt an.

»Du tust so, als wäre Hauke gerade dem Kindergarten entwachsen.«

»Was mich betrifft, ist er das auch. Wie alt er ist noch mal? Neunzehn, zwanzig?«

Ich wusste natürlich genau, wie alt Hauke war.

Liv sah mich empört an. »Hauke ist fast dreißig!«

Genau genommen war er siebenundzwanzig. Und damit fast zehn Jahre jünger als ich. Was ihn als potenziellen Partner für was auch immer meiner Meinung nach komplett aus dem Rennen warf. Auch wenn ich zugeben musste, dass mir bislang in meinem Leben kein attraktiverer, liebenswürdiger und zudem noch intelligenterer Siebenundzwanzigjähriger über den Weg gelaufen war. Ich kannte mindestens ein halbes Dutzend Frauen, die beim Anblick dieses smarten Meeresbiologen weiche Knie bekamen und umgehend eine Flirtoffensive starteten. An Hauke schien das abzuperlen wie an Teflon. Der arme Kerl schien keine Ahnung davon zu haben, wie anziehend er auf das andere Geschlecht wirkte. Vielleicht interessierte es ihn aber auch einfach nicht. Selbst meine Mutter bekam dieses seltsame Glänzen in den Augen, wenn er bei uns auftauchte.

»Wie auch immer, Liv. Hauke ist nett und das ist auch schon alles. Hör auf, die Kupplerin zu spielen. Aus dem Alter sind wir beide nämlich längst raus.«

Sie schnitt eine Grimasse, die wenig schmeichelhaft war, zog es dann aber vor, das Thema nicht mehr weiter auszuführen.

Willy kam aus der Küche zu uns hinter die Bar und reichte mir einen Teller mit Frikadellen. Er hatte eine ordentliche Portion Kartoffelsalat daneben platziert, der ebenfalls hausgemacht und dementsprechend legendär war.

»Wer will denn so spät noch was essen?«

Er sah mich verständnislos an. Ich deutete auf den ungeduldigen, einsamen Gast, der sich über sein Smartphone gebeugt hatte, darauf herumwischte und den Trubel in der Gaststätte um sich herum komplett auszublenden schien.

Willy brummte kurz. »Hab mir schon gedacht, dass das ’n Touri ist.«

Damit verabschiedete er sich wieder in seine Küche, um dort klar Schiff zu machen.

Als ich kurz darauf dem Mann sein Essen und das Bier brachte, blickte er irritiert auf, um die Frikadellen und den Salat skeptisch zu mustern.

»Keine Angst, der Kartoffelsalat ist hervorragend und ebenfalls hausgemacht. Normalerweise kriegen den nur Willys Stammgäste.«

Er schaute mich wieder mit diesen hochgezogenen Augenbrauen an und hinter den dunkelbraunen Augen sah ich es angestrengt arbeiten. Er fragte sich wohl ernsthaft, ob meine Freundlichkeit nicht vielleicht doch daher rührte, dass ich ihm irgendetwas Unaussprechliches unter sein Essen gemischt hatte.

»Okay …« Er nippte vorsichtig an dem Bier. In seine Augen trat ein überraschter Ausdruck. Und er nahm einen größeren Schluck. »Das ist gut!«

»Soll ich Ihnen noch eins bringen?«

Zum ersten Mal hatte sein Lächeln nichts Zynisches an sich. »Gerne.«

Keine fünf Minuten später betraten Jewe, Inken und Hauke den Anker und wurden von den anderen Gästen freundlich und anerkennend begrüßt. Jewe war im vergangenen Jahr so etwas wie der heimliche Held von Brodershöved geworden, der mit neuen, innovativen Ideen unserem kleinen Küstendorf neuen Schwung verliehen hatte. Nun, Liv war an der Entwicklung nicht ganz unschuldig gewesen. Jewe schien nur darauf gewartet zu haben, dass Liv wieder in sein Leben trat, um das Beste aus sich herauszuholen. Das Gleiche galt auch für Liv, die nach all den Jahren des Herumvagabundierens endlich ihren Platz im Leben gefunden zu haben schien. Seitdem hatte sich auch unser Verhältnis merklich gebessert und ich hatte angefangen, auf die Ratschläge meiner jüngeren Schwester zu hören. Vorausgesetzt, sie hatten nichts mit meinem Liebesleben zu tun. Da ließ ich mir besser von niemandem reinreden. Erst recht nicht von jemandem, für den die Liebe eine romantische Herausforderung war.

Noch bevor Jewe zu uns an den Tresen kam, sah Liv mich beschwörend an. »Lass dir nichts anmerken, okay. Ich will es ihm zu Hause sagen, wenn wir allein sind.«

Sie blickte sich kurz um in dem überfüllten Raum. »So, wie ich Jewe kenne, führt er sonst einen Freudentanz auf, und dann weiß es gleich das ganze Dorf.«

Da war durchaus etwas dran. Ich nickte ihr knapp zu und verschloss in einer symbolischen Geste meine Lippen mit einem Fingerzeig.

Im nächsten Moment standen die drei auch schon bei uns am Tresen.

»Moin, Anni.«

Jewe nickte mir knapp zu und nahm Liv in den Arm, um sie sanft auf den Mund zu küssen. Einen Augenblick blickte er sie an und runzelte die Stirn. »Alles okay bei dir?«

Eins musste man ihm lassen, er kannte Liv wirklich so gut, dass ihm jede kleinste Veränderung in ihrem Verhalten sofort auffiel. Auch wenn meine kleine Schwester sich große Mühe gab, es zu verbergen.

»Alles bestens.«

Sie grinste ihn breit an. »Okay, vielleicht gibt es da eine winzige Kleinigkeit, aber das erzähle ich dir später. Nicht hier.«

Jewe runzelte noch immer die Stirn und blickte fragend zu mir. Ich schenkte ihm mein fröhlichstes Lächeln. »Nur so viel, es hat nichts mit Sauber und Sorglos zu tun und deinem Jeep geht's auch großartig.«

Hauke setzte sich auf einen Hocker neben Jewe und winkte mir freundlich zu.

»Hey, Anni.«

Inken tat es ihm nach, und ich stellte drei Bier vor sie auf den Tresen.

»Ich nehme mal an, das könnt ihr gebrauchen. Hat alles geklappt mit den neuen Touren?«

Jewe nickte und legte stolz den Arm um Inken, die bereits an ihrem Bier nippte.

»Wir haben alle Genehmigungen für den Sommer. Und darf ich dir meine neue Partnerin vorstellen? Inken und ihre *Seenixe* sind jetzt offiziell Teil der Brodershöveder Walbeobachtungsflotte.«

Inken verzog etwas das Gesicht. »Das hört sich so an, als wolltest du ein Riesenunternehmen draus machen. Langsam kriege ich Angst.«

Sie grinste, als sie das sagte. Mir erschienen Jewes Expansionspläne allerdings nicht so abwegig. Er und Liv hatten durchaus das Talent und vielleicht auch den Ehrgeiz, in den kommenden Jahren etwas Großes aus der ganzen Sache zu machen.

In der nächsten Viertelstunde bekam ich eine ausführliche Beschreibung der neuen Walbeobachtungstouren und des Umbaus von Inkens altem Fischkutter, den Jewe und Hauke bereits detailliert geplant hatten. Ich beobachtete die drei mit einer gewissen Wehmut und erinnerte mich daran, wie Thies und ich damals die Renovierung unseres Hotels in Angriff genommen und dem Sturmnest zu neuem Glanz verholfen hatten. Es war eine glückliche Zeit gewesen, und ich hatte damals nicht eine Sekunde daran gezweifelt, dass ich mit ihm in unserem Haus alt und grau und sehr erfolgreich werden würde. Es war keine zehn Jahre her und doch erschien es mir, als wäre es in einem anderen Leben gewesen. Was es, in gewissem Sinne, auch war. Wenn ich mir mein aktuelles Leben so anschaute.

»Alles okay mit dir, Anni?«

Haukes Stimme riss mich aus meinen Gedanken. Er sah mich aus seinen grünen Augen besorgt an.

Ich beschloss, nicht weiter an die Vergangenheit zu denken. »Ja, natürlich. Alles bestens.«

Sein Blick sprach Bände, und er glaubte mir vermutlich kein Wort. »Wenn es irgendetwas gibt, was ich für dich tun kann, dann sag Bescheid.«

»Danke, Hauke. Mir geht's gut. Wirklich.«

Ich wollte gerade neue Getränke in den Gastraum bringen, als mir tatsächlich etwas einfiel, was Hauke für uns tun konnte, und ich hielt inne.

»Weißt du, da gibt es vielleicht wirklich eine Sache, bei der ich deine Hilfe gebrauchen könnte.«

Ich lächelte ihn lieb an, was einem bei Hauke nicht besonders schwerfiel. Im Nacken spürte ich den mahnenden Blick von Liv, als ich fortfuhr.

»Ich habe gehört, die Kita vom St. Josef ist total unzufrieden mit ihrer Reinigungsfirma …«

»Anni!«

Das war Liv und ich sah sie unschuldig an. »Was denn?«

»Vergiss die Kita, Hauke.«

Liv stellte sich demonstrativ zwischen mich und Hauke und fuhr damit fort, meine Pläne zunichtezumachen. »Wir haben genug Aufträge und du hast genug mit dem Umbau von Inkens Kutter zu tun.«

Liv drehte sich zu mir um und warf mir einen mahnenden Blick zu. Dann wandte sie sich wieder an Hauke.

»Aber weißt du, was Anni wirklich guttun würde? Nächste Woche ist die Saisoneröffnung an der Seebrücke und Anni will nicht mit, weil sie keine männliche Begleitung hat. Dabei wäre es echt mal an der Zeit, dass sie hier rauskommt. So gestresst, wie sie ist.«

Hauke fing augenblicklich an zu strahlen. »Kein Problem. Ich bin dabei.«

Liv lächelte mich triumphierend an und wusste genau, dass ich Hauke jetzt keinen Korb mehr geben konnte.

»Prima. Wir werden eine Menge Spaß haben.« Sie zwinkerte mir zu, und ich war einen Augenblick verführt, ihr ihren Orangensaft über den Kopf zu schütten.

Stattdessen lächelte ich nur zuckersüß zurück. Mir würde schon etwas anderes einfallen, um ihre Verkupplungsversuche zu unterbinden.

»Äh, 'tschuldigung …«

Liv und ich fuhren herum. »Was?!«

Die Larsen-Schwestern ließen sich nicht gerne unterbrechen, wenn sie etwas zu klären hatten.

Vor uns stand der einsame Gast und machte den Eindruck, sich gern in Luft auflösen zu wollen. »Sorry, ich wollte nicht stören …«

»Nein, schon gut. Mir tut es leid.« Ich setzte wieder mein Servicelächeln auf. »Womit kann ich Ihnen helfen?«

Er hielt seine Brieftasche hoch. »Ich würde gerne zahlen.«

»Natürlich, kein Problem.« Ich druckte den Bon aus. »Ich hoffe, Sie waren mit dem Essen zufrieden.« Ich sah ihn freundlich an. »Auch wenn es nicht ganz das war, was Sie erwartet hatten, nehme ich an.«

»Die Frikadellen waren wirklich sehr gut, danke für den Tipp.« Ein breites Grinsen erschien auf seinem Gesicht und das verlieh ihm eine Attraktivität, die ich bei ihm gar nicht erwartet hätte.

Ich reichte ihm die Rechnung und er bezahlte in bar, wobei er ein wirklich üppiges Trinkgeld springen ließ.

»Danke. Sehr freundlich von Ihnen.«

Der Blick, mit dem er mir in die Augen sah, war einen kurzen Moment zu lang, um völlig bedeutungslos zu sein. Dann riss er sich mühsam zusammen, nickte knapp und verabschiedete sich. Ohne sich noch einmal umzublicken, verließ er den Anker, und ich sah ihm stirnrunzelnd hinterher.

»Dass der sich hier blicken lässt, hätte ich auch nicht gedacht.«

Vier neugierige Augenpaare richteten sich auf Inken, die meine Unterredung mit dem Gast aufmerksam verfolgt hatte. Sie sah uns fragend an.

»Was denn? Wisst ihr nicht, wer das war?«

Wir schüttelten übereinstimmend den Kopf.

»Müssen wir das wissen?« Das war Liv, die ähnlich ratlos war wie ich.

Inken nahm einen Schluck von ihrem Bier und konnte sich ein breites Grinsen nicht verkneifen.

»O Mann, ihr kriegt vom Dorfklatsch aber auch gar nix mit.«

Mit einem Kopfnicken deutete sie auf die Tür des Gastraums, durch die der Mann gerade den Gastraum verlassen hatte.

»Das war Sten Ohlsen. Der Mann, dem jetzt euer Sturmnest gehört.«

KAPITEL 3

»Ich hab ja gedacht, der ist viel älter.«

Meine Mutter räumte Butter, Marmelade und alles, was wir sonst zum Frühstücken brauchten, aus dem alten Kühlschrank, der mal wieder lautstark röhrte.

»So ein kahlköpfiger, aalglatter Finanzhai in seinen Sechzigern mit Goldrandbrille und Rolex am Handgelenk.«

»Du schaust in letzter Zeit einfach zu viel fern, Mama. Investoren sehen heutzutage nicht alle so aus, als kämen sie direkt aus einer dieser Doku-Soaps.«

»Was der wohl hier macht?«

Ich zuckte mit den Schultern. »Schauen, ob sich seine neueste Investition auch rentiert?«

Meine Mutter lachte trocken auf. »Das könnte eine herbe Enttäuschung für ihn werden.« Sie sah mich verschwörerisch an. »Als ich im Büro geputzt habe, hab ich mal einen Blick auf die Reservierungsliste geworfen.«

»Mama!« Es war mir unangenehm, dass meine Mutter in fremden Büros herumschnüffelte. So tief waren wir Larsen-Frauen also schon gesunken.

»Was denn?« Das klang nicht wirklich nach schlechtem Gewissen. »Sie haben nur halb so viele Reservierungen, wie wir

43

im letzten Jahr hatten. Und von unseren Stammgästen habe ich kaum jemand auf der Liste finden können.«

Ich muss zugeben, dass mir das eine gewisse Genugtuung verschaffte.

»Wundert mich nicht. Dann hat sich schon herumgesprochen, dass der Service im Sturmnest zu wünschen übrig lässt.«

Meine Mutter hatte einen sehr zufriedenen Gesichtsausdruck aufgesetzt. »Ich wäre ja gerne dabei, wenn die Warendorf ihrem Chef erklären muss, warum das Hotel unter ihrer Leitung nicht mehr so gut läuft.«

»Sie wird sich schon gute Gründe einfallen lassen.« Ich zuckte mit den Schultern. »Gründe, die nichts mit ihr zu tun haben, wohlgemerkt.«

Einen Moment herrschte Schweigen in der kleinen Küche und ich konnte es fast im Kopf meiner Mutter arbeiten hören, als sie überlegte, die Frage zu stellen, die unausgesprochen in der Luft lag.

»Nein, Mama. Das werde ich nicht tun.«

»Ich hab doch noch gar nichts gesagt.«

»Aber sehr laut gedacht.«

Ich hörte sie seufzen und vermied es, sie anzusehen. Es hätte meinen Entschluss vermutlich doch noch ins Wanken gebracht. So schnell gab meine Mutter allerdings nicht auf.

»Ich bin mir sicher, dieser Ohlsen würde dich gerne wieder als Hotelmanagerin einstellen. Das hat er doch von Anfang an gewollt.«

Diese Diskussion hatten wir schon öfter geführt. Tatsächlich hatte mich damals der Insolvenzverwalter wissen lassen, dass der neue Eigentümer an meiner Expertise, wie er es nannte, interessiert gewesen sei. Damals war meine Antwort dieselbe gewesen wie heute.

»Ich kann das Sturmnest nicht leiten, wenn ich nur die Angestellte irgendeines Investors bin, dem es völlig egal ist, womit er seine Rendite macht. Das hab ich dir oft genug erklärt, Mama. Ich schaffe das einfach nicht.«

Sie nickte nachdenklich und setzte sich an den Küchentisch.

»Tut mir leid, Anni. Ich will dich bestimmt zu nichts überreden.«

»Ich weiß.« Ich nahm das Porridge vom Herd, das meine Töchter in letzter Zeit zum Frühstück bevorzugten, und schnippelte Äpfel hinein.

»Es tut schon so weh genug, dass wir es auf diese Art und Weise verloren haben. Wenn ich wieder ein Hotel führe, dann nur, wenn es wieder uns gehört. Ich muss mein eigener Chef sein.«

Ich drehte mich zu ihr um und stellte die Schüsseln mit dem Porridge auf den Tisch.

»Und da unsere momentane finanzielle Situation alles andere als rosig aussieht, fürchte ich, wird das mit dem Hotel noch eine ganze Weile warten müssen.«

In die kleine Diele, deren alte Holztreppe steil nach oben ins Dachgeschoss führte, rief ich: »Jule! Clara! Beeilt euch! Das Frühstück wartet!«

Von oben kam verhaltener Protest. Ich sah meine Mutter mahnend an.

»Ich hoffe sehr, du hast sie gestern Abend nicht wieder bis spät in die Nacht im Internet rumdaddeln lassen.«

»Natürlich nicht! Sie waren pünktlich um zehn im Bett.«

Ich setzte mich zu meiner Mutter und nippte nachdenklich an meinem Kaffee.

»Ist dir eigentlich irgendetwas bei Jule aufgefallen in letzter Zeit?«

»Nein. Wieso fragst du?«

»Ich hab das Gefühl, sie verheimlicht mir etwas.«

Meine Mutter sah mich mit einem milden Lächeln an.

»Nun, das mag dich jetzt überraschen, Anni, aber deine Töchter kommen langsam in das Alter, in dem es völlig normal ist, nicht alles mit seiner Mutter zu bereden. Und glaub mir, ich spreche da aus eigener Erfahrung.«

Ich runzelte die Stirn. »Ich habe dir nie etwas verheimlicht.«

»Du warst ja auch die berühmte Ausnahme, mein Kind. Wenn ich da an Livvy denke, oder Smilla.« Sie verdrehte etwas theatralisch die Augen. »Mein Gott, was hab ich mir damals für Sorgen gemacht.«

»Und um mich nicht?«

»Um dich musste man sich keine Sorgen machen. Du kamst schon als Vorzeigetochter auf die Welt.«

»Danke, Mama.« Ich verzog etwas beleidigt die Lippen. »Da bin ich ja froh, dass ich es dreißig Jahre später wieder ausgeglichen hab. Mit all dem Chaos aus dem letzten Jahr.«

Sie sah mich mit einem sanften Lächeln an und legte mir eine Hand auf den Arm. »Es war nicht deine Schuld, Anni. Nichts von dem, was passiert ist, war deine Schuld.«

Die leichte Stimmung am Küchentisch hatte sich von einer Sekunde zur anderen gewandelt und ich musste tatsächlich mit den Tränen kämpfen, die meine Augen fluten wollten. Es war das alte Dilemma, in dem ich mich seit einem Jahr befand und das mich nächtelang um den Schlaf gebracht hatte. Warum war mir nicht aufgefallen, was Thies hinter dem Rücken seiner Familie angestellt hatte? Wieso hatte er niemals mit mir über seine finanziellen Probleme gesprochen, und warum hatte er sich überhaupt auf solch riskante Finanzgeschäfte eingelassen? Was war in unserer Ehe nur so furchtbar schiefgelaufen, dass wir jahrelang nebeneinander her lebten und keine Ahnung mehr davon hatten, was den anderen bewegte. Ich war immer davon ausgegangen, eine glückliche, normale Ehe zu führen. Wie sich herausstellte, hätte man nicht mehr danebenliegen können.

»Jule hat im Bad getrödelt.« Claras Stimme riss mich aus meinen Gedanken und ich schob die düstere Wolke der Erinnerung und die bohrenden Fragen, die an meinem Selbstbewusstsein nagten, wieder zurück in die hinterste Ecke meines Verstandes.

Clara ließ sich auf einen Stuhl plumpsen und rührte etwas unmotiviert in ihrem Porridge herum. »Die braucht jetzt ewig im Bad. Das nervt total.«

»Dann weißt du wenigstens mal, wie es ist, wenn du stundenlang das Bad blockierst.« Ich sah sie wenig beeindruckt an. Seit Clara im zarten Alter von neun Jahren meinen Schminkkoffer für sich entdeckt hatte, hatte sie Stunden mit Schminktutorials auf YouTube verbracht und das Master-Bad in unserem ehemaligen Zuhause blockiert. Jule hatte damals wenig Interesse an solchen Dingen gezeigt und fand, das sei Mädchenkram. Wie es aussah, schien sich dies nun zu ändern.

Ich hörte, wie Jule die alte Holztreppe heruntergepoltert kam und sich in der Diele gleich ihre Jacke schnappen wollte. »Hab keinen Hunger.«

»Moment mal, Fräulein.« Ich stand auf und sah sie mahnend an. »Ohne Frühstück gehst du nicht aus dem Haus, haben wir uns verstanden?«

Sie sah mich genervt an und hängte ihre Jacke wieder an den Haken. Mir fiel auf, dass sie ihre langen weißblonden Haare frisch gewaschen zu einem vorteilhaften seitlichen Pferdeschwanz frisiert hatte. Und war da nicht auch etwas Lipgloss auf ihren Lippen?

»Bist du geschminkt?«

Sie sah mich empört an. »Nein!«

Clara verdrehte die Augen. »Lipgloss ist auch Schminke, du Hirni.«

Jules Augen verengten sich zu Schlitzen und sie biss die Lippen zusammen, während sie widerwillig ihre Schüssel mit Porridge musterte.

»Gibt's heute keine Schokoflocken?«

Ich zuckte bedauernd mit den Schultern. »Die sind leider aus.«

Meine Mutter suchte meinen Blick und schien sich sehr über die Kinder zu amüsieren. Ich sah sie fragend an, doch sie schenkte mir nur ein wissendes Lächeln.

Zwei Minuten später erklärten die Zwillinge ihr Frühstück für beendet und verabschiedeten sich von uns. Als sie draußen waren, sah ich meine Mutter fragend an.

»Warum grinst du so?«

»Na ja, es ist ja wohl offensichtlich, was mit Jule los ist.«

So offensichtlich fand ich das nicht.

»Wenn mich nicht alles täuscht, dann ist deine Tochter schwer verknallt.«

Ich sah sie ungläubig an. »In wen?«

Meine Mutter seufzte nur auf. »Das weiß ich doch nicht, mein Kind. Aber ich gehe mal stark davon aus, dass er mit ihr in die Schule geht. So schick, wie sie heute Morgen aussah.«

Ich schüttelte den Kopf, verärgert darüber, dass ich das Offensichtliche nicht erkannt hatte, und nahm einen letzten Schluck von meinem Kaffee. Wer auch immer dieser Junge war, an den Jule ihr Herz verschenken wollte, ich hoffte sehr, dass er es ihr nicht brach.

Nachdem ich mit meiner Mutter vier Ferienwohnungen und die Waschräume der Kita geputzt hatte (Liv hatte heute ihren freien Vormittag und würde erst später zu uns stoßen), machte ich mich auf, um ein versöhnliches Wort mit Frau Warendorf zu wechseln. Immerhin hatte ich es Liv und meiner Mutter versprochen. Außerdem hatte ich gestern Nacht im Bett noch unsere Finanzen durchgerechnet und erschrocken festgestellt, dass die fehlenden Einnahmen aus dem Zimmerservice vom Hotel Sauber und Sorglos in eine dramatische finanzielle Krise steuern würden. In Zukunft müssten wir wohl auf den Sprit für Jewes Jeep verzichten oder auf unser Mittagessen. Beides war nicht wirklich eine Option.

»Du bist sicher, dass ich nicht mitkommen soll?« Meine Mutter sah ziemlich unglücklich aus, als ich mich hinter das Steuer des Wagens setzte und sie dann an der Landbäckerei Ohlrogge absetzte, wo sie bei einem Kaffee und Franzbrötchen ihre Mittagspause genießen sollte.

»Absolut sicher, Mama.« Ich nickte ihr entschlossen zu. »Ich verspreche, ich werde die Liebenswürdigkeit in Person sein. In spätestens einer Stunde haben wir den Auftrag zurück.«

Ich startete den Wagen, der wie üblich erst beim dritten Versuch ansprang. So, wie meine Mutter mir hinterherblickte, schien sie erhebliche Zweifel an meinen Worten zu haben und wäre am liebsten mitgekommen. Doch ich war wild entschlossen, die Sache hinter mich zu bringen. Außerdem war der Gedanke, die stolze Anneke Larsen vor der blöden Schnepfe zu Kreuze kriechen zu sehen, alles andere als erhebend. Da nahm ich die Sache schon lieber selber in die Hand.

Was sich im Nachhinein als eine nicht allzu clevere Idee herausstellen sollte.

»Sie glauben ernsthaft, dass ich Ihnen jemals wieder den Zimmerservice unseres Hauses anvertrauen würde?«

Sabine Warendorf ließ ihren Worten ein leicht affektiertes Lachen folgen, das wohl die Absurdität meines soeben vorgetragenen Vorschlags unterstreichen sollte.

»Sie sind ja noch dreister, als ich dachte.«

Ich bemühte mich wirklich, ruhig zu bleiben, und stellte mir die schlanke, attraktive Endzwanzigerin mit langer, wallender kastanienbrauner Mähne, die aussah, als wäre sie einem How-To-Be-An-Influencer-Workshop entsprungen, als zwölfjährigen Teenager vor, dem ich einfach nur klarmachen musste, dass es Zeit für die Hausaufgaben war. Immerhin hatte ich dank meiner Töchter reichlich Übung darin.

»Ich denke nur, Frau Warendorf, es wäre für alle das Beste. Für Sie, für das Sturmnest und auch für unseren Reinigungsservice. Mit Dreistigkeit hat das nichts zu tun.«

Um ihre Mundwinkel trat ein herber Zug, der sie nicht mehr ganz so attraktiv aussehen ließ. »Nur über meine Leiche.«

Ich seufzte innerlich und versuchte, nicht weiter darüber nachzudenken, dass sich dies durchaus arrangieren lassen konnte.

In einem rund fünfminütigen Monolog hatte ich ihr erklärt, wie sehr ich es bedauern würde, gestern die Nerven verloren zu haben, dass ich keinesfalls an ihrer Kompetenz zweifelte, mir meine Einmischung in ihre Angelegenheiten sehr unangenehm sei, so im Nachhinein, und ich mich in Zukunft natürlich aus allen Angelegenheiten heraushalten würde.

Sie hatte mir mit unergründlicher Miene zugehört, während sie so tat, als müsste sie sich nebenbei in irgendwelchen Unterlagen irgendwelche wichtige Notizen machen. Für einen kurzen Moment hatte ich gehofft, dass meine unterwürfige Entschuldigungsrede den richtigen Nerv bei ihr traf und sie es genießen werde, mich so am Boden zu sehen, um mir dann großzügig den Auftrag zurückzugeben. Eine Angelegenheit, die also in fünf Minuten hätte erledigt sein können. Wenn diese blöde Schnepfe bloß nicht so renitent gewesen wäre.

»Es tut mir wirklich sehr leid, dass ich Ihnen da gestern zu nahe getreten bin, Frau Warendorf.«

»Sie haben mich vor meinen Gästen eine inkompetente Dilettantin genannt, die beabsichtigt, die Gäste mit Supermarktware zu vergiften!«

»Wie gesagt, vielleicht bin ich etwas übers Ziel hinausgeschossen. Es kommt nicht wieder vor.«

»Ganz sicher kommt das nicht wieder vor! Weil sie nämlich nie wieder hier arbeiten werden!«

So langsam wurde ich ungeduldig.

»Dann übernehmen Sie also in Zukunft das Bettenmachen?« Ich sah sie mit einem zuckersüßen Lächeln an. »Das werden Sie nämlich tun müssen, wenn Sie auf meinen Vorschlag nicht eingehen. Ich kenne jedenfalls keinen Reinigungsservice im näheren Umkreis, der noch Kapazitäten frei hätte. Und glauben Sie mir, damit kenne ich mich wirklich aus.«

Sie fixierte mich mit vor Wut zusammengekniffenen Augen.

»Sie haben gegen mich Stimmung gemacht! Deshalb bekomme ich keine Leute mehr. Das ist Erpressung!«

Sie hatte also schon versucht, einen Ersatz für Sauber und Sorglos zu finden, und war gescheitert.

»Denken Sie, was Sie wollen, Frau Warendorf. Aber ich kann Ihnen versichern, dass ich nichts damit zu tun habe. Und der Rest meiner Familie übrigens auch nicht.«

»Sie scheinheiliges Miststück!«

Jetzt wurde sie beleidigend. Ich hob beschwichtigend die Hände. »Immer mit der Ruhe. Wir können es wie zwei erwachsene Menschen klären, ohne uns schlimme Wörter an den Kopf zu werfen.«

»Sie haben mit den schlimmen Wörtern angefangen.«

»Für die ich mich eben entschuldigt habe.«

»Damit kommen Sie nicht durch! Das werde ich nicht mit mir machen lassen! Sie sorgen umgehend dafür, dass ich einen neuen Zimmerservice bekomme.«

Die Unterhaltung mit dieser Frau glitt langsam, aber sicher ins Absurde ab. Ob ihr nicht klar war, wie lächerlich ihre Forderung klang?

»Den haben Sie doch schon.« Ich versuchte wirklich, meine Stimme ruhig und freundlich klingen zu lassen. »Nämlich uns – Sauber und Sorglos. Der Name ist Programm.«

»Nicht Ihren. Einen anderen!«

»Wie Sie ja schon selbst festgestellt haben, gibt es den nicht. Also würde ich vorschlagen, wir vergessen unseren kleinen Streit einfach und tun so, als wäre nichts passiert.«

Einen Moment hatte ich die Befürchtung, die Frau vor mir werde vor Wut rot anlaufen, mit den Füßen auf den Boden stampfen und in einen hysterischen Schreikrampf ausbrechen. Zum Glück hatte sie sich besser im Griff. Allerdings auch wieder nicht so gut, dass sie nicht doch noch ein paar Gemeinheiten abgelassen hätte.

»Gut. Sie lassen mir ja keine andere Wahl. Aber für den entstandenen Ärger geben Sie mir zehn Prozent Rabatt auf Ihre Dienstleistungen.«

Ich wollte protestieren, doch sie brachte mich mit einer Geste zum Schweigen.

»Außerdem will ich Sie oder ein Mitglied Ihrer Familie nie wieder im Lounge-Bereich sehen, wenn Gäste da sind.«

Seit wann hieß unser Frühstücksraum Lounge-Bereich?

»Und ich will auch nie wieder etwas darüber hören, wie toll doch das Hotel lief, als Sie hier noch das Sagen hatten.«

Sie blitzte mich aus ihren rehbraunen Augen an, die plötzlich nicht mehr ganz so unschuldig aussahen wie bei einem Rehkitz.

»Denn falls Sie es vergessen haben sollten, Frau Larsen – durch Ihr Missmanagement und das Ihres Mannes haben Sie den Laden doch erst in den Ruin getrieben.«

Sie hatte meinen wunden Punkt erwischt und ich musste schlucken. In ihrem Blick erkannte ich den Triumph, mich verletzt zu haben.

»Ich darf die Karre jetzt aus dem Dreck ziehen, Frau Larsen. Haben Sie eine Ahnung, was das für eine schwierige Aufgabe ist?«

In mir begann es zu brodeln und am liebsten hätte ich dieser unfähigen Möchtegern-Managerin erklärt, dass sie sich doch dann eine andere Aufgabe suchen sollte. Es hätte die Sache nur nicht besser gemacht. Und ich hätte mich völlig umsonst seit einer Viertelstunde zum Affen gemacht gehabt.

»Ich weiß, wie schwierig diese Aufgabe ist, Frau Warendorf.« Ich versuchte ein Lächeln, aber diesmal wollte es mir nicht so richtig gelingen. »Und wir von Sauber und Sorglos sind gerne bereit, Sie bei dieser schwierigen Aufgabe zu unterstützen.«

Das schien ihr etwas den Wind aus den Segeln zu nehmen und sie musterte mich eine Sekunde lang misstrauisch. Ich blickte sie ruhig an und ließ mir meine Wut auf sie und Thies und die Welt nicht anmerken. Schließlich nickte sie erleichtert.

»Gut. Dann wäre das geklärt. Können Sie heute Nachmittag noch anfangen? Es ist eine Menge liegen geblieben.«

Ich war kurz davor abzusagen, nur um ihr diesen letzten, kleinen Triumph nicht zu gönnen. Doch was hätte das gebracht? Nun gut, es hätte meinem angeschlagenen Ego eine kurze Genugtuung geschenkt.

»Wir können leider erst nach sechzehn Uhr hier sein. Vorher haben wir noch andere Verpflichtungen.«

Sie nickte erneut knapp und widmete sich dann wieder ihren Unterlagen. Einen Moment stand ich etwas ratlos vor dem Empfangstresen, und als sie keine Anstalten machte, noch etwas zu sagen, verabschiedete ich mich.

»Dann bis um vier.«

Sie blickte noch nicht einmal auf, als ich ging.

KAPITEL 4

»Wow!« Die Bewunderung in Livs Blick war echt. »Anni, du überraschst mich immer wieder.«

»Warum? Weil ich nicht zulasse, dass diese inkompetente Kuh uns in finanzielle Schwierigkeiten bringt? Oder, dass sie das Sturmnest in den Bankrott wirtschaftet?«

Ich zuckte mit den Schultern und stopfte die gebrauchte Bettwäsche und die Handtücher, die wir in der großen Ferienwohnung eingesammelt hatten, in die mitgebrachte Reisetasche. Liv verstaute währenddessen Staubsauger und Putzeimer in dem kleinen Abstellraum neben dem Bad.

Nachdem sie mir strahlend vor Glück und in aller Ausführlichkeit berichtet hatte, wie sehr Jewe sich darüber freute, dass er bald Vater werden würde, hatte ich ihr geschildert, was bei meinem Besuch bei Frau Warendorf passiert war. Nebenbei hatten wir in Rekordtempo die vier nebeneinanderliegenden Wohnungen eines kleinen Reihenhauses unweit der Seebrücke wieder auf Vordermann gebracht. Meine Mutter wartete unten am Wagen auf uns, wo sie bereits die restlichen Putzsachen im Heck des Jeeps verstaute.

»Ich hätte ja lieber Hauke gefragt. Aber den Kita-Job hast du uns ja versaut.« Ich sah sie strafend an. Liv verdrehte nur die Augen, sparte sich aber einen Kommentar.

»Also hatte ich keine andere Wahl.«

Ich drückte und stopfte weiter an der armen Bettwäsche herum, weil ich innerlich noch immer kochte, es aber nicht zeigen wollte. Was mir nur mäßig gelang.

»Ich bin wirklich stolz darauf, wie du das hinbekommen hast.« Livs Stimme hatte plötzlich einen ernsten Unterton. »Das meine ich ernst.«

»Glaub mir, in den letzten Monaten gab es Schlimmeres in meinem Leben. Ich komme schon damit klar.«

Ich spürte ihre Hand auf meinem Arm, als sie mir die Tasche und die Bettwäsche aus der Hand nahm und mich ruhig ansah.

»Sei nicht so streng mit dir, Anni. Du hast schon so viel geschafft seit … na ja, du weißt schon. Und wir müssen den Zimmerservice bei ihr nicht übernehmen, wenn du das nicht willst.«

Ich schüttelte den Kopf. »Ich habe wirklich kein Problem damit. Und du hattest doch recht mit Hauke. Ich nutze seine Freundlichkeit aus und das hat er nicht verdient.«

Sie sah mich zweifelnd an. »Das heißt aber nicht, dass du ihm jetzt für die Saisoneröffnung absagst, oder?«

Ich stöhnte auf und schnappte mir die Tasche zurück. »Nein, das heißt es nicht. Ich werde mitkommen, mich prächtig mit Hauke amüsieren, zu viel trinken und mich anschließend im Bett mit ihm vergnügen und dabei galaktischen Sex haben.«

Liv blieb vor Verblüffung einen Moment lang der Mund offen stehen und sie starrte mich an.

»Livvy! Das war ein Scherz!« Ich atmete tief durch. »Zumindest das mit dem Trinken und dem Sex.«

»Ja … sicher … natürlich.« Sie riss sich mühsam zusammen. »Dann … machen wir uns mal auf in die Höhle der Löwin.«

Ich folgte ihr hinaus in den Flur des Reihenhauses, und sie schloss hinter uns die Tür ab. Sie zögerte noch einen Moment, dann sah sie mich entschlossen an. »Und nur, dass du es weißt: Wenn dich die Warendorf noch einmal blöd anmacht, dann sage ich ihr höchstpersönlich, was für eine bescheuerte Kuh sie ist. Und es ist mir völlig egal, ob sie mich dann feuert.«

Sie hob die Hand, damit ich sie abklatschen konnte, so, wie wir es früher getan hatten, als wir noch Kinder waren. Ich schüttelte nur den Kopf.

»Das ist kindisch, Liv.«

Dann eilte ich die Treppen hinunter. Hinter meinem Rücken hörte ich sie etwas murmeln, was verdächtig nach »Spaßbremse« klang.

Unser anschließender Einsatz im Sturmnest verlief ohne weitere Zwischenfälle. Das Hotel war nur zur Hälfte belegt, und wir brachten die knapp dreißig Zimmer in weniger als drei Stunden in Ordnung. Und das, ohne dass wir Sabine Warendorf den Hals umdrehen mussten. Was an und für sich schon ein Erfolg war. Sie ließ sich nur ganz kurz blicken, und ich hatte den Eindruck, sie verschanzte sich in ihrem Büro, nur um uns nicht über den Weg zu laufen.

Ich war gerade mit dem Saugen des Empfangs beschäftigt, als ein Räuspern mich aufblicken ließ. Vor mir stand der nörgelige Gast aus dem Anker, dem zufällig nun auch das Sturmnest gehörte.

»Ähm, verzeihen Sie … aber ich müsste mal kurz vorbei.«

Er deutete auf die Treppe, die hoch ins Obergeschoss führte.

»Ja, natürlich.« Ich schaltete den Staubsauger aus und war kein bisschen überrascht, ihn hier zu sehen. Immerhin gehörte ihm das Hotel, da war es natürlich kein Wunder, dass er selbst darin übernachtete. Ich gab den Weg frei, und er sah mich einen kurzen Augenblick irritiert an, als er an mir vorbei wollte.

»Sie haben eine Menge Jobs im Dorf. Gestern standen Sie noch hinter der Theke dieser etwas merkwürdigen Kneipe, wenn ich mich nicht irre.«

»Allerdings.« Ich nickte und fragte mich, ob er eigentlich wusste, wer ich war und dass ich vor nicht allzu langer Zeit das Hotel geleitet hatte. Ich beschloss, ihn in Unkenntnis zu lassen.

»Und weil ich so viele Jobs habe, muss ich mich jetzt auch ein bisschen beeilen. Also wenn Sie nichts dagegen haben ...« Ich deutete auf die Treppe und gab ihm damit zu verstehen, dass ich weder Lust noch Zeit für einen Small Talk hatte.

»Oh ... sicher ... bin schon weg.«

Ich schaltete den Staubsauger wieder ein, wandte ihm den Rücken zu und bearbeitete unbeeindruckt den Fliesenboden mit der Düse. Ich hätte schwören können, dass er mir noch auf der Treppe kopfschüttelnd hinterhersah.

Als wir gegen acht heimkamen, drang mir der angenehme Duft einer aromatischen Tomatensoße, die nach italienischen Kräutern und Knoblauch duftete, bereits in der kleinen Diele in die Nase. Meine Mutter und ich tauschten einen verwunderten Blick. Kochen war nicht gerade die große Stärke meiner Zwillinge.

»Jule? Clara?«

Im nächsten Augenblick tauchte Claras strahlendes Gesicht in der Tür auf, die zur Küche führte.

»Hi, Mama. Hi, Oma.« Sie hielt triumphierend einen Kochlöffel hoch. »Wir haben gekocht.«

»Das hab ich mir schon gedacht.«

Ich hängte meine Jacke auf und streifte erschöpft die Schuhe von den Füßen.

»Es riecht phantastisch. Was mich, ehrlich gesagt, überrascht.«

Meine Mutter machte aus ihrer Verwunderung ebenfalls keinen Hehl.

»Das letzte Mal, als du gekocht hast, Clara, hast du die Kartoffeln anbrennen lassen.«

Clara strahlte mich an, während wir die Küche betraten.

»Wir haben Unterstützung bekommen.«

Ein wenig verwundert war ich schon, aber wirklich überraschen konnte es mich nicht. An dem kleinen Herd mit den altmodischen Eisenplatten stand Hauke Cornelsen und rührte in einem orange-bunten Emaillekochtopf herum, dessen psychedelische Farbe prima zum Rest der Küche passte.

Er blickte auf und schenkte uns sein überaus charmantes Lächeln.

»Hi, Anni. Ich schwöre, die beiden hier haben mich an den Herd gezwungen. Ich wollte gar nicht eure Küche entern.«

Ich trat näher und schaute in den Topf. Die Soße sah hervorragend aus, und ich war mir ziemlich sicher, dass sie auch köstlich schmecken musste. Liv schwärmte schon seit dem letzten Jahr von den bemerkenswerten Kochkünsten Haukes, der regelmäßig für seinen Kumpel und Liv kochte, wenn er zum Essen bei ihnen eingeladen war. Die Kochkünste meiner Schwester und Jewes hielten sich, wie die der Zwillinge, eher in Grenzen. Vielleicht war das ja genetisch bedingt.

»Das sieht wirklich gut aus.« Ich lächelte Jule und Clara an, die bereits den Tisch gedeckt, einen Salat angerichtet und sogar Papierservietten auf den Tellern platziert hatten.

Hauke, der mehr als einen Kopf größer war als ich, schaute mich unter seinen dunkelbraunen Locken hervor etwas schüchtern an, so, als wäre es ihm peinlich, mir kein Sechsgängemenü servieren zu können. »Es ist nur eine leichte Tomatensoße mit mediterranen Kräutern. Ich habe ein wenig improvisieren müssen.«

»Ich weiß, unser Kühlschrank gibt gerade nicht viel her. Wir ... sind diese Woche noch nicht groß zum Einkaufen gekommen.«

Was nicht ganz der Wahrheit entsprach. In meinem Portemonnaie herrschte gerade gähnende Leere, was einen Großeinkauf schlichtweg verhinderte.

Ich blickte zu Jule und Clara. »Dann verratet mir doch mal, wie es kommt, dass ein fremder Mann ... «, es folgte ein genervtes Aufstöhnen meiner Töchter, das ich sofort ignorierte, »... in unserer Küche steht und kocht?«

Hauke begrüßte meine Mutter währenddessen, die ebenfalls einen Blick in den Kochtopf gewagt hatte und es mit einem seligen Lächeln kommentierte.

»Ich muss gar nicht wissen, wie das passiert ist. Hauptsache, es ist passiert.« Sie strahlte den jungen Mann an. »Moin, mein Lieber.«

Hauke goss derweil das Nudelwasser ab und schüttete die fertigen Rigatoni in ein großes Sieb.

»Eigentlich wollte ich nur kurz mit Anni sprechen. Es geht um einen Job, der ihr vielleicht gefallen würde.«

Ich nahm ihm die Nudeln ab und füllte sie in eine Schüssel, während der Rest der Familie es sich an dem kleinen Tisch bereits gemütlich gemacht hatte. Es war ziemlich eng und so, wie es aussah, würde ich Hauke fast auf dem Schoß sitzen, wenn wir zwei jetzt auch noch Platz nehmen würden.

»Falls es um die Kita vom St. Josef geht, das ist eigentlich nicht mehr nötig. Wir haben unseren Auftrag im Sturmnest zurück.«

Er sah mich überrascht an, während er seine langen Beine irgendwie unter den Küchentisch zwängte und meine Mutter bereits dabei war, großzügige Portionen Salat und Nudeln auf die Teller zu verteilen.

»Anni hat der Warendorf klargemacht, dass sie ohne uns den Laden dichtmachen kann.«

Hauke sah mich überrascht an. »Ach, tatsächlich?«

Ich zuckte leichthin mit den Schultern. »Wir müssen dann mal sehen, wo wir die Kita zeitlich noch unterbringen können.« Ich blickte fragend zu meiner Mutter. »Glaubst du, wir können Stüwe überreden, auch Samstag früh die Wohnungen an der Seebrücke zu machen? Dann könnten wir uns Freitagnachmittag um die Kita kümmern.«

Meine Mutter nickte nur und hatte bereits die Nudeln gekostet.

Ich hörte Hauke neben mir unterdrückt lachen.

»Immer wieder beeindruckend, was für ein Tempo du vorlegst.«

Was daran lustig sein sollte, erschloss sich mir nicht. »Wieso? Stört es dich?«

Er schüttelte den Kopf. »Es ist nur so, dass es gar nicht um einen neuen Putzauftrag für Sauber und Sorglos geht.«

Ich stoppte die Gabel mit den Nudeln kurz vor meinem Mund. »Geht es nicht?«

»Nein, geht es nicht.«

Und um es noch ein wenig spannender zu machen, schob sich Hauke erst mal eine Ladung Nudeln in den Mund und kaute genüsslich. Er nickte anerkennend. »Gar nicht mal so übel für ein Notessen, Mädels.«

Meine beiden Töchter stimmten stolz zu, und auch meine Mutter ließ ihrer Anerkennung freien Lauf.

Selbst Clara, der man nie etwas wirklich recht machen konnte, strahlte Hauke mit einem seligen Lächeln an. »Meinetwegen kannst du öfter mit uns kochen.«

Ich war etwas beleidigt über die Begeisterung meiner Familie. »Seit wann habt ihr an meinem Essen etwas auszusetzen?«

Jule schaute mich an, als würde ich etwas ganz Wichtiges übersehen. »Das haben wir doch gar nicht. Es ist nur viel lustiger mit Hauke.«

Clara fühlte sich bemüßigt, unserem Gast die Sache zu erklären. »Mama ist immer total gestresst, wenn sie kocht. Dann muss immer alles ganz schnell gehen und so.«

»Das ist aber gar nicht gut. Eine gute Tomatensoße braucht Zeit und Hingabe«, dozierte Hauke und schien es todernst zu meinen.

Clara nickte zustimmend. »Sag ich ja auch immer, aber auf mich hört sie ja nicht.«

»Was daran liegen könnte, dass mir zwei Teenager jammernd in den Ohren liegen und so tun, als würden sie verhungern, wenn nicht in fünf Minuten was auf dem Teller ist.«

Ich sah meine Zwillinge triumphierend an, die meinen Einwand mit empörtem Schweigen quittierten.

Meine Mutter unterbrach die Diskussion über unterschiedliche Kochphilosophien und sprach wieder das Wesentliche an. »Wenn es nicht die Kita ist, um was geht es denn dann?«

Was mich ebenfalls brennend interessierte.

Hauke schluckte seine Nudeln hinunter und wischte sich mit der Serviette den Mund ab, wobei ich nicht sicher war, ob dies geschah, weil er Manieren hatte oder weil er es einfach nur spannend machen wollte.

»Erinnert ihr euch an die Pläne von dem kleinen Walmuseum im Leuchtturm, die wir im Winter mit dem Tourismusverband diskutiert haben?«

Um ehrlich zu sein, erinnerte ich mich nicht. Im Winter hatte ich andere Probleme gehabt. Und die Wale und alles, was damit zusammenhing, waren eher Livs und Jewes Baustelle.

Hauke sah mich triumphierend an. »Heute Nachmittag kam das Go. Jetzt brauche ich nur noch jemanden, der das Ganze professionell organisiert und aufzieht.«

Ich runzelte skeptisch die Stirn, während Hauke ohne den Hauch eines Zweifels fortfuhr.

»Und ich kenne niemanden in Brodershöved, der besser für diesen Job geeignet wäre als Anneke Larsen.«

KAPITEL 5

Wenn jemand einem einen Job anbietet, den man noch nie gemacht hat und auf den man sich ganz sicher nie beworben hätte, kommt man schon mal ins Grübeln, ob es auch wirklich der richtige Job für einen ist. Wenn man dann noch erfährt, dass besagter Job nicht wirklich gut bezahlt wird, ist die Versuchung schließlich sehr groß, »Nein, danke« zu sagen.

Ich hatte es nicht übers Herz gebracht, Hauke an dem Abend eine Absage zu erteilen. Immerhin hatte er gerade für uns gekocht und das auch noch wirklich gut. Außerdem war der Rest meiner Familie überaus angetan von der Idee, dass das Familienoberhaupt endlich wieder einer Arbeit nachgehen würde, bei der es nicht um das Entfernen von Kalkflecken auf fremden Badezimmer-Armaturen ging.

Jule und Clara waren jedenfalls begeistert und drängten mich dazu, sofort zuzusagen. Insgeheim hofften sie wohl, mit einer Mutter, die zukünftig eine so wichtige kulturelle Institution wie das Walmuseum leiten würde, bei ihren Mitschülerinnen punkten zu können. Ihr sozialer Status hatte mit unserem finanziellen und gesellschaftlichen Abstieg in den vergangenen zwölf Monaten arg gelitten.

Hauke hatte sich nach dem Essen etwas einsilbig verabschiedet, als ich nicht gerade in Begeisterungsstürme ausgebrochen war, und wir hatten uns für den übernächsten Tag am Leuchtturm verabredet, um weitere Details zu besprechen.

Anschließend hatte ich die halbe Nacht wach gelegen und gegrübelt. Es reizte mich tatsächlich, wieder einer Arbeit nachzugehen, bei der mein organisatorisches Talent, mein Gespür für die Bedürfnisse der Gäste, und mein Verhandlungsgeschick im Umgang mit Handwerkern, Lieferanten und sonstigen Dienstleistern gefragt waren. Ich vermisste die Herausforderungen, die der Job als Führungskraft in einem Hotelbetrieb so mit sich brachte, auch wenn ich mich mit Sauber und Sorglos nicht gerade langweilte, wir hatten schließlich mehr als genug zu tun.

Stundenlang war ich im Kopf die Optionen durchgegangen, um beide Jobs gleichzeitig zu machen. Mit den Einnahmen aus Sauber und Sorglos und dem zusätzlichen Verdienst als Museumsleiterin konnten wir uns im nächsten Winter vielleicht wieder eine komfortablere Bleibe suchen und mussten nicht mehr länger den Kältetod fürchten. Sie hätten unsere finanzielle Lage etwas entspannt. Zumal klar war, dass Liv in ein paar Monaten ausfallen würde, wenn sie hochschwanger war, und wir ein paar unserer Ferienwohnungen abgeben mussten. Ich konnte das Geld, egal, wie wenig es war, also gut gebrauchen. Vorausgesetzt, beide Jobs waren unter einen Hut zu bringen. Als ich endlich in einen traumlosen Schlaf fiel, stand mein Entschluss so gut wie fest.

»Ich wusste, dass du es machst.« Meine Schwester nahm mich stürmisch in den Arm und drückte mich. »Das ist großartig!«

Ich sah sie irritiert an. »Moment mal, du wusstest es?«

Liv ließ mich endlich wieder los und strahlte mich an. »Sicher. Hauke hat mich gefragt, ob er dich fragen soll und da hab ich Ja gesagt.«

»Na toll!« Ich spürte, wie sich auf meiner Stirn eine Zornesfalte bildete. »Dann habt ihr das hinter meinem Rücken geplant.«

»Komm schon, Anni. Jetzt tu nicht so, als würdest du dich nicht auch freuen.«

»Warum muss Hauke *dich* fragen, ob *ich* einen Job annehme?« Ich war tatsächlich wütend darüber, dass Liv Hauke auf die Idee gebracht hatte. Darauf hätte er schließlich selber kommen können.

»Sind wir jetzt wieder im Kindergarten, oder was?«

Liv merkte endlich, dass gerade etwas ziemlich schieflief, und zügelte ihre Euphorie.

»Du weißt doch, wie Hauke ist. Außerdem ist er selbst auf die Idee gekommen und wollte einfach nur unseren Rat.«

Was in meinen Augen keine gute Entschuldigung darstellte. »Siehst du – aus genau diesem Grund kann ich jemanden wie Hauke nicht ernst nehmen. Jeder andere erwachsene Mann hätte sich keinen Rat holen müssen. Der hätte das einfach gemacht.«

Ich war überrascht, wie sauer mich der Gedanke machte, dass Hauke nicht den Mumm besaß, sich selber um die Sache zu kümmern. Ohne sich vorher die Erlaubnis meiner kleinen Schwester holen zu müssen.

»Das war jetzt ganz schön unfair, Anni.«

Liv wurde nun auch sauer.

»Hauke hat eine Menge Mumm. Ich kenne jedenfalls kaum jemanden, der es mit halb Brodershöved aufnimmt, um ein paar Wale zu schützen. Und er ist verdammt rücksichtsvoll. Er weiß, was du im letzten Jahr durchmachen musstest. Er will dich nicht überfordern.«

Das war eine logische Erklärung und entsprach vermutlich auch der Wahrheit. Ich war allerdings weit davon entfernt, sie zu akzeptieren.

»Jetzt mal im Ernst, Liv. Mache ich auf dich den Eindruck, dass ich überfordert bin?« Ich wartete ihre Antwort erst gar nicht ab. »Nein! Bin ich nicht! Und das war ich auch im letzten Jahr nicht. Also wäre es schön, wenn du und *deine* Freunde mich nicht wie ein rohes Ei behandeln würdet, das man beschützen muss.«

Liv verdrehte genervt die Augen. »Ist ja schon gut. Mein Gott! Du bist manchmal echt anstrengend, weißt du das?«

Ich ließ sie links liegen und widmete mich wieder schmollend den Bettbezügen, die wir in den Zimmern vom Sturmnest wechselten. Seit sechs in der Frühe kümmerten wir uns bereits wieder um den Zimmerservice und waren fast durch mit unseren Aufgaben. Frau Warendorf hatte sich an diesem Morgen noch nicht blicken lassen, ansonsten hätte ich vermutlich gleich wieder den nächsten Streit vom Zaun gebrochen, so mies, wie meine Laune gerade war.

Nach ein paar quälend langen Minuten des Schweigens hielt Liv inne. »Machst du den Job jetzt, oder nicht?«

Ich atmete tief durch und blieb ihr eine Antwort schuldig.

»Anni, das ist wichtig. Wir brauchen dieses Museum und wir brauchen es gut organisiert und geplant. Es hilft, unsere Schweinswale zu schützen. Und die wiederum helfen uns dabei, als Urlaubsort auch die nächsten Jahre gut über die Runden zu kommen. Auch ohne Massentourismus und Bettenburgen.«

Ich sah sie genervt an. »Ist ja gut. Du musst mir jetzt keinen Vortrag über nachhaltigen Tourismus halten. Damit kenne ich mich aus, okay.«

Einen Moment schwiegen wir uns wieder an, und ich stopfte die schmutzige Bettwäsche in den dafür vorgesehenen Korb, was durchaus dabei half, meine angestaute Wut etwas abzubauen. Dann strich ich ein letztes Mal das frisch bezogene Bett glatt und entfernte eine nicht vorhandene Falte im Laken. Ich tat so, als stünde Liv nicht neben mir, und ließ meinen Blick durch das geschmackvoll eingerichtete Zimmer mit der stilvollen Fledermausgaube gleiten und war zufrieden. Alles war so, wie es sein sollte.

»Komm, hier sind wir fertig.«

Ich schob den Putzwagen hinaus auf den Flur. Als Liv die Tür hinter uns schloss, atmete ich tief durch.

»Ich werde den Job machen.«

Die Erleichterung darüber war Liv deutlich anzusehen.

»Und mit Hauke werde ich mal ein ernstes Wort reden.«

Liv verzog das Gesicht. »Versuch wenigstens nett dabei zu bleiben, Anni. Versprich es mir. Bitte.«

Den Rest des Tages vermieden wir, das Thema Männer weiter zu ergründen. Stattdessen erzählte mir Liv von ihrem Termin bei Doktor Lorenz am Tag zuvor. Jewe hatte sie begleitet und die ersten Ultraschalluntersuchungen hatten bestätigt, was drei positive Schwangerschaftstests bereits mehr als nur ahnen ließen. Liv war ungefähr in der achten Woche und so, wie es aussah, war alles in bester Ordnung. Bevor sie die gute Nachricht öffentlich machten, wollten sie allerdings hundertprozentig sicher sein, dass Livs Tauchausflüge in den vergangenen Wochen sich nicht doch noch auf das Baby und die Schwangerschaft auswirken würden. Außerdem waren sie vollauf damit beschäftigt, ihre Hochzeit zu planen, die eigentlich nach dem Saisonende im Herbst hatte stattfinden sollen.

»Weißt du, wie ich im November aussehe? Ich habe keine Lust, als gestrandeter Wal im weißen Kostüm auf dem Standesamt zu erscheinen.«

So eitel kannte ich meine Schwester gar nicht. »Ich hab auch hochschwanger geheiratet.«

Sie schenkte mir einen bedeutungsvollen Blick. »Genau. Und daran kann ich mich noch richtig gut erinnern.«

»Ich habe wie ein gestrandeter Wal ausgesehen?«

Sie beantwortete meine Frage lieber nicht. »Am liebsten würde ich mit Jewe einfach rüber nach Dänemark fahren und im nächstbesten Küstenort heiraten.« Sie lächelte selig. »Morgens hin, und zack nachmittags verheiratet wieder zurück.«

»Das klingt überaus romantisch.« Ich sah sie strafend an. »Du hast nur eine Kleinigkeit vergessen. Die Zeiten der dänischen Blitzheirat sind vorbei.«

Sie blickte überrascht auf. »Tatsächlich? Das geht nicht mehr?«

»Ist mittlerweile fast genauso kompliziert wie bei uns.«

Ich merkte genau, dass sie mir nicht so recht glaubte.

»Woher weißt du das eigentlich so genau?«

Meine kleine Schwester konnte manchmal wirklich schwer von Begriff sein.

»Liv, letztes Jahr um diese Zeit habe ich noch ein überaus erfolgreiches, romantisches kleines Hotel geleitet. Wie viele Gäste hatten da wohl die gleiche Idee wie du, hm?«

»Du hast auch Hochzeiten organisiert?«

»Hochzeiten. Seebestattungen. Alles Mögliche.«

Sie war tatsächlich beeindruckt.

»Kein Wunder, dass Hauke dich für das Walmuseum haben will.«

Ich sah sie mahnend an. »Wollten wir das Thema nicht lassen?«

Tatsächlich vermied sie es bis zum Ende unseres Arbeitstages, noch einmal die Wörter Hauke, Walmuseum oder Jobangebot in den Mund zu nehmen. Stattdessen überlegten wir, wie eine möglichst spontane Hochzeit im kleinsten Kreis zeitnah zu organisieren war, ohne dass gleich ganz Brodershöved davon erfuhr. Die Idee, rüber nach Dänemark zu fahren, war tatsächlich verlockend, und ich versprach meiner kleinen Schwester, mich darum zu kümmern, ob im Standesamt von Vjelbyhavn, das Brodershöved fast gegenüber auf der dänischen Insel Langeland lag, ein Termin zu bekommen sein würde. Ich hatte bereits einige Hochzeiten dort organisiert und war mir sicher, dass man sich noch gut an mich erinnern konnte.

Ich war ungewöhnlich geschafft, als ich am frühen Abend heim in unser kleines Backsteinhaus kam. Meine Mutter hatte schon am Nachmittag die Arbeit beendet, und ich nahm erleichtert zur Kenntnis, dass sie das Abendessen vorbereitet hatte und der Tisch gedeckt war. Sie saß mit Jule am Küchentisch und an der Art und Weise, wie sie ihre Unterhaltung abrupt beendeten, als sie mich hereinkommen hörten, merkte ich sofort, dass sie wohl ein Thema angesprochen hatten, das nicht für meine Ohren bestimmt gewesen war.

»Redet ruhig weiter.« Ich gab Jule einen Kuss auf ihre weißblonden Feenhaare. »Tut so, als wäre ich gar nicht da.«

»Hi, Mama.« Jule wurde, wie immer, wenn sie sich ertappt fühlte, leicht rot.

»Abendessen ist fertig. Oma hat Bratkartoffeln gemacht.«

»Das sehe ich.«

Ich warf meiner Mutter einen fragenden Blick zu.

»Wir haben nur so über den Tag gesprochen. Wie's in der Schule läuft und so. Stimmt's, Jule?«

Sie nickte eifrig. »Ich hab eine Zwei im Biotest.«

Ich sah sie zufrieden an. »Glückwunsch, mein Schatz«, gratulierte ich und gab ihr noch einen Kuss.

»Ist Clara oben? Sagst du ihr, dass wir essen wollen?«

Jule und meine Mutter tauschten einen vielsagenden Blick.

»Was ist?« Ich sah sie fragend an. »Hab ich schon wieder etwas Falsches gesagt?«

»Clara ist noch unterwegs.« Meine Mutter stand auf und nahm die Pfanne vom Herd. »Sie kommt erst später zum Essen.«

Ich setzte mich und ahnte noch nichts Böses. »Aha? Wo ist sie denn? Noch bei Mia?«

Jule verzog das Gesicht zu einem bitteren Lächeln. »Wir sind schon seit einer Ewigkeit nicht mehr mit Mia befreundet.«

Das war mir neu. Jule, Clara und Mia kannten sich seit ihrer Kindergartenzeit, und Mia und ihre jüngere Schwester hatten uns früher ständig im Sturmnest besucht.

»Habt ihr euch gestritten?«

Meine Mutter schaufelte die Bratkartoffeln, die herrlich knusprig waren, auf die Teller. Dazu gab es einen frischen Heringssalat und Rote Bete.

»Kann man so sagen.« Jule stocherte auf ihrem Teller herum. »Die blöde Kuh hat ein paar richtig fiese Sachen über Papa gesagt und da hat Clara ihr die Meinung gegeigt. Seitdem gehen wir uns lieber aus dem Weg.«

Ich tauschte einen besorgten Blick mit meiner Mutter. »Davon habt ihr mir gar nichts erzählt.«

Jule zuckte nur mit den Schultern. »War irgendwie nicht so wichtig. Die meisten erzählen doch Blödsinn über Papa. Ich höre da schon gar nicht mehr hin.«

»Jule?«

Sie blickte widerstrebend auf, sodass ich ihr in die Augen sehen konnte.

»Darüber haben wir gesprochen. Wenn es für euch Stress gibt, in der Schule oder sonst wo, dann müsst ihr mir das erzählen.«

»Hab ich doch gerade.«

In den ersten Monaten, als wir plötzlich allein gewesen waren und drohten, obdachlos zu werden, hatte ich mit meinen Töchtern ausführlich über unsere damalige Situation gesprochen. Gemeinsam mit meiner Mutter und Liv und Jewe. Wir hatten als Familie zusammengehalten und uns von dem Tratsch und Klatsch des Dorfes nicht einschüchtern lassen. Irgendwann hörte das Gerede auf, und ich hatte gehofft, damit sei die Sache erledigt.

So, wie es aussah, war der Stress weitergegangen, nur hatten Clara und Jule nichts mehr davon erzählt. Und ich war so mit mir und meinen Problemen beschäftigt gewesen, dass mir die Abwesenheit ihrer ehemaligen Freundinnen gar nicht weiter aufgefallen war. Jule sah mich an, als hätte ich etwas sehr Offensichtliches noch nicht verstanden.

»Das ist okay, Mama, ehrlich. Clara und ich kommen damit zurecht. Uns ist es sowieso lieber, du mischst dich da erst gar nicht ein.«

Ich schaute etwas hilflos zu meiner Mutter, die anscheinend der gleichen Meinung war.

»Ich denke auch, die beiden kommen gut zurecht.«

Das sah ich nicht ganz so, aber vielleicht sollte ich das Thema noch mal unter vier Augen mit meiner Mutter besprechen.

»Und wo ist Clara jetzt?«

Schweigen. Ich blickte fragend von einem zum anderen.

»Heißt das, ihr wisst nicht, wo sie steckt?«

Mir war auf einmal der Appetit vergangen und ich blickte hoch zu der alten Küchenuhr. Es war bereits kurz vor acht. Um diese Zeit sollten meine Kinder längst zu Hause sein. Zumindest wenn ich nicht genau wusste, wo sie waren.

Automatisch griff ich zum Handy, um sie anzurufen. Jule unterbrach mich.

»Das bringt nichts. Ihr Akku ist alle. Mal wieder.«

Verärgert legte ich es wieder weg. Jule hatte offenbar kein Problem damit, dass ihre Zwillingsschwester sich wer weiß wo herumtrieb.

»Sie hat versprochen, spätestens um acht wieder hier zu sein.«

»Ach, und damit ist dann alles in Ordnung? So geht das beim besten Willen nicht, Jule.«

Ich merkte selbst, wie unfair es war, meine Wut auf Clara an ihr auszulassen.

»Falls ihr es vergessen haben solltet – ihr seid noch lange nicht in dem Alter, in dem man bis spätabends allein unterwegs ist. Ist das klar?«

Sie sah mich mit großen, verständnislosen Augen an. »Ich bin doch da.«

Womit sie nicht ganz unrecht hatte.

»Du solltest das mit Clara besprechen, wenn sie wieder da ist.« Meine Mutter hatte beschlossen, die ganze Angelegenheit nicht weiter aufzubauschen. »Außerdem habe ich da so eine Ahnung, wo sie stecken könnte.«

Womit sie wesentlich mehr Durchblick hatte als ich. Als sie meinen fragenden Blick sah, legte sie mir beruhigend die Hand auf den Arm.

»Sie treibt sich seit Ostern bei Petersen rum und hilft ihm, die Boote und Surfbretter für die Saison fertigzumachen.«

Das war mir neu. »Tatsächlich?«

Meine Mutter nickte. »Hat mir die Oma von Petersen erzählt. Dafür gibt er ihr weiter Segelunterricht.«

»Clara nimmt wieder Unterricht?«

So, wie es aussah, hatte ich tatsächlich keine Ahnung mehr davon, was meine Töchter so trieben.

»Wenn du mich fragst, Anni, überraschend finde ich das nicht. Immerhin leben wir an der Ostsee. Segeln ist da irgendwie naheliegend.«

»Letztes Jahr hat sie mich noch angefleht, sie vom Segelclub abzumelden.«

Ich blickte fragend zu Jule. »Bist du auch unter die Segler gegangen?«

»Nee. Ich mach lieber was Richtiges. Ich helfe Inken und Hauke beim Umbau der *Seenixe*. Und dafür kriege ich den Job als Aushilfe, wenn sie mit den Waltouren anfängt.«

Ich sah sie verblüfft an. Auch davon hatte ich bislang nichts geahnt.

»Ach, ist das so?«

Sie nickte und stocherte in ihren Bratkartoffeln herum. »Ist schon alles geklärt. Ist wirklich cool. Ich kann in den Sommerferien mein Taschengeld aufbessern *und* noch was für den Meeresschutz tun. Genial, oder?«

Meine Mutter konnte sich ein Grinsen nicht verkneifen. »Was das Praktische angeht, kommt sie eindeutig nach dir, Anni.«

»Na, immerhin bin ich froh, dass ich überhaupt davon erfahre. Ihr hättet wenigstens mit mir darüber reden können.«

Jule hob an, etwas zu sagen, doch ich unterbrach sie. »Ich weiß, was du sagen willst – das tust du doch gerade.«

Ich schickte meinen Worten ein Lächeln hinterher, und sie musste ebenfalls grinsen. Der Familienfrieden war wiederhergestellt. Wenigstens für den Moment.

»Ich finde, mein Schatz, das hört sich nach einem guten Plan an. Ich bin stolz auf dich.«

Sie schob sich mit Appetit eine Ladung Bratkartoffeln in den Mund und schien sich sehr über das Lob zu freuen.

In diesem Moment war zu hören, wie die Haustür aufgeschlossen wurde, und ein kühler Luftzug wehte zu uns in die kleine Küche. Es war genau acht Uhr. Wenigstens war Clara pünktlich, das musste man ihr lassen.

»Clara?«

»Ja-a«, hörte ich es aus der kleinen Diele rufen. »Bin wieder da.«

Im nächsten Moment erschien sie rotwangig und mit zerzausten Haaren in der Küche.

»Oh, prima. Ich hab echt Hunger.«

Ohne eine weitere Erklärung setzte sie sich an den Tisch und schaufelte sich Bratkartoffeln auf den Teller. Ich beobachtete sie stumm, bis sie schließlich den Blick hob und mich verwundert ansah.

»Was ist denn los? Hab ich was verpasst?«

Ich räusperte mich und versuchte, ruhig zu bleiben.

»Allerdings. Ich habe mich nämlich gefragt, wo du um diese Zeit noch steckst.«

Sie tauschte einen kurzen Blick mit Jule und ihrer Oma, wohl um zu prüfen, wie die Stimmung am Tisch so war. Anscheinend gab es aus ihrer Sicht keinen Grund zur Beunruhigung. Sie sah mich entspannt an.

»Ich hab Jule doch gesagt, ich bin um acht zurück.«

»Und wo bist du bis jetzt gewesen?«

Sie kaute und schluckte und versuchte, etwas Zeit zu gewinnen, um sich ihre Antwort genau zu überlegen. Im Gegensatz zu Jule konnte Clara fast Gedanken lesen und war sich bewusst, dass ihr kleines Geheimnis wohl keins mehr war.

»Ich war bei Petersen.«

Ich tauschte einen stummen Blick mit meiner Mutter.

»Ich helfe ihm bei seinem Surf- und Bootsverleih.«

Wenigstens log sie mich nicht an.

»Warum hast du mir noch nichts davon erzählt? Ob du's glaubst oder nicht, ich würde schon gerne wissen, was ihr in eurer Freizeit so treibt.«

Sie schenkte mir einen langen Blick und hinter ihren hellen Augen arbeitete es.

»Du hast doch keine Zeit mehr für uns.«

Sie sprach es ganz ruhig aus. Und die Tatsache, dass noch nicht einmal eine Anklage in ihren Worten lag, traf mich umso mehr.

»Das stimmt doch gar nicht. Natürlich habe ich Zeit für euch.«

Sie tauschte einen knappen Blick mit ihrer Schwester. An Jules Gesichtsausdruck war abzulesen, dass sie durchaus der gleichen Meinung war wie ihre Schwester.

Clara aß weiter, als wäre nichts geschehen, und sprach mit vollem Mund, was alles andere als schön war.

»Jetzt reg dich nicht gleich wieder auf, Mama. Ich kann das ja verstehen. Du hast eben viel Stress.«

»Und deshalb kann ich mich nicht mehr um euch kümmern, oder was willst du damit sagen?«

Ihre ruhige, bedachte Art traf exakt den Nerv bei mir.

»Mensch, Mama. Chill mal. Du kannst ja auch nix dafür, dass Papa eine Riesenscheiße gebaut hat.«

»Clara …«, griff meine Mutter beruhigend in die Unterhaltung ein. »Das ist nicht gerade die Wortwahl, die ich schätze.«

Meine Tochter zuckte nur mit den Schultern, während ich mich mühsam zusammenriss.

»Was hat er denn sonst gemacht?« Sie schnaubte ungeduldig durch, so, als müsste sie einem Kleinkind erklären, wie die Welt läuft. »Einen Fehler? Eine Dummheit? Das trifft es wohl nicht so richtig, oder?«

Sie sah sich nach Zustimmung heischend um. »Nee, Paps hat uns so richtig in die Scheiße geritten, sich dann aus dem Staub gemacht und ist mit seinem bekloppten Speedboot ins Nirwana entschwunden. Und wir dürfen das Ganze allein ausbaden. Also, wenn ihr mich fragt, dann ist das eine Riesenscheiße!«

Ich war überrascht, wie beherrscht meine Stimme klang, obwohl Claras anklagende Worte mir das Herz brachen. »Ich will nicht, dass du so über deinen Vater sprichst.«

Sie sah mich mit einer Abgeklärtheit im Blick an, die mich schockierte.

»Wieso nicht? Das tun doch eh alle.«

»Weil es alle tun, muss es nicht auch richtig sein.«

Sie warf ihr Besteck auf den Tisch, und ich zuckte zusammen.

»Sie haben aber recht! Paps war ein Idiot. Und ich bin alt genug, um das zu kapieren.«

Ich widerstand mühsam dem Wunsch, ihr eine Ohrfeige zu verpassen, und ballte meine Hände zu Fäusten.

»Es reicht, Clara.« Ich stand steif vom Tisch auf und sammelte die leeren Schüsseln ein, nur um irgendetwas zu tun, was mich daran hindern würde, völlig die Fassung zu verlieren.

»Euer Vater hat Fehler gemacht. Das stimmt. Das ist aber kein Grund, so über ihn zu reden.«

»Ich …«

»Nein, Clara! Ich will nichts mehr hören, haben wir uns verstanden?«

An der Tonlage meiner Stimme musste sie wohl erkannt haben, dass es mir bitterernst und sie im Begriff war, eine Grenze zu überschreiten.

»Dann sag ich eben gar nichts mehr«, grummelte sie sauer vor sich hin und spießte missmutig ein paar Bratkartoffeln auf ihre Gabel.

Einen Moment herrschte betretenes Schweigen am Tisch. Alle starrten auf ihre Teller und vermieden es, einander anzusehen. Schließlich schob auch Jule den Teller von sich.

»Kann ich nach oben gehen?«

Ich nickte schwach.

»Geh nur. Ich kümmere mich um den Abwasch.«

Einen Moment später hörte ich, wie die Stuhlbeine über das Linoleum schabten und beide Mädchen ohne einen weiteren Kommentar aus der Küche verschwanden. Vermutlich würden sie es vorziehen, den restlichen Abend oben in ihrer kleinen Dachkammer zu verbringen. Weit genug entfernt von nervigen Erwachsenen. Ich setzte mich erschöpft wieder an den Tisch und schloss für einen Moment überfordert die Augen.

»Nimm es dir nicht so zu Herzen, Anni.«

Ich spürte die Hand meiner Mutter tröstend auf meinem Arm.

»Sie kommen langsam in das Alter, in dem sie sich eine eigene Meinung über die Dinge machen.«

»Ist das so? Dass ihr Vater ein Idiot war?« Ich lachte bitter auf. »Das ist wirklich sehr beruhigend, Mama.«

»Sie begreifen nur langsam, was im letzten Jahr mit uns passiert ist. Und sie verstehen auch, dass ihr Vater dafür verantwortlich ist.«

»Thies war kein Idiot, Mama. Er hat das alles für uns getan.«

Meine Mutter senkte den Blick und erwiderte nichts. Ich sah sie aufgebracht an.

»Was?! Was hat das denn jetzt zu bedeuten?«

Sie schüttelte nur den Kopf und stand vom Tisch auf. »Wir räumen jetzt die Küche auf. Und wir reden ein anderes Mal darüber.«

Ich hielt sie am Arm fest. »Oh, nein, Mama. Wir reden jetzt darüber.«

Sie setzte sich wieder und sah mich einen Moment lang ernst an. In mir brodelte es noch immer.

»Nun sag schon, was du sagen willst!«

Sie wählte ihre Worte mit Bedacht, und so hatte ihre Stimme diesen beherrschten leisen Unterton, den ich so gut aus meiner Kindheit von ihr kannte.

»Ich kann die Zwillinge verstehen, Anni. Sehr gut sogar. Ich bin nämlich auch wütend auf Thies. Auf das, was er gemacht hat.«

Ich wollte ihr widersprechen, doch meine Mutter unterbrach mich mit einer Geste.

»Und du solltest auch wütend auf ihn sein, statt ihn zu verteidigen. Er hat unsere Familie in den Ruin getrieben. Er hat mit seiner Unvernunft dafür gesorgt, dass das, was hundert Jahre lang das Leben der Larsens bestimmt hat, nun irgendeinem windigen Geschäftsmann aus Hamburg gehört, dem das Sturmnest im Grunde völlig egal ist. Wir haben alles verloren, was unserer Familie etwas bedeutet hat, Anni. Alles. Das kann ich Thies nicht verzeihen.«

Ich musste schwer schlucken. So klar hatte meine Mutter im vergangenen Jahr nicht über ihren Schwiegersohn und seine Verfehlungen gesprochen.

»Mama …«

»Thies war ein verantwortungsloser Phantast, der nie mit irgendetwas zufrieden war. Er wollte immer mehr und mehr und mehr. Er war rücksichtslos und borniert. Und der einzige Mensch, den Thies Larsen jemals ernsthaft geliebt hat, war vermutlich er selbst.«

Ich weiß nicht, ob meine Mutter wirklich meinte, was sie sagte, aber sie überschritt eindeutig eine Grenze.

»Das stimmt nicht. Thies hat mich geliebt. Und Clara und Jule.«

Sie sah mich ruhig an. »Nein, Anni, das hat er nicht. Und es wäre langsam an der Zeit, wenn du das auch einsehen könntest. Ich wünschte nur, du hättest es schon vor Jahren eingesehen und dich von ihm getrennt. Dann wäre uns das alles erspart geblieben.«

Ich starrte sie fassungslos an, während sie sich erhob und mir knapp zunickte.

»Ich bin in meinem Zimmer.«

Damit ging sie hinaus. Ich blieb wie erstarrt sitzen, während ihre Worte wie ein Echo in meinem Kopf widerhallten.

Ich weiß nicht, wie lange ich in der Küche saß, allein, im trüben Licht der untergehenden Sonne. Schließlich knipste ich die Deckenbeleuchtung an und begann wie betäubt die Küche aufzuräumen. Im Haus war es totenstill. Jule und Clara saßen vermutlich auf ihren Betten und hatten sich die Kopfhörer aufgesetzt. Aus dem kleinen Zimmer, das meine Mutter gleich neben der Küche bewohnte, kam ebenfalls kein Laut.

Ich hatte geahnt, dass meine Mutter unter dem Verlust unseres Hotels so sehr litt, als hätte sie einen Teil von sich verloren, ich hatte gewusst, dass sie Thies dafür verantwortlich machte. Es war normal. Immerhin war er durch seine katastrophalen Börsenspekulationen dafür verantwortlich. Aber dass sie der Meinung war, dass unsere Ehe schon vor Jahren gescheitert war, er mich und seine Familie nicht geliebt hatte, das war neu.

Heute Abend hatte sie etwas angesprochen, was ich lieber nicht sehen wollte. Denn, wenn ich ehrlich war, gab es die Befürchtung, dass etwas in meiner Beziehung zu Thies schon lange nicht mehr gestimmt hatte, nicht erst seit seinem Tod und seit die Wahrheit über seine Börsenspekulationen, die er vor mir verheimlicht hatte, offenbar geworden war.

Ich hatte mir immer eingeredet, dass es normal war, wenn man so lange verheiratet war wie wir. Dass es schon in Ordnung ist, wenn man in getrennten Betten schläft und keinen Sex mehr hat. Dass es mir nichts ausmachte, von Thies nicht mehr auf eine Art angesehen zu werden, die sein Begehren spiegelte.

Meine Mutter hatte es gesehen. Und ich erinnerte mich plötzlich an all die Gelegenheiten, in denen sie versucht hatte, mit mir darüber zu sprechen. Doch ich hatte immer wieder abgewiegelt und ihr klargemacht, dass das Thema Thies für sie tabu war. Sie hatte sich zähneknirschend daran gehalten, und wir hatten uns immer mehr voneinander entfernt und immer häufiger wegen Nichtigkeiten gestritten, bis wir fast gar nicht mehr miteinander geredet hatten. So war es gewesen, als Thies starb und mich allein mit einem ganzen Haufen an Problemen zurückließ. Ich hatte es fast vergessen, denn als alles über mir zusammenbrach, war sie ohne zu zögern für mich da gewesen, hatte mich aufgefangen und getröstet. Was sie wirklich über Thies und über mich gedacht hatte, spielte keine Rolle mehr. Bis jetzt.

Als ich die Küche aufgeräumt und den Abwasch gemacht hatte, war es bereits kurz vor Mitternacht. Und als ich ins Wohnzimmer ging, um auf der alten Ausziehcouch mein Nachtlager aufzuschlagen, drang kein Lichtstrahl mehr aus ihrem Zimmer.

Ich habe keine Ahnung, wie ich es schaffte, aber als mein Kopf das Kopfkissen berührte, schlief ich augenblicklich erschöpft ein.

Kapitel 6

»Hier im Erdgeschoss wäre der Eingangsbereich, der den Besuchern eine erste Orientierung für die Ausstellung geben soll.«

Hauke stand mitten in dem stickigen, staubigen Raum, der vollgestellt war mit alten Möbeln, Werkzeugen, ausgefransten Strandkörben und rostigen Fahrrädern.

»Im ersten Stock stelle ich mir so etwas wie eine Multimedia-Präsentation vor. Mit kurzen Filmen, historischen Fotos und Dokumentationen zu den Walen.«

Ich rüttelte kurz an der alten, verschnörkelten Treppe aus Stahl, von der die schwarze Lackierung längst abgeblättert war und die spiralförmig mitten im Raum stand, damit sie die drei Etagen des Backsteinturms verbinden konnte.

»Kann man die Treppe noch benutzen?«

Ich sah ihn fragend an. Er verzog das Gesicht zu einem Grinsen. »Laut Bauaufsichtsamt ja.«

Ich nickte wenig überzeugt, während Hauke begeistert fortfuhr. »In der dritten Etage ist die Aussichtsplattform. Von da aus hat man einen guten Blick über die Bucht. Mit ein bisschen Glück kann man von da aus die Schweinswale beobachten, wenn sie zu Petermanns Klippe kommen.«

»Dir ist schon klar, dass das eine Menge Arbeit ist, oder?«
Ich sah ihn zweifelnd an. »Ich habe ja gedacht, dass das Museum
im Leuchtturm sein soll. Und nicht *daneben*.«

Der alte Marinebeobachtungsturm, in dem wir standen
und der Jahrzehnte nach dem Leuchtturm errichtet worden war,
hatte die letzten Jahre als geräumige Abstellkammer gedient.

Hauke sah mich mit schlechtem Gewissen an, weil er mir
die entscheidenden Details bis jetzt verschwiegen hatte.

»Die Gemeinde braucht die Einnahmen von all den
Hochzeiten im Leuchtturm. Da wäre ein Walmuseum etwas im
Wege.«

»Kann ich mir vorstellen.«

»Aber«, fuhr er optimistisch fort, »dafür ist der alte
Marinebeobachtungsturm ganz für uns reserviert. Mit ein bisschen Farbe und ein paar Einbauten geht das schon.«

Ich ließ meinen Blick durch den kleinen kreisförmi-
gen Raum mit den schmalen Fenstern, durch die kaum die
Frühsommersonne drang, schweifen. Der Turm war keine
zwanzig Meter neben dem mächtigen Leuchtturm errichtet
worden und hatte den ehemaligen Leuchtturmwärtern früher
zur Wetterbeobachtung gedient. Entsprechend karg war die
Ausstattung.

Doch die angesprochene Aussichtsplattform hatte allerdings etwas. Ich kannte sie noch gut aus meiner Kindheit, denn
wir waren hier oft eingebrochen und am liebsten bei Sturm
hoch auf den Turm gestiegen, um das aufgewühlte Meer zu
beobachten.

»Ich denke mal, man kann was aus dem alten Kasten
machen. Wie sieht denn unser Budget aus?«

Hauke verzog erneut das Gesicht. »Das steht noch nicht so
genau fest. Ich verhandle da gerade noch nach.«

Er ahnte wohl, dass mir eine etwas detailliertere Antwort
nicht gefallen würde.

»Wie viel, Hauke?«

»Na ja …« Er fuhr sich verlegen durch seine dunklen Locken. »Nicht mehr als fünf.«

»Fünf?«

»Fünftausend.«

»Fünftausend Euro für die Renovierung dieser Bruchbude! Hauke, das ist ein Scherz!«

»Ich fürchte, nicht.«

Ich stieß überfordert die Luft aus. »Dafür kriegen wir gerade mal die Farbe, um die Wände zu streichen, das ist dir klar, oder?«

»Siehst du, Anni, und da kommst du ins Spiel. Wir müssen einfach Sponsoren finden, die uns mit Material und Handwerkern unterstützen.«

»Nur, damit ich dich richtig verstehe. Du möchtest, dass ich auf Betteltour gehe?«

Ich verschränkte ablehnend die Arme und sah ihn strafend an. Hauke war schließlich durchaus bewusst, was er da von mir verlangte. Seine meergrünen Augen ruhten hoffnungsvoll auf mir.

»Weißt du, Anni, wenn jeder in Brodershöved nur einen kleinen Teil dazu beisteuert, dass aus dieser Bruchbude, wie du es nennst, ein richtiges Museum wird, dann haben alle was davon. Wir müssen sie nur davon überzeugen, dass es eine gute Investition ist.«

Hauke hatte nicht ganz unrecht. Die Schweinswale, die im letzten Jahr an unserer Küste aufgetaucht waren und die den Winter über beschlossen hatten, ihrem neuen Revier treu zu bleiben, hatten nicht nur ein völlig überzogenes Ferienhaus-Neubaugebiet verhindert, sondern auch eine ultramoderne Marina, die ungefähr so gut zu Brodershöved gepasst hätte wie eine alpine Skipiste in die Wüste Gobi. Beides waren die Herzensprojekte von Thies gewesen. Und er hatte mit zunehmender Fassungslosigkeit und Wut beobachtet, wie mit den Walen immer häufiger Touristen gekommen waren, die Jewes Waltouren buchen wollten, um sich die kleinste Walart der Ostsee genauer anzuschauen. Naturliebhaber, die gewillt waren, sich ihre Liebe zur Natur etwas kosten zu lassen. Und Jewe war der Erste gewesen, der die Chance erkannt hatte, die darin für Brodershöveds Zukunft lag. Es war die Chance für unser kleines Küstendorf, zu überleben, ohne auf den Massentourismus zu setzen, der in den letzten Jahrzehnten weiter südlich die Ostseeküste bereits in einen Rummelplatz verwandelt hatte.

Im Kopf ging ich die Renovierungsmaßnahmen durch und erstellte eine Liste der Handwerksbetriebe, deren Hilfe und Unterstützung wir benötigen würden. Hauke hielt mein Schweigen nicht lange aus.

»Also, Anni, was hältst du davon?«

»Ich denke mal, es ist realistisch.«

Hauke wirkte sichtlich erleichtert. »Ich wusste, du kriegst das hin. Eine Sache gibt es allerdings noch.«

Ich ahnte bereits, dass mir seine Antwort nicht gefallen würde, deshalb fragte ich erst gar nicht nach. Hauke erklärte es mir trotzdem mit schlechtem Gewissen.

»Der Tourismusverband will, dass wir das Museum noch in der Hauptsaison eröffnen.«

Ich musste ein paar Mal blinzeln. Das war in knapp zwei Monaten.

»Dann bekommt es einfach die meiste Aufmerksamkeit. Vielleicht erscheint zur Eröffnung sogar ein Filmteam aus Hamburg und bringt es in den Nachrichten.«

»Hauke, wir haben Ende Mai. Wie sollen wir das in acht Wochen schaffen?«

Er setzte dieses jungenhafte Lächeln auf, dem niemand widerstehen konnte.

»Ich habe keine Ahnung, Anni. Aber ich weiß, dass *du* das schaffst.«

Anscheinend schien er zu glauben, ich verfügte über so etwas wie Superheldeneigenschaften und könnte mit bloßer Willenskraft Dinge aus dem Nichts kreieren.

»Das ist sehr schmeichelhaft, mein Lieber, aber darauf falle ich nicht rein. Mir Komplimente zu machen, lässt die Renovierung dieser Bruchbude nämlich kein bisschen realistischer werden.«

Er zog empört die Stirn kraus. »Das war kein Kompliment.«

Ich war mir nicht sicher, ob er es wirklich ernst meinte.

»Wenn es jemand schafft, das Museum in zwei Monaten an den Start zu bringen, dann du. Du schaffst nämlich alles.«

Der liebevolle Unterton in seiner Stimme war unüberhörbar. Die Alarmglocke in meinem Kopf begann erneut leise ihre Arbeit. Es wurde Zeit, mit Hauke ein ernstes Wort zu reden, wie ich es Liv bereits angekündigt hatte.

»Lass uns mal ein Stück spazieren gehen, Hauke.«

Ich wandte mich ab und trat durch die kleine, altersschwache Holztür, die fast aus den Angeln fiel, hinaus in die Sonne.

Er folgte mir kommentarlos, während ich die paar Schritte bis hin zur Kante der Steilküste ging, von wo aus man einen wunderbaren Blick über die Ostsee hatte. Es wehte eine leichte Brise und das Meer schimmerte dunkelblau und einladend zu unseren Füßen. Am Himmel waren ein paar weiße Quellwolken zu erkennen, und die Möwen segelten durch die Luft und ließen vereinzelt ihre Schreie hören. Einen Augenblick standen wir Seite an Seite an der Klippe und genossen diesen milden Frühsommermorgen.

»Ich werde mein Bestes geben, Hauke. Ich werde wirklich versuchen, aus dem alten Marineturm ein Museum zu machen. So gut es unter den Umständen geht.« Ich drehte mich zu ihm und sah ihn offen an. »Aber eins sollten wir hier und jetzt klarstellen.«

Er nickte nur und runzelte die Stirn.

»Ich habe kein Interesse, unsere berufliche Beziehung in irgendeiner Art und Weise auszubauen.«

Er hob nur fragend die Augenbrauen und wartete auf eine weitere Erklärung. Besonders erschüttert schien er allerdings nicht zu sein, was mich etwas irritierte.

»Also, was ich sagen will, ist, falls du dir von unserer Zusammenarbeit versprichst, dass mehr aus uns werden könnte, muss ich dich leider enttäuschen.«

Er starrte mich an, und für einen Moment schien es ihm tatsächlich die Sprache verschlagen zu haben.

Schließlich ließ er ein gedämpftes Lachen hören und rieb sich den Nacken. »Wow! Das war so ziemlich die härteste Abfuhr, die ich jemals in meinem Leben bekommen habe.«

Ich sah ihn entschuldigend an. »Das … das tut mir leid … ich …«

Er winkte lässig ab und schüttelte nur den Kopf. »Zu spät. Mein Herz ist gebrochen. Endgültig.« Er blickte hinauf zum alten Marineturm. »Am besten, ich stürze mich gleich da runter.«

»Hauke …« Ich war mir nicht sicher, wie ernst er es meinte. Zumal der Blick aus seinen sanften meergrünen Augen tatsächlich etwas Melancholisches hatte.

Einen langen Augenblick sah er mich ernst an, dann verzogen sich seine vollen Lippen zu einem Grinsen.

»Das war ein Scherz, Anni.« Er rieb sich wieder den Nacken und schaute etwas verlegen drein. »Jedenfalls das mit dem Turm.«

Er sah mich erneut stumm an, so, als könnte er sich nicht entscheiden, was er als Nächstes sagen sollte. Dann blickte er wieder über die Ostsee. »Weißt du, was das Dumme ist? Wir können es uns nicht aussuchen.«

Ich verstand nicht so ganz, was er meinte.

»Wir können uns nicht aussuchen, in wen wir uns verlieben.« Er erklärte es mir mit einem Lächeln, das seine Traurigkeit verbergen sollte. »Es stimmt, ich habe mich in dich verliebt, Anni. Schon an dem Tag, als wir uns zum ersten Mal begegnet sind. Unter anderen Umständen wäre das wohl romantisch gewesen. Aber du warst verheiratet. Da bekommt das wohl eher etwas Tragisches.«

»Ich will dich nicht schon wieder enttäuschen, Hauke, aber an Liebe auf den ersten Blick habe ich noch nie geglaubt.«

»Das hört sich an, als würden meine Chancen schlecht stehen.«

Ich nickte nur stumm. Alles, was ich sagte, schien ihn nur mehr zu verletzen, und das war etwas, was ich kaum ertragen konnte.

Er sah mich erneut lange an. Es war schwer zu sagen, was hinter diesen grünen Augen vor sich ging, die in dem einen Moment strahlen konnten wie die Ostsee an einem heißen Sommertag, und dann wieder so unergründlich waren wie ein dunkler Waldsee. Er nickte schließlich, als hätte er einen wichtigen Entschluss gefasst.

»Danke, dass du so ehrlich bist. Auch wenn es etwas brutal klang.«

Ich wurde tatsächlich etwas verlegen.

»Das … das war nicht wirklich meine Absicht.«

»Dann bleibt mir also nichts weiter übrig, als auf eine gute berufliche Beziehung mit dir zu hoffen.«

»Ich fürchte, ja. So ist es.«

Unvermittelt streckte er die Hand aus. »Dann gehe ich davon aus, dass es die beste berufliche Beziehung wird, die mir passieren kann, Anneke Larsen.«

Ich zögerte einen Moment. Dann griff ich nach seiner Hand und war erstaunt, wie warm und kraftvoll sie sich anfühlte.

»Auf eine wunderbare berufliche Beziehung, Hauke Cornelsen.«

Ich spürte seinen Händedruck, der voller Energie und dennoch sanft war, und es löste ein merkwürdiges Gefühl von Vertrautheit in mir aus.

»Das Brodershöveder Walmuseum wird das beste und schönste an der gesamten Ostseeküste werden. Und das einzige.«

Ich lächelte ihn an und war erleichtert, dass der melancholische Ausdruck in seinen Augen langsam verschwand.

»Moment …« Er sah über meinen Kopf hinweg auf die See und seine gespannte Aufmerksamkeit war nicht mehr bei mir. »Das gibt es doch nicht …«

Er ließ meine Hand los und deutete auf das Wasser. »Bitte, Anni, sag mir, dass du das auch sehen kannst.«

Ich blickte angestrengt hinaus aufs Wasser. Im nächsten Moment sah auch ich, wie eine mächtige Schwanzflosse die Oberfläche des Wassers durchbrach und eine meterhohe Fontäne, ein Gemisch aus Luft und Wasser, in die Höhe blies.

»Was ist das?«

Hauke sah tatsächlich erschüttert aus. Auf eine angenehme Art erschüttert.

»Das, was es bei uns hier eigentlich gar nicht geben kann, Anni.«

Er schüttelte fassungslos den Kopf und auf sein Gesicht trat ein Ausdruck, der der Glückseligkeit ziemlich nahe kam.

»Wenn mich nicht alles täuscht, dann ist das ein Buckelwal. Ein echter Buckelwal bei uns an der Küste.«

Ich starrte hinaus auf das Wasser, wo sich soeben eine mächtige Fluke aus dem Wasser hob und in einem eleganten Bogen wieder darin verschwand. Ich hatte zwar noch nie einen Buckelwal gesehen, aber das, was da vor uns im Wasser schwamm, war ohne Zweifel ein echter, lebendiger und ziemlich verspielter Wal.

Kapitel 7

»Das letzte Mal gab es eine Sichtung viel weiter südlich. Kurz vorm Darß. Das war 2018.«

Jewe stand am Steuerstand seiner *Windsbraut* und steuerte den kleinen ehemaligen Fischkutter, der in seinem neuen Leben nun ein Walbeobachtungsboot war, in Richtung Petermanns Klippe.

»Es war ein Weibchen. Fast neun Meter lang. Sie konnten es leider nur noch tot bergen.«

Hauke nickte gedankenversunken. Er stand neben seinem besten Freund und suchte mit einem Feldstecher die Wasseroberfläche ab. »Ich weiß. Wir haben den Kadaver damals in Stralsund im Labor untersucht.«

»Mir war gar nicht bewusst, dass es auch so große Wale bei uns gibt.«

Ich sah beeindruckt von Hauke zu Liv, die ebenfalls mit einem Feldstecher die Ostsee nach dem typischen Blasen der Wale absuchte.

Als wir oben an der Klippe den Wal gesehen hatten, hatte Hauke sofort Jewe und Liv informiert und ihnen von unserer Beobachtung berichtet. Sie waren sofort Feuer und Flamme gewesen, und als wir an dem kleinen Bootsanleger der Seebrücke von Brodershöved ankamen, war die *Windsbraut* bereit zum Ablegen.

Hauke ließ das Fernglas sinken und sah mich an. »Normalerweise kommen so große Wale nicht in die Ostsee. Sie schwimmen lieber die Atlantik- oder Nordseeküste hoch auf ihrem Weg ins Polarmeer. Aber manchmal nehmen sie die falsche Abzweigung am Kattegat und landen dann hier.«

Ich sah verständnislos von Hauke zu Jewe und Liv, die alle drei einen etwas angespannten Eindruck machten.

»Das ist doch aber gut für uns und die Wale, oder nicht?«

»Leider nein.« Hauke ließ wieder den Feldstecher sinken, um es mir zu erklären. »So große Tiere finden hier meist nicht genug Nahrung. Ein paar Wochen können sie sich den Bauch mit Hering vollschlagen und überleben, aber dann müssen sie wieder den Weg in die Nordsee finden.«

Ich nickte besorgt. »Dann ist dieser andere Wal verhungert?«

»Wir konnten keine genaue Todesursache feststellen.«

»Gibt's denn eine Möglichkeit, sie irgendwie wieder rauszulotsen?«

Hauke zuckte ratlos mit den Schultern. »Ich weiß es nicht. Jedenfalls hat's noch niemand probiert.«

Wir suchten weiter die Wasseroberfläche nach den verräterischen Luftblasen ab. Jewe drosselte die Geschwindigkeit der *Windsbraut* und wir glitten fast geräuschlos über die Wellen. Für einen langen Moment herrschte angespannte Stille. Selbst Bootsmann, Jewes aufgeweckter Hund, lehnte mit den Vorderpfoten aufrecht an der Reling, hielt seine spitze Schnauze in den Wind und schien nach einem ungewöhnlichen Geruch zu suchen. Schließlich ließ Hauke sein Fernglas sinken.

»Nichts. Keine Spur von dem Wal.« Er sah mich an. »Wenn du ihn nicht auch gesehen hättest, würde ich denken, ich habe mir das nur eingebildet.«

»Nun, ich bin nicht ganz so fit, was Meeresbiologie angeht, aber ja, es war ganz eindeutig ein Wal, was wir gesehen haben. Passt doch ganz gut zum neuen Walmuseum.«

Liv ließ ebenfalls ihr Fernglas sinken. »Ich bin mir nicht sicher, ob wir uns drüber freuen sollten.«

»Ist er denn eine Gefahr für die anderen Wale?«

Hauke schüttelte den Kopf. »Nein, eher im Gegenteil. Buckelwale sind so was wie der Robin Hood der Meere. Man hat schon beobachten können, wie ausgewachsene Buckelwale andere Wale oder Robben vor Orcas verteidigt haben. Und so ein Buckelwal steht eher auf den kleinen Snack. Krill, kleine Fische, Hering, Quallen. Davon allerdings eine ziemlich große Menge am Tag.«

Er blickte wieder über das Wasser. »Ich nehme an, es war ein Jungtier, vielleicht acht, neun Meter lang. Was erklären könnte, warum er hier bei uns gelandet ist.«

»Er hat sich verirrt?«

»Sieht so aus. Buckelwale verbringen den Winter in südlichen Gewässern nahe am Äquator. Im Sommer wandern sie dann hoch ins Nordpolarmeer. Dabei kann es vorkommen, dass sich die Jungtiere verirren oder von der Mutterkuh getrennt werden. Meistens finden sie allein den Weg wieder raus in die Nordsee.«

»Ich weiß, ich sollte es nicht sagen, aber … schade. Er sah wirklich beeindruckend aus.«

Hauke schaute Jewe ernst an.

»Wir sollten in den nächsten Tagen auf jeden Fall die Augen offen halten. Wenn wir zurück sind, mache ich eine Meldung an die anderen Beobachtungsstationen.« Er atmete tief durch. »Ich hoffe, es geht ihm nicht so wie der Blauwalkuh vor zwei Jahren.«

»Woran könnte sie denn gestorben sein?«

Hauke zuckte mit den Schultern. »Vermutlich ist sie ertrunken. Was den Schluss folgen lässt, dass sie in eines der großen Schleppnetze geraten ist und nicht mehr auftauchen konnte.«

Einen Moment herrschte betretenes Schweigen. Das war der Preis, den die Natur für den industriell aufgezogenen Fischfang des Menschen bezahlen musste. Auch unsere Schweinswale waren davon bedroht.

»Wenn er hier an der Küste bleibt, dann ist er sicher.«

Jewe nickte entschlossen und startete wieder den Motor. Schweigend fuhren wir zurück, jeder in Gedanken versunken auf die glatte Wasseroberfläche der Ostsee und den Horizont blickend.

Eine Stunde später kamen wir wieder an der Anlegestelle der *Windsbraut* an, und ich ahnte schon aus der Entfernung, dass etwas nicht stimmte. Inken wartete neben ihrer *Seenixe* auf uns und sie war nicht allein. Neben ihr standen Jens Thienemann und sein Cousin Erik. Die uniformierte Ordnungsmacht von Brodershöveds kleiner Polizeistation.

Was mich allerdings wirklich überraschte, war, dass sie meine Tochter Clara in ihrer Mitte hatten. Für einen Moment überkam mich die irrationale Panik, dass etwas Schlimmes passiert war. Etwas, was mein Leben für immer drastisch verändern würde. So, wie es damals gewesen war, als Thies bei dem Unfall ums Leben kam. Mir wurde schwindelig und ich musste mich an der Reling festhalten, weil ich urplötzlich das Gefühl bekam, meine Beine würden mich nicht mehr tragen. Liv war an meiner Seite und legte den Arm um mich.

»Alles klar mit dir, Anni?«

Ich sah sie nur an, und sie musste die Panik in meinem Blick erkannt haben. »Ist schon gut, ich bin bei dir.«

Ich hatte das Gefühl, wir brauchten eine Ewigkeit, bis Jewe die *Windsbraut* längs an den Anleger manövriert hatte und Hauke Inken das Tau zuwarf, um das Boot festzumachen. Die beiden Polizisten näherten sich derweil dem Anleger. Jens tippte kurz zum Gruß an seine Mütze. Wir waren zusammen zur Schule gegangen.

»Moin, Anneke.«

Ich bekam vor lauter Panik keinen Ton heraus. Allerdings fand ich seine lässige Art etwas unpassend, angesichts der Horrormeldungen, die er mir bestimmt gleich mitteilen würde.

»Ich fürchte, wir müssen dich bitten, uns aufs Revier zu begleiten.«

Er deutete auf Clara, die neben Inken stand und die den Blickkontakt zu mir angestrengt vermied.

»Was …« Ich musste mich räuspern, weil meine Stimme vor unterdrückter Angst zu versagen drohte. »Was ist passiert?«

Jens tauschte einen vielsagenden Blick mit seinem Cousin.

»Tja, das ist genau der Punkt, Anneke. So genau wissen wir das nicht. Deine Tochter verweigert nämlich die Aussage. Solange sie keinen Anwalt hat.«

Er schüttelte den Kopf und stieß einen Seufzer tiefster Verzweiflung aus, der davon zeugte, wie lästig ihm die ganze Angelegenheit war. »Anwalt?! Die Kids von heute sehen einfach zu viel fern.«

KAPITEL 8

Wie sich herausstellen sollte, beschloss Clara ein wenig später dann doch, zur Aufklärung der ganzen Sache beizutragen. Nachdem ich ihr auf der Seebrücke klargemacht hatte, dass ich, was auch immer es war, was man ihr vorwarf, wie eine Eins hinter ihr stehen würde. Sie hatte mich einen Augenblick lang mit diesem misstrauischen Ausdruck in ihren hellen Augen angeschaut und sich wohl gefragt, ob dies nur ein fieser Trick von mir war, sie zum Reden zu bringen. Doch ich meinte es wirklich ernst und war einigermaßen erleichtert, als sie mir erzählte, was vorgefallen war.

»Komm schon, Jens … das ist lächerlich!«

Polizeioberkommissar Jens Thienemann sah das nicht ganz so entspannt und verzog keine Miene hinter seinem Computer. Ich blickte angestrengt um den Monitor herum und beugte mich etwas vor.

»Das ist ein fast dreißig Jahre altes wurmstichiges Segelboot, das vermutlich sang- und klanglos untergehen wird, wenn man es zu Wasser lässt.«

»GFK.« Jens blickte belehrend von seinem Computer auf, auf dem er in einem umständlichen Formular die Anzeige wegen Diebstahls gegen meine Tochter aufgenommen hatte.

»GFK. Glasfaserverstärkter Kunststoff.«

Ich sah ihn nur verständnislos an.

»Das Boot. Es besteht aus Kunststoff, nicht aus Holz«, belehrte er mich, als wäre es ein unglaublich wichtiger Tatumstand.

Ich atmete tief durch und warf einen kurzen Blick aus dem kleinen Fenster, durch das mittlerweile die Abendsonne in die Polizeistation von Brodershöved fiel. Es hätte sicherlich niemandem geholfen, wenn ich jetzt vor Wut aufgeschrien hätte.

»Schön. Dann eben Kunststoff. Sehr *alter* Kunststoff«, fügte ich vielsagend hinzu.

Clara saß trotzig neben mir, die Arme verschränkt, und fühlte sich offensichtlich so unschuldig wie Robin Hood vor dem Sheriff von Nottingham.

»Das Boot hat meinem Vater gehört. Also gehört es jetzt sowieso mir.«

Jens hob eine Augenbraue und brummte vor sich hin.

Clara warf mir einen kurzen Seitenblick zu. »Oder uns. Jedenfalls meiner Familie.«

»Laut Aussage von Frau Warendorf gehört die olle Jolle zum Inventar des Hotels. Und damit befindet es sich nicht mehr im Besitz eurer Familie, tut mir leid.«

Clara warf mir einen wütenden Blick zu.

»Dürfen die das wirklich? Sich alles einfach unter den Nagel reißen, was uns gehört hat?«

Ich sah sie mit leichtem Schuldbewusstsein an.

»Ich wusste gar nicht, dass es Thies' alte Jolle überhaupt noch gibt. Wo hast du die überhaupt gefunden?«

»Sie war im Gartenschuppen. Da, wo die alten Strandkörbe gelagert werden.«

Das war wirklich überraschend. Ich war davon ausgegangen, dass Thies seine alte Regattajolle längst verkauft oder sonst wie entsorgt hatte. Aber aus irgendeinem nostalgischen Grund hatte er sie ganz offensichtlich im alten Strandkorblager eingemottet.

Jens räusperte sich und blickte etwas gequält zu mir. Ihm schien die ganze Angelegenheit ebenfalls eher unangenehm zu sein.

»Der Schuppen war verschlossen. Daher hat Frau Warendorf nicht nur Anzeige wegen Diebstahls erstattet, sondern auch noch wegen schweren Einbruchs.«

Er schaute so unglücklich, dass man den Verdacht hegen konnte, die Beschäftigung als Polizist in einem kleinen Ostseekaff wäre ein echter Höllenritt.

»Das Schloss am Schuppen ist schon seit Jahren kaputt«, gab ich zu bedenken. »Von Einbruch kann also keine Rede sein.«

»Vielleicht solltest du das Frau Warendorf erklären.«

Was ich wirklich sehr gern getan hätte, wenn sie denn da gewesen wäre.

»Das werde ich. Darauf kannst du dich verlassen.«

Dann atmete ich tief durch. »Was passiert denn jetzt weiter?«

»Du musst die Aussage von Clara und das Protokoll unterschreiben. Das geht dann weiter ans Jugendamt und natürlich auch ans Gericht in Freistadt.«

Er lehnte sich auf seinem Stuhl zurück und ließ wieder diesen herzergreifenden Seufzer hören, um danach frustriert hinzuzufügen: »Wo man die Sache dann einstellen wird. Clara ist zwölf und damit noch nicht strafmündig.«

Was unseren Aufenthalt auf der Brodershöveder Polizeistation etwas absurd erscheinen ließ, wenn ich genau darüber nachdachte.

»Dann könnten wir uns die ganze Sache also sparen? Willst du mir das damit sagen?«

»Na ja, schön ist das alles nicht. Ihr werdet bestimmt Besuch vom Jugendamt bekommen und für Clara wird eine Strafakte angelegt werden. Falls sie sich irgendwann wieder zu einer Dummheit hinreißen lässt, wird sich das dann drauf auswirken.«

»Und wenn ich noch einmal mit Frau Warendorf rede? Es ist ja wohl offensichtlich, dass Clara nicht wirklich etwas stehlen wollte. Sie ist davon ausgegangen, dass das alte Segelboot immer noch uns gehört.«

»Das denke ich nicht.« Jens Thienemann sah mit wissendem Blick zu Clara. »Oder irre ich mich da, junge Dame?«

Clara schaute noch einen Hauch missmutiger drein, als sie es ohnehin schon die ganze Zeit getan hatte. Die beiden schienen über etwas zu reden, was mir bislang verborgen geblieben war.

»Gibt es da etwas, was ich vielleicht noch wissen sollte?«

Ich hörte Clara aufschnaufen, und dann erklärte sie mir mit leiser Stimme, was genau das Problem gewesen war.

»Ich habe die *Bandit* schon vor ein paar Wochen gefunden. Und da habe ich mal bei der Warendorf freundlich nachgefragt, ob wir das Boot nicht haben könnten.«

Ich sah sie überrascht an. »Davon hast du gar nichts erzählt.«

Sie zuckte nur mit den Schultern.

»Warum auch? Die blöde Kuh hat Nein gesagt. Obwohl sie es überhaupt nicht braucht und es im Schuppen verrotten lässt.«

»Und deshalb hast du es dir dann einfach nehmen wollen?«

»Na ja. Einfach war das nicht. Ich musste erst mal einen Trailer besorgen, um das Boot aus dem Schuppen zu ziehen.«

»Ich hoffe, den hast du nicht auch geklaut.«

»Natürlich nicht.« Sie sah mich empört an. »Den hab ich mir von Petersen geliehen. Und ich kann die *Bandit* auch bei ihm im Segellager unterstellen, um sie wieder fit zu machen. Er hat sogar versprochen, mir dabei zu helfen.«

Eins musste man meiner Tochter lassen – sie war wirklich gut organisiert und äußerst planvoll bei ihrem »Einbruch« vorgegangen. Das musste sie eindeutig von mir haben. Was die kriminelle Energie betraf, kam mir da eher ihr Vater in den Sinn.

»Das hätte alles super geklappt, wenn mich nicht dieser Vollidiot auf dem alten Strandweg erwischt hätte.«

Mit Vollidiot meinte meine Tochter Sten Ohlsen, wie ich kurz darauf erfuhr, der sie auf dem besagten Strandweg getroffen hatte und ein wenig verwundert darüber schien, dass ein Kind auf einem Rasentraktor und mit einem Segelboot im Schlepptau die Idylle störte. Den Rasentraktor hatte sie sich ebenfalls von Petersen ausgeborgt. Irgendwie musste sie ja den Trailer bewegen.

»Ich wette, denen wäre niemals aufgefallen, dass sie jetzt ein Boot weniger haben.«

Clara schaute mich trotzig an. Ich konnte ihr kaum widersprechen. Vermutlich hatte Sten Ohlsen noch nicht einmal geahnt, dass in dem alten Schuppen eine dreißig Jahre alte Jolle stand. Und vermutlich wusste er noch nicht einmal, was das war und was man damit anfangen konnte. Er machte jedenfalls den Eindruck.

»Das kann schon sein, Clara«, ich sah Jens Thienemann entschuldigend an, »was allerdings nichts an der Tatsache ändert, dass man das Eigentum anderer Leute nicht ungefragt entwendet. Ich weiß wirklich nicht, was du dir dabei gedacht hast.«

Sie sah mich verletzt an. »Mich hat ja auch keiner gefragt, als diese Idioten von der Bank sich unser Zuhause unter den Nagel gerissen haben.«

»Clara …« Meine Tochter wusste ganz genau, wie sie meine verwundbarsten Stellen treffen konnte.

»Und hat Paps dich etwa gefragt, als er euer ganzes Geld verzockt hat?« Sie redete sich wütend in Rage. »Nein. Hat er nicht. Er hat's einfach gemacht. Und wir müssen jetzt zusehen, wie wir damit klarkommen. Wenn du mich fragst, dann ist das auch nicht besonders fair.«

Womit sie nicht ganz unrecht hatte. Allerdings machte es die Dinge nicht gerade einfacher für uns.

Jens Thienemann räusperte sich etwas unwohl, und ich erkannte tatsächlich Mitgefühl in seinem Blick.

»Wisst ihr was? Ich schicke die Anzeige erst morgen raus an die Kollegen in Freistadt. Und ihr könnt ja noch mal ganz in Ruhe mit der Warendorf reden und die ganze Sache klären. Vielleicht lässt sich die Sache ja auch ohne eine Anzeige regeln. Was meint ihr?«

Ich sah ihn dankbar an. »Das wäre eine wirklich, wirklich gute Idee.«

Er nickte zufrieden und rollte mit seinem Schreibtischstuhl erleichtert zurück. »Ruft mich morgen einfach an, wenn ihr mit der Dame gesprochen habt.«

Ich nickte erleichtert und erhob mich von dem unbequemen Stuhl, auf dem ich die letzte Stunde verbracht hatte.

»Komm, Clara, wir gehen.«

Sie seufzte noch einmal schwer, so als würde es tatsächlich Schwerstarbeit sein, der nicht wirklich nachvollziehbaren Logik der Erwachsenen zu folgen, und trottete missmutig hinter mir her aus dem kleinen Backsteinbau.

Als wir hinaus in die Abendsonne traten, erleichtert, der etwas deprimierenden Atmosphäre der kleinen Polizeistation entronnen zu sein, blieb sie noch einen Moment stehen und sah mich trotzig an.

»Nur damit eins klar ist, Mama, wenn du willst, dass ich mich bei der blöden Kuh oder dem reichen Schnösel entschuldige, dann kannst du das gleich vergessen. Eher gehe ich in den Knast.«

Manchmal neigte Clara zur Theatralik. Andererseits hatte sie auch meine Dickköpfigkeit geerbt. Von daher stand außer Frage, dass sie es ernst meinte.

»Du musst dich nicht bei ihnen entschuldigen.«

Ich wandte mich von ihr ab und ging über den kleinen Marktplatz, an deren Ende ein kleiner Weg direkt zum Klippenweg führte. Nach einem Moment hörte ich, wie Clara mir folgte, ohne noch ein weiteres trotziges Wort zu sagen. So gingen wir eine ganze Weile schweigend Seite an Seite und hatten bereits die Hälfte des Heimwegs geschafft, als sie einfach hinter mir zurück und stehen blieb.

»Mama?«

Ich blickte mich um.

»Du könntest wenigstens mit mir reden. Meinetwegen kannst du mich auch anmotzen. Aber gar nichts mehr sagen, finde ich wirklich ätzend.«

Sie sah tatsächlich verletzt aus, und ich konnte die unterdrückten Tränen in ihren hellen Augen erkennen.

»Was soll ich denn deiner Meinung zu all dem sagen?«

»Keine Ahnung. Dass es eine bescheuerte Idee war?«

»Gut. Es war eine bescheuerte Idee. Besser?«

Sie schüttelte stumm den Kopf.

Ich ging die paar Schritte zu ihr zurück, nahm ihre Hand und zog sie auf eine kleine Holzbank, die irgendjemand vor langer Zeit aufgestellt hatte, weil einem von hier aus ein wirklich malerischer Blick über die Bucht von Brodershöved geboten wurde.

»Dass das nicht deine beste Idee war, weißt du selbst, glaube ich.«

Sie starrte hinaus aufs Wasser und zuckte nur mit den Schultern. Einen Moment schwiegen wir wieder und genossen die Ruhe und die Wärme der untergehenden Sonne auf unseren Rücken.

»Clara?«

Sie sah fragend auf.

»Warum ist dir die *Bandit* so wichtig?«

Sie sah mich wieder misstrauisch an.

»Das ist keine Fangfrage. Ich möchte es wirklich wissen. Warum willst du unbedingt dieses Boot haben?«

Sie holte tief Luft, schaute mich für einen Augenblick intensiv an und wandte dann den Blick ab.

»Weil es ihm wichtig war.«

Ihre Stimme war so leise, dass ich sie kaum hören konnte.

»Immerhin so wichtig, dass er sie die ganze Zeit behalten hat.«

Sie sah mich tieftraurig an. »Vielleicht war Paps ja doch nicht so ein Idiot und hätte es toll gefunden, wenn ich damit jetzt segeln lerne.«

»Ach, Clara …«

Ich legte ihr den Arm um die Schultern und zog sie nah an mich heran, um ihr einen Kuss auf die vom Wind zerzausten Haare zu hauchen.

»Darüber hätte Papa sich bestimmt gefreut. Da bin ich mir sicher. Er hat die *Bandit* damals sehr geliebt.«

Was vermutlich nur zur Hälfte den Tatsachen entsprach.

Ich ging viel eher davon aus, dass Thies sein altes Segelboot schlicht und ergreifend vergessen hatte, als er seine Leidenschaft für Speedboote entdeckte, und das Segeln für ihn zu einem Sport geworden war, den alte Männer ausübten, die Langeweile hatten.

»Warum können die uns das Boot nicht einfach überlassen? Die können damit doch gar nichts anfangen. Und Kohle haben sie auch bis zum Abwinken.«

Ihre kindliche Logik war reichlich naiv. Allerdings auch überraschend zutreffend. Vermutlich ging es der Warendorf und ihrem

Chef überhaupt nicht um eine in die Jahre gekommene alters-schwache Jolle. So, wie ich die neue Managerin des Sturmnest einschätzte, wollte sie wohl viel eher ein Exempel statuieren.

»Du hast ja recht, Clara. Aber wenn sie dir die *Bandit* nicht geben wollen, aus welchen Gründen auch immer, dann musst du das akzeptieren. Auch wenn es dich wütend macht. Wenn du dir einfach nimmst, was nicht dir gehört, dann bist du nicht besser, als sie es sind. Du kannst ein Unrecht nicht mit einem anderen Unrecht ausgleichen.«

»Es ist einfach nicht fair.« Sie sah mich mit Tränen in den Augen an.

»Nein, fair ist das nicht.«

»Dagegen muss man doch was machen, oder?«

Ich blickte eine Weile aufs Meer hinaus, den Arm um die Schultern meiner Tochter gelegt, ihren Duft nach Mädchenshampoo und Seetang in der Nase, und hatte keine Antwort auf ihre Frage.

Als wir eine halbe Stunde später zu Hause ankamen, hatte sich die Nachricht von Claras Aktion schon herumgesprochen.

Genau genommen war es das brandheiße Thema des Brodershöveder Dorfklatsches. Jedenfalls, wenn ich den Erzählungen meiner Mutter Glauben schenken konnte. Jule begegnete ihrer Zwillingsschwester mit einer Mischung aus Bewunderung und Schamgefühl. Sie war sich wohl nicht sicher, ob wir jetzt eine Widerstandskämpferin oder doch nur eine Kriminelle in der Familie hatten.

Wir hielten an dem kleinen, orangefarbenen Küchentisch Kriegsrat und die überwältigende Mehrheit meiner Familie kam nach kurzer Diskussion zu der übereinstimmenden Erkenntnis, dass Clara nichts Unrechtes getan hatte. Jedenfalls, wenn man das große Ganze betrachtete.

»Ich habe auch mal eine Nacht im Knast zugebracht.«

Meine Mutter sah ihre Enkelin verständnisvoll an, so als würden zwei Kriegsveteranen ihre Erlebnisse teilen.

»Wegen Widerstands gegen das Demonstrationsverbot. 1981 war das. In Brokdorf.«

Ich schenkte ihr einen mahnenden Blick. »Gegen ein Atomkraftwerk zu demonstrieren ist aber etwas ganz anderes, als ein Boot zu klauen, das einem nicht gehört.«

»Im Grunde schon.« Durch kleinliche Details ließ sich meine Mutter nicht von ihrer Argumentation abbringen. »Damals waren wir auch im Recht. Oder warum schaltet man das Teufelsding jetzt endlich ab? Und was das Segelboot angeht, wir hätten es aus dem Schuppen holen können, bevor unser Hotel an die Pfeffersäcke aus Hamburg gegangen wäre. Das stand nämlich nicht auf der Inventarliste.«

»Ja, wenn wir es vorher gewusst hätten. Und genau das macht den Unterschied, Mama.«

»Was soll's.« Meine Mutter legte ihre Hand aufmunternd auf Claras Arm und tätschelte sie. »Solange du noch nicht strafmündig bist, passiert dir sowieso nichts.«

Ich stöhnte auf und vergrub mein Gesicht in den Händen. »Mama!«

»Was denn?!«

»Es war Diebstahl! Und das sollten wir uns nicht auch noch schönreden!«

Clara sah mich an, und ich erkannte einen Hauch Schuldbewusstsein in ihrem Blick.

»Keine Angst, ich gehe jetzt nicht rum und klaue Lippenstift oder so im Supermarkt.«

»Na, dann bin ich aber beruhigt.« Meine Stimme klang eine Spur zu sarkastisch.

»Das meine ich ernst.«

Sie sah mich verletzt an, und ich bereute meine Worte umgehend.

»Ich finde klauen auch ätzend.« Sie blickte ihre Schwester um Zustimmung heischend an. »Stimmt doch, oder, Jule?«

Jule nickte. »Wir haben echt noch nie was im Supermarkt mitgehen lassen. Auch nicht in letzter Zeit. Ich meine, weil das Geld doch so knapp ist.«

Ich hatte keinen Zweifel daran, dass sie die Wahrheit sagte. Normalerweise verfügten meine Töchter über ein sehr gesundes Unrechtsbewusstsein, und ich war erleichtert, dass die Probleme der vergangenen Monate und das Drama, das über sie hereingebrochen war, daran nichts geändert hatten.

Ich sah sie entschuldigend an und in diesem Moment überkam mich eine Welle der Liebe für meine wunderbaren Töchter.

»Ich weiß. Tut mir leid. Natürlich klaut ihr nicht.«

Für einen Moment herrschte bedrücktes Schweigen in der kleinen Küche und das Ticken der alten Küchenuhr erfüllte den kleinen Raum.

»Wisst ihr, was richtig doof ist?« Jule stieß einen hörbaren Seufzer aus. »Mia und die anderen werden total über uns ablästern. Und das ist echt ätzend.«

Clara sah sie mitleidig an. »Na ja, sieh's mal positiv. Viel schlimmer kann es jetzt nicht mehr werden.«

Ich hoffte inständig, dass sie damit recht behielt.

»Hier.«

Meine Mutter stellte die angeschlagene Keramiktasse mit dem quietschbunten Blumendekor auf den kleinen Beistelltisch neben dem Schlafsofa.

»Es gibt nichts, was eine gute Tasse Tee nicht wieder hinbekommen würde.«

Ich blickte kurz auf.

»Danke.«

Dann widmete ich mich wieder meinem improvisierten
Nachtlager, das ich gerade bettfertig machte. Die Zwillinge
waren vor einer Stunde hoch in ihr Zimmer gegangen und
meine Mutter und ich hatten die Küche nach einem sehr ein-
silbigen, schweigsam verlaufenen Abendessen aufgeräumt.

Normalerweise verzog sich meine Mutter in ihr kleines
Zimmer, um sich noch irgendeinen Krimi im Fernsehen anzuschauen oder in einem dicken Schmöker über längst vergangene Zeiten zu lesen. Nun setzte sie sich mit einem Stöhnen in
den abgeschabten Ikea-Schwingstuhl, der wohl noch aus den
Siebzigern stammte. Sie sah mich neugierig an.

»Du hast gar nicht erzählt, wie es mit Hauke war. Was
macht das Museum?«

Ich ließ mich mit einem Stöhnen aufs Sofa plumpsen und
griff nach der Tasse.

»Nach diesem Tag könnte ich was Stärkeres gebrauchen.«

Ich nippte an dem Tee und musste leicht husten.

»Das hab ich mir schon gedacht.« Meine Mutter grinste
mich an. »Der gute Rum von Willy aus dem Anker.«

Ich sah sie tadelnd an. »Mama …«

»Danach schläfst du wie ein Baby. Egal, wie der Tag war.«

Womit sie vermutlich nicht ganz unrecht hatte. Der Tee
war stark und gesüßt und bestand anscheinend zur Hälfte aus
über vierzigprozentigem Alkohol. Vermutlich wäre es klug, in
der Nähe des Schlafsofas zu bleiben, denn wenn ich die Tasse
ausgetrunken hätte, würde ich vermutlich sturzbetrunken
daniedersinken.

Ich nippte an dem Gebräu und eine wohlige Wärme breitete sich in meinem Innern aus, als der Alkohol durch meinen Körper strömte.

»Das Museum soll in dem alten Marinebeobachtungsturm eingerichtet werden. Was eine echte Herausforderung darstellt, weil der Turm nämlich eine bessere Abstellkammer ist. Das Ganze soll dann auch noch in diesem Sommer eröffnet werden.«

Angesichts der deprimierenden Aussichten nahm ich einen größeren Schluck von dem Tee.

»Ach, und um es so richtig spannend zu machen, gibt es so gut wie kein Geld für die Renovierung. Hauke setzt da voll und ganz auf Sponsoren. Ich bin gespannt, wie viele sich von mir einwickeln lassen, vor allem nach der Aktion von Clara heute. Unsere Familie mutiert zu echten Kriminellen, fürchte ich.«

»Du hast wirklich Glück gehabt mit deinen Töchtern. Und das sehe nicht nur ich so, sondern halb Brodershöved.«

»Ich mache mir auch eher Sorgen um die andere Hälfte, Mama.«

Ich lächelte sie schief an.

»Aber, danke. Ich bin übrigens auch stolz auf die beiden. Sie hatten es wirklich nicht leicht im letzten Jahr.«

Meine Mutter nickte gedankenverloren. »Da hast du wohl recht, mein Kind.«

Ich sah sie über den Rand meiner Tasse hinweg schuldbewusst an. »Wir hatten es alle nicht leicht. Du erst recht nicht.«

Ich atmete tief durch und ließ den Blick über die schäbige Einrichtung unseres Wohnzimmers schweifen.

»Ich wünschte, ich könnte dir mehr bieten als diese Bruchbude.«

»Ach, alles halb so wild. Das Einzige, was ich wirklich vermisse, ist unser Garten. Die Rosen und die alten Apfelbäume.«

Sie seufzte hörbar auf. »Meinen Apfelkuchen bekomme ich einfach nicht so gut hin ohne die Äpfel aus unserem Garten.«

Ich wusste nicht, was ich darauf erwidern sollte, und das schlechte Gewissen, dass ich es zumindest nicht hatte verhindern können, dass wir unseren Familienbesitz verloren hatten, nagte an meiner Seele.

»Du schleichst dich jetzt aber nicht in den Garten, um die Äpfel zu klauen, oder?«

Erleichtert sah ich, wie meine Mutter mit einem heiseren Lachen auf meine Frage reagierte.

»Ich muss zugeben, ich habe mit dem Gedanken gespielt.«

»Lass es lieber! Ich weiß nämlich nicht, ob Jens Thienemann bei unserer Familie noch einmal ein Auge zudrückt.«

Sie nickte bedächtig und nahm einen großen Schluck von ihrem Tee.

»Was willst du denn jetzt mit dem Boot unternehmen?«

Ich zuckte mit den Schultern.

»Noch mal mit der Warendorf reden. Sie liebt es schließlich, wenn ich bei ihr zu Kreuze krieche. Irgendwie kriege ich sie dazu, die Anzeige fallen zu lassen.«

Ich atmete tief durch. Die Aussicht, wie eine Viertklässlerin vor ihr zu stehen und um Entschuldigung zu bitten, war alles andere als ermutigend.

»Und dann sollten wir versuchen, irgendwo eine Jolle für Clara aufzutreiben. Wenn möglich, umsonst. Wenn sie segeln lernen will, dann soll sie das auch.«

Meine Stimme klang entschlossener, als ich es für möglich gehalten hatte.

»Ich höre mich mal beim alten Stüwe um.« Mutter lächelte vielsagend. »Der kann mir sowieso keinen Gefallen abschlagen.«

»Mama …« Ich sah sie mahnend an. »So langsam tut mir der alte Stüwe richtig leid.«

Sie winkte ab. »Muss er nicht, der alte Meckerkopp.« Dann erhellte ein Lächeln ihr Gesicht. »Wobei mir gerade einfällt, was ist denn jetzt mit dir und Hauke?«

Ich nahm einen großen Schluck von meinem Tee. »Nichts, Mama. Absolut gar nichts.«

»Wirklich schade, mein Kind. Ich glaube nämlich, Hauke würde dir richtig guttun. Musst ihn ja nicht gleich heiraten. Aber so eine kleine Sommeraffäre …«

»Stopp.« Ich unterbrach sie resolut. »Ich will nicht darüber reden und mit dir erst recht nicht. Hauke und ich arbeiten zusammen und das ist auch schon alles.«

Sie beobachtete mich kurz über den Rand ihrer Teetasse hinweg und erhob sich dann schwerfällig aus dem alten Schwingstuhl.

»Wie du willst, Anni.«

Sie gab mir einen Kuss auf den Kopf, so wie sie es früher getan hatte, als ich ein Kind gewesen war.

»Schlaf schön.«

»Du auch.«

Sie war schon fast in ihrem Zimmer verschwunden, als mir noch etwas einfiel.

»Mama?! Hast du eigentlich jemals einen Wal bei uns an der Küste gesehen?«

Sie blieb irritiert stehen.

»Also einen richtig großen Wal. Nicht unsere Schweinswale. Einen Buckelwal, zum Beispiel?«

Sie überlegte einen Moment, dann schüttelte sie den Kopf. »Nein. Und soweit ich weiß, hat den auch sonst noch niemand bei uns gesehen.«

Ich nickte zufrieden. »Gut.«

»Wieso fragst du?«

»Ach, nur so. Wäre bestimmt eine kleine Sensation für Brodershöved.«

Am nächsten Morgen hatte Sauber und Sorglos das volle Programm, was hauptsächlich darin bestand, mehr als ein Dutzend Ferienwohnungen auf Vordermann zu bringen, bevor am Nachmittag die neuen Urlaubsgäste anreisten. Es war ein Samstag, und obwohl die Sommersaison noch gar nicht richtig begonnen hatte, herrschte bereits Hochbetrieb bei der Vermietung. Manchmal schien es mir, als würde die Schar derer, die in unserem kleinen Dorf Ruhe und Erholung suchten, von Jahr zu Jahr größer werden. Was vermutlich auch so war.

Ich machte mich eine halbe Stunde eher auf, um vorher im Sturmnest mit Sabine Warendorf das Gespräch zu führen, das ich am liebsten vermieden hätte. Aber hier ging es um die Zukunft meiner Tochter. Also wollte ich es so schnell und so schmerzlos hinter mich bringen, wie es ging.

Wie nicht anders zu erwarten war, genoss Sabine Warendorf den Moment meiner Demütigung ausgiebig.

»So einfach ist das nicht aus der Welt zu schaffen, Frau Larsen.« Sie sah mich belehrend an. »Immerhin handelt es sich um Einbruch.«

»Kommen Sie, wir wissen doch beide, dass der alte Gartenschuppen nicht abgeschlossen ist.«

»Ach, und das macht es Ihrer Meinung nach besser?!«

»Nein. Und mir ist durchaus bewusst, dass meine Tochter gestern eine große Dummheit begangen hat.«

»Na, wenigstens etwas.«

Sie schnaubte verächtlich auf und kramte gedankenverloren in den Unterlagen, die sie vor sich auf dem Schreibtisch liegen hatte, während ich wie eine reuige Sünderin vor ihr stand.

»Wenn ich Ihnen einen guten Rat geben darf, Frau Larsen, dann sollten Sie sich ein wenig mehr mit Ihren Kindern beschäftigen, so, wie die sich aufführen.«

Sie blickte kurz auf, und ich erkannte nicht den Hauch eines mitleidigen Gefühls in ihrem Gesicht.

»Nun, vielleicht wird das ja in Zukunft das Jugendamt für Sie erledigen.«

»Das muss es ja nicht, wenn Sie die Anzeige zurückziehen.«

»Das geht nicht. Mir sind da die Hände gebunden.«

»So ein Unsinn!« Ich trat einen Schritt näher an den Schreibtisch heran und stützte mich mit den Händen darauf ab. Mein Gesicht war nur wenige Zentimeter von dem der Warendorf entfernt. »Ein Anruf von Ihnen und meiner Tochter bleibt eine Menge Ärger erspart. Es ist ja nicht so, als würde ihr die ganze Sache nicht auch leidtun.«

Sabine Warendorf wich vor mir zurück und sah mich aus ihren rehbraunen Augen wütend an.

»Auf mich hat sie gestern einen gänzlich anderen Eindruck gemacht. Ihre Tochter neigt dazu, Beleidigungen auszuteilen. Muss sie wohl von Ihnen haben.«

»Sie hat sich ungerecht behandelt gefühlt. Das Boot hat ihrem Vater gehört, der vor Kurzem gestorben ist. Mein Gott, sie ist doch erst zwölf Jahre alt!«

»Dann ist sie ja wohl alt genug, um zu verstehen, dass man sich nicht einfach das nimmt, was man gerne haben möchte. Erst recht nicht, wenn es einem nicht gehört!«

»Können Sie nicht wenigstens versuchen, sich in ihre Lage zu versetzen?«

»Nein.« Ihr Blick war eiskalt. »Und jetzt würde ich es sehr begrüßen, wenn Sie gehen. Wie Sie sehen, habe ich zu tun.«

Ich atmete tief durch und versuchte, diese Wut, die in mir unaufhaltsam hochkochte, zu bändigen.

»Mein Gott, wie kann man nur so gefühlskalt sein! Kein Wunder, dass unsere Gäste lieber zu Hause bleiben, als sich bei Ihnen einzuquartieren.«

Sie hielt überrascht inne und ihr Tonfall wurde schnippisch. »Was wollen Sie damit sagen?«

Für irgendwelche fadenscheinigen Ausreden war es jetzt sowieso zu spät, also probierte ich es gleich mit der Wahrheit.

»Ich will damit sagen, dass Sie ein empathieloses Miststück sind, das seine Zeit lieber damit verbringen sollte, Schnürsenkel zu verkaufen, als damit, ein Hotel zu führen.«

Sie starrte mich mit offenem Mund an. Was mich ermunterte, gleich weiterzumachen.

»Das Sturmnest lief ausgezeichnet, bevor Sie den Laden übernommen haben. Aber Sie müssen ja mit Ihrer arroganten, herzlosen Art alle Gäste vergraulen. Macht Ihnen der Job eigentlich keinen Spaß, oder sind Sie von Natur aus so mies drauf?«

»Was bilden Sie sich eigentlich ein?« Sabine Warendorf sprang auf und kam um den Schreibtisch herum auf mich zu. »Dass ihr ehemaliges Hotel hier der Nabel der Welt ist? Dass es für jemanden mit meiner Qualifikation eine Herausforderung ist, in diesem Provinzkaff eine drittklassige bessere Familienpension zu führen, die von halb senilen Greisen oder schreienden Kindern besucht wird?«

Sie stürmte wie eine Furie auf mich zu und ich wich zurück, während ihre Stimme immer hysterischer wurde.

»Nein, das ist es nicht, Frau Larsen. Und meinetwegen können Sie sich Ihr Sturmnest sonst wohin schieben. Ich bin hier schneller wieder weg, als Sie das Klo schrubben können.«

»Ähm …«

Ein Räuspern ließ uns beide zusammenfahren.

»Nun … Sabine … das ist wirklich gut zu wissen.«

Sten Ohlsen stand in der Tür, die das Büro vom Empfangsbereich trennte. Sein Blick ging von der Warendorf zu mir und wieder zurück.

»Ich hoffe, ich störe nicht.«

Sein Lächeln hatte nichts Freundliches an sich. Und ich sah mit einer gewissen Genugtuung, wie Sabine Warendorf um eine Nuance bleicher wurde.

»Sten …« Sie blickte panisch von ihrem Chef zu mir, und ich sah, wie es hinter ihren Augen zu arbeiten begann. Irgendwie musste sie einen Ausweg aus dieser peinlichen Situation finden.

»Das … ich …«

Sie deutete auf mich. »Diese Mitarbeiterin hier treibt mich noch in den Wahnsinn. Du glaubst nicht, was Sie sich jetzt schon wieder hat einfallen lassen.«

Sie setzte wieder ihr professionelles Lächeln auf. »Wir sollen einfach die kriminellen Machenschaften ihrer Tochter vergessen, kannst du dir das vorstellen? Ich werde mich sofort um einen neuen Zimmerservice kümmern. Mit so jemandem kann man nicht mehr zusammenarbeiten.«

Sie ging eilig um den Schreibtisch herum, um geschäftig in den Unterlagen zu blättern. »Und Sie, Frau Larsen, sollten jetzt wirklich gehen. Sie sind in unserem Hotel nicht mehr erwünscht.«

Ich blickte einen Moment von der arroganten Managerin zu ihrem Chef und stand unschlüssig herum. Sten Ohlsen sah mich mit ausdrucksloser Miene an und ich fragte mich, was jetzt wohl in seinem Kopf vorging. Als er einen Schritt zur Seite trat, um mir Platz zu machen, stand für mich fest, dass ich von ihm wohl auch keine Hilfe zu erwarten hatte. Knapp nickte ich ihm zu, dann war ich an ihm vorbei und endlich draußen. Nun, die ganze Sache war nicht halb so gut gelaufen, wie ich es erhofft hatte.

»Mist! Mist! Mist!«

»Wenn du das arme Kopfkissen weiter so bearbeitest, müssen wir Stüwe ein neues spendieren.«

Liv nahm mir das Kissen aus der Hand, das ich tatsächlich in einem Wutanfall zerknautscht hatte.

»Du hast es wenigstens versucht.« Meine Mutter steckte den Kopf aus der kleinen Ferienküche und sah mich mit unverhohlenem Stolz an. »Ich wäre ja zu gerne dabei gewesen, als du dieser Tussi die Meinung gegeigt hast.«

Ich ließ mich frustriert auf das Bett sinken und blickte den Tatsachen ins Auge.

»Jetzt sind wir den Auftrag wieder los. Nur weil ich meine Klappe nicht halten konnte.«

Liv setzte sich neben mich und stupste mir aufmunternd in die Seite.

»Diesmal war es richtig, nicht die Klappe zu halten. Ich hätte ihr vermutlich einen Kinnhaken verpasst.« Sie grinste mich frech an. »Zu den zahlreichen Straftaten, die unsere Familie in letzter Zeit angesammelt hat, wäre dann vermutlich auch noch Körperverletzung gekommen. Ich hatte echt keine Ahnung, dass der Larsen-Clan über so viel kriminelle Energie verfügt.«

Ich hörte, wie meine Mutter in der Küche amüsiert auflachte.

»Muss wohl daran liegen, dass ein paar unserer Vorfahren echte Strandräuber waren.«

»Könntet ihr bitte damit aufhören?« Ich sah unglücklich auf. »Besonders lustig ist das nämlich nicht.«

Liv zuckte nur mit den Schultern. »Ach, irgendwie schon. Außerdem hast du mit dem Museum doch jetzt genug zu tun. Im Grunde ist es gut, dass wir den Zimmerservice im Sturmnest los sind.«

Ich seufzte auf. »Man kann sich die Dinge auch schönreden, Livvy.«

»Auf jeden Fall hat sich die Warendorf in Brodershöved keine Freunde gemacht. Und das Gleiche gilt für Ohlsen.« Liv nickte mir entschlossen zu. »Jewe hat erzählt, dass es die meisten völlig daneben finden, dass sie die Polizei gerufen haben. Nur weil Clara das alte Boot ihres Vaters klaut.«

Ich sah sie deprimiert an. »Irgendwie ist unsere Familie im letzten Jahr ganz schön gesunken.«

Liv schien das nicht zu stören und sie klopfte mir aufmunternd auf die Schulter. »Jedenfalls werden dir die Brodershöveder nicht die Tür vor der Nase zuschlagen oder das Familiensilber wegschließen, wenn du sie um Spenden für das Museum anbettelst.«

Mit dem Humor meiner Schwester hatte ich noch nie viel anfangen können. »Danke, Livvy, ich fühl mich schon viel besser.«

Meine Mutter kam aus der Küche zu uns.

»Wenn ihr mich fragt, dann vergessen wir die ganze Sache jetzt einfach. Wenn jemand vom Jugendamt bei uns vorbeikommt, werden wir ihn schon davon überzeugen, dass Clara eine ganz normale Zwölfjährige ist, die einen guten Grund hatte, das zu tun, was sie getan hat.« Sie sah mich entschlossen an. »Wer das nicht versteht, der hat nämlich kein Herz.«

Ich konnte ihr nicht widersprechen. Sabine Warendorf, die eine Tiefkühltruhe besitzen musste, wo andere ein Herz hatten, hatte das schließlich heute Morgen eindrucksvoll unter Beweis gestellt. Die blöde Kuh.

Meine Mutter klatschte aufmunternd in die Hände. »So, Kinder. Und nun lasst uns mal hier fertig werden. Heute Abend gehen wir nämlich alle die Saisoneröffnung feiern.«

Ich stöhnte kurz auf. Zum Feiern war mir nicht gerade zumute. Meine Mutter musste es bereits ahnen.

»Ja, Anni, auch du. Es wird Zeit, dass du mal auf andere Gedanken kommst.«

»Genau.« Liv erhob sich und zog mich dabei mit hoch. »Außerdem hast du es Hauke versprochen. Und der ist immerhin dein neuer Chef.«

So, wie es aussah, hatte ich wohl keine andere Wahl.

KAPITEL 9

Bevor ganze Heerscharen von Touristen vor vielen Jahren anfingen, unser kleines Dorf zum Zwecke ihrer Erholung heimzusuchen, gab es nicht besonders viele Gelegenheiten für die Bewohner, dem harten Alltag und der schweren Arbeit an der Küste für ein paar Stunden zu entkommen. Und mal ordentlich die Sau rauszulassen, wie man so schön sagt.

Die kirchlichen Feiertage waren eher ungeeignet, da ging man das Feiern gesittet an. Irgendwann hatte man beschlossen, passendere Gelegenheiten zu schaffen, die sich viel besser für ausgelassene Trinkgelage eigneten. Der Beginn der Matjes-Saison im Mai war zum Beispiel so eine Gelegenheit, und daraus wurde in Brodershöved schließlich die traditionelle Saisoneröffnung an unserer kleinen Seebrücke. Mit Livemusik, Stranddisco und Feuerwerk. Und, um den ganzen Matjes, der ja bekanntlich ziemlich salzig ist, auch hinunterzuspülen, gab es ordentlich was zu trinken. Der Bierkonsum stieg an diesem Tag in bemerkenswerte Höhen.

Die diesjährige Saisoneröffnung war für mich in vielerlei Hinsicht eine Premiere. Nicht etwa, weil ich sie zum ersten Mal besuchte. Ganz im Gegenteil. Aber es war das erste Mal in den vergangenen dreißig Jahren, dass ich mich ohne

Thies an meiner Seite in die Feierlichkeiten stürzte. Als Kinder hatten wir gemeinsam unsere Eltern bequatscht und so viel Süßigkeiten ergattert, dass wir einen Zuckerschock bekamen. Später hatten wir uns mit Küstennebel unseren ersten Schwips angetrunken und daraufhin den Mut gefunden, uns zu küssen. Wir hatten mit den anderen Teenagern bis zum Sonnenaufgang am Strand gefeiert und getanzt, hatten nur ein paar Jahre später mit Clara und Jule auf den Schultern das Feuerwerk bestaunt und uns in den letzten Jahren als vorbildliches und erfolgreiches Hoteliersspaar von den Brodershövedern feiern lassen. Thies und ich hatten die Bilderbuchfamilie perfekt gespielt, vermutlich, weil wir selbst daran geglaubt hatten, obwohl die Zeichen in unserer Ehe längst auf Sturm standen. Vermutlich waren wir so sehr damit beschäftigt gewesen, allen zu zeigen, wie glücklich und zufrieden wir doch waren, dass wir es selbst irgendwann geglaubt hatten.

Als ich am frühen Abend mit meiner Mutter und den Zwillingen die Seebrücke betrat, auf der sich schon viele Feierwütige eingefunden hatten, kam ich mir plötzlich sehr allein vor. Die mitleidigen Blicke unserer Nachbarn, die uns freundlich zunickten, um dann hinter unserem Rücken darüber zu tratschen, wie schrecklich das alles doch für mich und die Kinder sein musste, trugen ebenfalls nicht dazu bei, mich in Feierlaune zu versetzen. Auf einmal fühlte ich mich schutzlos und wäre am liebsten sofort wieder zurück in unsere kleine Fischerkate geflohen.

»Schau mal, da vorne sind Tante Liv und Jewe.«

Clara deutete auf das Ende der Seebrücke, und in all dem Menschengewühl erkannte ich meine kleine Schwester, die Arm in Arm mit ihrer Jugendliebe stand. Glücklich, strahlend und entspannt, wie ich sie selten in ihrem Leben gesehen hatte. Zu ihren Füßen war Jewes kleine Tochter Jette mit Bootsmann beschäftigt und kraulte ausgiebig seine flauschigen Ohren. Die beiden waren ein unzertrennliches Gespann und Bootsmanns seliger Gesichtsausdruck zeugte davon, wie sehr er ihre Massage genoss.

Jewes *Windsbraut* war festlich geschmückt und auch Inkens *Seenixe*, die zwar noch nicht ganz umgebaut war, aber schon Werbung für die bald anstehenden Waltouren machen sollte, war ebenfalls festlich ausstaffiert worden.

»Da seid ihr ja endlich.« Inken kam freudestrahlend auf uns zu und nahm meine Töchter in den Arm. »Falls du im Sommer auch an Bord aushelfen willst, Clara, dann nur zu. So eine echte Piratenbraut fehlt uns noch an Bord, stimmt's, Jule?!«

Jule schien nicht sonderlich begeistert zu sein, doch Clara grinste Inken frech an, sichtlich stolz, dass sich ihr Diebstahl schon herumgesprochen hatte. Doch bevor die beiden sich über den tieferen Sinn und Zweck von Claras Raubzug austauschen konnten, beschloss ich, dem Ganzen lieber einen Riegel vorzuschieben.

»Besonders witzig ist das nicht, Inken. Und ich glaube, Clara wird das ähnlich sehen, wenn sie erst mal die freundlichen Mitarbeiter vom Jugendamt kennenlernt.«

Clara warf mir einen Blick zu, der nicht besonders erfreut war. Ich ignorierte sie und sah mir lieber Inkens Boot an.

»Ihr seid ja schon ordentlich vorangekommen. Wann soll es denn losgehen?«

»Spätestens in zwei Wochen.« Sie schaute mich stolz an. »Der Innenausbau ist schon fertig. Jetzt fehlen nur noch die neuen Deckaufbauten. Dann haben wir Platz für zwanzig Gäste, die dort bequem sitzen können.«

Ich nickte anerkennend. Wenn der Umbau des alten Marineturms zum Museum ähnlich zügig vorangehen würde, wäre ich glücklich.

»Prima. Dann seid ihr so gut eingearbeitet, dass ihr gleich mit dem Museum weitermachen könnt.«

Inken grinste mich schief an. »Hauke hat es bereits angedeutet.« Sie boxte mir leicht auf die Schulter, wohl um ihre Anerkennung zu zeigen. »Ist übrigens großartig, dass du den Job übernimmst.«

Ich sah mich kurz suchend um. »Da wir gerade davon sprechen. Wo steckt Hauke eigentlich?«

»Der muss irgendwo im großen Festzelt sein. Wo er vermutlich die Dorfprominenz bequatscht, ordentlich was fürs Museum springen zu lassen.«

Ich nickte entschlossen. »Dann sollte ich ihn wohl besser mal unterstützen.«

Ich winkte meinen Töchtern und meiner Mutter kurz zu, die bereits zu Jewe und Liv gegangen waren und sie begrüßt hatten.

»Bis später.«

Dann stürzte ich mich ins Gewühl.

Er stand ganz am Ende des großen Festzelts, ein paar Meter neben der Bar, an einem der Stehtische, die mit weißen Stoffhussen überzogen waren, um einen festlichen Eindruck zu machen. Man konnte ihn schon fast vom Eingang aus erkennen, denn mit seiner Größe überragte er die meisten Anwesenden um Haupteslänge. Das Festzelt war gut gefüllt und es herrschte eine ausgelassene Stimmung. Aus den großen Lautsprecherboxen drangen die neuesten Sommerhits, und rechts von der Bar war eine kleine Bühne aufgebaut, auf der bereits ein Schlagzeug und Verstärker und Mikrofone und allerlei anderer technischer Kram aufgebaut worden waren, weil später am Abend Livemusik gespielt werden sollte.

Ich kämpfte mich durch die Menschenmassen hindurch, sagte dem einen oder anderen kurz Hallo, nickte freundlich einigen früheren Stammgästen zu, die ich schon seit Jahren kannte, und beobachtete derweil, wie Hauke ernst und konzentriert auf den Bürgermeister unseres kleinen Dorfes und dessen Ehefrau nebst Schwager einsprach.

»Moin, Anni.«

Ich blickte mich überrascht um und in das Gesicht von Jens Thienemann, der mich freudig anstrahlte und dessen Wangen bereits gerötet waren.

»Mensch, bin ich froh, dass du das hingekriegt hast.«

Seine Stimme klang etwas schleppend und er musste schon einige Biere intus haben. Ganz in Zivil hatte ich ihn gar nicht erkannt.

»Hallo, Jens ...«

Er beugte sich etwas zu mir vor, und ich roch seine Bierfahne.

»Wegen so 'ner ollen Jolle so'n Zirkus machen, is ja echter Tüddelkram. Als ob wir unsere Zeit nicht mit sinnvolleren Dingen verbringen müssten.«

Ich sah ihn fragend an, und er musste wohl die Irritation in meinem Blick erkannt haben.

»Na, die Anzeige.«

»Was ist damit?«

»Die hat die Warendorf zurückgenommen.«

Ich sah ihn erstaunt an. »Tatsächlich?«

Er nickte erleichtert. »Sonst hätte ich's nicht rechtzeitig zur Saisoneröffnung geschafft.«

Er klopfte mir aufmunternd auf die Schulter. »Haste gut gemacht.«

Dann widmete er sich wieder seinen Freunden. Und dem Bier. Ich blieb einen Moment verwundert stehen. Sollte es sich diese dusselige Kuh tatsächlich noch einmal anders überlegt haben? Das sah ihr überhaupt nicht ähnlich. Andererseits machte man sich in Brodershöved auch nicht gerade viele Freunde, wenn man bei jeder Auseinandersetzung die Polizei zu Hilfe rief. Und erst recht bekam man dann auf die Schnelle keinen Ersatz für den Zimmerservice, dem man fristlos gekündigt hatte. Ich konnte mir ein Lächeln nicht verkneifen, als ich mir ihr Gesicht bei den aussichtslosen Bemühungen vorstellte, einen neuen Putzdienst zu engagieren.

»Ich hoffe, ich bin der Grund für deine gute Laune.«

Haukes Stimme riss mich aus den Gedanken und ich blickte hoch in sein lächelndes Gesicht.

»Natürlich. Wer sonst?« Ich schenkte ihm einen ironischen Blick.

Er sah sich kurz um. »Wo ist denn der Rest der Larsen-Bande?«

»Noch mit Liv und Jewe beim Anleger.«

Hauke schien zufrieden und nahm meinen Arm. »Prima. Dann können wir ganz ungestört etwas Lobby-Arbeit machen. Dein weiblicher Charme ist gefragt.«

Er deutete auf den Bürgermeister und seine Begleitung.

»Ich beiß mir an Brinkhoff ein bisschen die Zähne aus. Aber wenn es uns gelingt, ihn für unser Museum als Hauptsponsor zu gewinnen, wären wir aus dem Schneider.«

Womit er vermutlich nicht ganz unrecht hatte. Brinkhoff war nicht nur der Schwager unseres Bürgermeisters, seine Haus und Bau GmbH war auch der Platzhirsch in Sachen Bauhandwerk, und es wäre ein Leichtes für ihn, uns mit Material und Handwerkern zu versorgen.

Ich sah Hauke etwas skeptisch an. »Vielleicht bin ich da nicht die Richtige. Thies wollte für die Marina damals lieber mit den Kielern zusammenarbeiten. Ich fürchte, das hat Brinkhoff uns übel genommen.«

Er sah mich erstaunt an. »Davon hat er aber nichts durchblicken lassen. Ganz im Gegenteil. Der hat sich gefreut, dass du das Museum aufbauen willst.«

Ich sah ihn überrascht an. So konnte man sich also täuschen.

Zwei Stunden später hatten wir Knut und Brigitte (wir waren schon eine Stunde zuvor beim Du angekommen) den kompletten Austausch der Türen und Fenster, eine neue Dacheindeckung der Turmspitze und die Überarbeitung der alten Stahltreppe (ich misstraute da etwas dem Bauaufsichtsamt) abgeschwatzt. Zudem hatte ich ordentlich einen sitzen.

Ich hatte keine Ahnung wie, aber das Glas mit der Weißweinschorle (etwas Härteres hatte ich vorsichtshalber von vornherein abgelehnt) füllte sich auf magische Weise immer wieder auf, wenn ich es zur Hälfte geleert hatte. Mittlerweile hatte ich längst den Überblick verloren. Und Knut Brinkhoff und seine Frau, die ungefähr im Alter meiner Mutter waren, wollten unbedingt, dass ich Oren kennenlernte, ihren Sohn, der im fernen München nach einer unglücklichen Ehe endlich die Scheidung eingereicht hatte und dringend eine neue Frau brauchte. Jedenfalls aus ihrer Sicht.

Mit mir waren sie sich hundertprozentig sicher, endlich die geeignete Kandidatin gefunden zu haben, und ich konnte sie nur mit Mühe davon abhalten, den guten Oren sofort heim nach Brodershöved zu beordern, damit er seine zukünftige Frau – also mich – kennen- und liebenlernen konnte. Zu ihrer Entschuldigung muss ich sagen, dass sie ebenfalls ordentlich einen im Tee hatten.

»Es tut mir wirklich, wirklich leid.« Ich machte eine Handbewegung, die unmissverständlich klarmachte, dass

121

ich an dem verlockenden Angebot keinerlei Interesse hatte. »Männer können mir gerade so was von gestohlen bleiben. Also Ehemänner. Ich hab die Nase voll.«

Ich sah meinen Möchtegern-Schwiegereltern tief in die Augen.

»Aus verständlichen Gründen, wie ihr wisst.«

»Oren ist aber nicht so wie Thies. Der ist ein ganz Lieber.«

Kam es nur mir so vor oder redeten sie über ihren Sohn, als wäre er ein unschuldiger Labradorwelpe?

»Da bin ich mir sicher. Bei den Eltern. Aber … keine Chance.«

Meine entschiedenen Worte zeigten Wirkung und sie gaben schweren Herzens ihre Verkupplungsversuche auf. Was wiederum die beste Gelegenheit war, mich von ihnen zu verabschieden.

»Ich muss mich jetzt mal dringend um meine Familie kümmern, ihr Lieben. Wir sehen uns ja bald wieder.«

Sie umarmten mich sehr herzlich, und ich hatte kurz den Verdacht, dass sie sich mit ihrer Niederlage noch nicht so ganz abgefunden hatten.

»Das wird ein ganz, ganz tolles Museum.« Brigitte strahlte mich glückselig an. »Und wir sind ein Teil davon.«

Hauke hatte ihnen versichert, dass in eine blank polierte Messingtafel gleich neben dem Eingang des neuen Walmuseums die Namen der Sponsoren eingraviert werden würden. Mit einem besonderen Dank an den Hauptgeldgeber. Ich hatte keine Ahnung, ob das wirklich der Plan war, aber bei den Brinkhoffs funktionierte es super.

Als wir endlich aus dem Festzelt kamen und ich die frische, kühle Abendluft einatmete, wurde mir augenblicklich schwindelig. Alles schien sich auf einmal um mich herum zu drehen und der Sand zu meinen Füßen kam mir bedrohlich nah.

»Hoppala ...«

Ich spürte Haukes Arme, die mich auffingen und wieder auf die Beine stellten. Aus irgendeinem mir unerklärlichen Grund war ich bäuchlings im Sand vor der Strandpromenade gelandet.

»Nichts passiert ... nichts passiert ...«

Ich lächelte ihn an, und sein markantes Gesicht war meinem sehr, sehr nahe.

»Wie viele Weinschorlen hast du eigentlich getrunken?«

Er schaute mich besorgt an.

»Keine Ahnung.« Ich schüttelte wahrheitsgemäß den Kopf. »Ich könnte schwören, es war nur ein Glas. Aber das ist nie leer geworden.«

»Der alte Trick.« Hauke nickte verständnisvoll. »Schütte immer schön nach, dann merken sie nicht, wie betrunken sie sind.«

Ich blies überfordert die Wangen auf, sog die frische Meeresbrise in meine Lunge, um wieder einigermaßen klar denken zu können. Es wäre außerdem hilfreich gewesen, wenn die Welt um mich herum nicht so geschwankt hätte.

»Komm.« Er nahm mich sanft am Arm und führte mich zur Seebrücke. »Bestimmt hat Jewe an Bord der *Windsbraut* einen starken Kaffee. Den kannst du jetzt auf alle Fälle gebrauchen.«

Ich folgte ihm widerstandslos.

Koffein gepaart mit reichlich Wasser und frischer Seeluft kann tatsächlich Wunder vollbringen, wie ich eine halbe Stunde später einigermaßen erstaunt feststellte. Die Welt um mich herum bewegte sich wieder in geordneten Bahnen, und das wissende

Lächeln im Gesicht meiner Schwester fiel mir auch zunehmend unangenehm auf.

»Es wäre wirklich schön, wenn du nicht so breit grinsen würdest.«

Ich rieb mir mit der Hand über die Stirn, um die leichten Kopfschmerzen, die sich knapp oberhalb meiner Augen in meinem Kopf ausbreiten wollten, zu vertreiben.

»Immerhin hab ich das alles nur für euch getan.«

Liv ließ sich davon nicht beeindrucken.

»Lass mir meinen Spaß. So hab ich dich nämlich noch nie gesehen.«

»Aus gutem Grund.« Ich nahm noch einen Schluck von dem Kaffee, den sie mir in der kleinen Bordküche der *Windsbraut* gekocht hatte. »Wie du weißt, vertrage ich Alkohol nicht besonders gut.«

»Ich finde ja, du bist richtig locker und ziemlich lustig, wenn du was getrunken hast.«

Sie setzte sich zu mir auf die kleine Bank unter dem Bullauge und legte aufmunternd den Arm um meine Schultern. »Außerdem darfst du jetzt für zwei trinken. Jedenfalls, solange ich schwanger bin.«

Ich sah sie vielsagend von der Seite an. »Stell dich schon mal darauf ein, dass das eine längerfristige Sache wird. Kein Alkohol für die nächsten zwei Jahre. Jedenfalls, wenn du stillen willst. Und selbst wenn nicht, glaub mir, im ersten Jahr mit Baby ist dir nicht nach Alkohol zumute. Da willst du einfach nur schlafen, wenn du mal Zeit für dich hast.«

»Danke für deine aufmunternden Worte.«

Ich nickte. »Gern geschehen.«

»Na?! Geht's wieder?«

Haukes Lockenkopf tauchte im Durchgang zur Bordküche auf und er hatte ein ähnlich provokantes Grinsen im Gesicht wie meine kleine Schwester.

124

»Danke, alles wieder bestens.« Ich holte tief Luft. »Und es ist mir eine große Freude, bei euch für so viel Spaß gesorgt zu haben. Natürlich könnt ihr euch auch dafür bedanken, dass wir das mit dem Walmuseum jetzt hinbekommen werden.« Meine Stimme triefte vor Ironie. »Aber, hey, nur wenn es euch nichts ausmacht.«

Liv und Hauke tauschten einen amüsierten Blick. Ich spürte Livs Ellbogen in meinen Rippen.

»Stimmt es eigentlich, dass die Brinkhoffs dich jetzt zur Schwiegertochter haben wollen?«

Ich warf Hauke einen enttäuschten Blick zu. »Das war ein vertrauliches Geschäftsgespräch. Darüber redet man doch nicht.«

Er zuckte nur mit den Schultern. »Es bleibt ja in der Familie.«

Im nächsten Moment stürmten Jule und Clara an Hauke vorbei in die kleine Kombüse.

»Hi, Mama. Bist du wieder nüchtern?«

Ich verdrehte die Augen. »Natürlich bin ich das. Davon mal abgesehen war ich gar nicht betrunken.«

Die Zwillinge tauschten einen amüsierten Blick. »Na, sicher. Klar doch.«

Ich zog es vor, die Diskussion nicht weiter auf meinem etwas übermäßigen Alkoholkonsum zu belassen, und kam lieber mit den wirklich wichtigen Neuigkeiten und erzählte ihnen, dass Sabine Warendorf die Anzeige doch noch zurückgenommen hatte. Erstaunlicherweise führte das nicht gerade zu Jubelausbrüchen bei Clara.

»Schade, irgendwie.«

Was daran schade sein sollte, konnte ich nicht so richtig nachvollziehen. Jule brachte mich auf den neuesten Stand.

»Mia und die anderen sind echt beeindruckt von Claras Aktion. Die wollten wissen, wie es so im Gefängnis war, und Clara ist jetzt die Coolste in der Klasse.«

Ich seufzte innerlich einmal schwer auf. Warum die bösen Mädchen wohl immer die angesagtesten sind, während die lieben unterm Radar laufen? Das war schon zu meiner Schulzeit so gewesen. Aus diesem Grund war Liv nie Schulsprecherin geworden, aber dafür zu allen spektakulären Partys im Umkreis von zwanzig Kilometern eingeladen worden. Ich hatte damals für so etwas keine Zeit. Liv schien sich ebenfalls daran zu erinnern und warf mir einen wissenden Blick zu.

»Dann hätten sich also zwei große Probleme für die Larsens heute in Luft aufgelöst. Dank dir. Du bist die Jeanne d'Arc von Brodershöved.«

Sie gab mir einen Schmatz auf die Wange und sprang auf.

»Das sollten wir feiern, oder was meint ihr? Die Stranddisco ist schon in vollem Gange.«

Meine Bedenken, wenn ich sie denn laut ausgesprochen hätte, wären sowieso in dem Jubel untergegangen, der bei den Zwillingen nun ausbrach. Also sagte ich lieber nichts. Es würde so oder so ein langer Abend werden.

KAPITEL 10

Ich wurde wach, weil das Zischen und Gurgeln eines Kaffeeautomaten in mein Bewusstsein drang, dicht gefolgt von dem verheißungsvollen, würzigen Duft eines frischen Kaffees.

Ich liebte es, am frühen Morgen den Tag mit einem Cappuccino oder Latte macchiato zu beginnen, und hatte Thies quasi dazu genötigt, ein kleines Vermögen für die italienische Kaffeemaschine auszugeben, die durchaus professionellen Ansprüchen gerecht wurde. Es war ein so vertrautes Geräusch, dass ich erst Augenblicke später realisierte, dass dies doch überhaupt nicht sein konnte. Meine geliebte Pavoni war nämlich schon vor Monaten dem Insolvenzverwalter zum Opfer gefallen. Seitdem bereitete ich meinen Kaffee in einem schlichten Mokkaautomaten zu, der zwar auch aus Italien stammte, aber den meine Töchter günstig auf eBay gekauft und mir zum Geburtstag geschenkt hatten.

Ich öffnete die Augen und hob den Kopf, was sich als schwerer Fehler erwies. Augenblicklich schoss ein scharfer Schmerz durch meinen Kopf und ich sank stöhnend wieder zurück aufs Kissen. Wobei ich feststellte, dass das Kissen ebenfalls nicht mein Kissen war. Genauso wenig wie das Bett, in dem ich lag.

Ich riskierte es erneut, die Augen einen Spaltbreit zu öffnen, wobei ich meinen Kopf lieber nicht bewegte. Was ich sah, kam mir alles andere als bekannt vor. Ich lag unter einer Dachschräge in einem großen Bett, dessen karierte Bettbezüge in einem ansprechenden Blau einen heimeligen Eindruck machten. Durch die Jalousien drang das Licht gedämpft in das Zimmer, das ordentlich und aufgeräumt war. Die Tür zu einem kleinen Flur, aus dem der Kaffeeduft zu mir drang, stand offen. Ich überlegte fieberhaft, wo ich wohl sein mochte. Und noch wichtiger, wie ich überhaupt hierhergekommen war.

Ich blickte auf, als es leise an der Tür klopfte, obwohl sie geöffnet war.

»Guten Morgen.«

Hauke stand in Jeans, einem grauen Kapuzenpulli mit der Aufschrift irgendeines wissenschaftlichen Instituts, das ich nicht kannte, und in Turnschuhen in der Tür.

»Ich dachte, das könntest du gebrauchen.« Er hielt die Tasse mit dem dampfenden Kaffee hoch. »Ich muss leider schon weg. Wichtiger Termin mit den Kollegen vom NABU in Freistadt.«

Ich blinzelte ihn an und zog die Bettdecke etwas höher an mein Kinn. Hauke stellte die Kaffeetasse auf den kleinen Schrank, der neben dem Bett stand. Ich starrte ihn einfach nur an, und er muss wohl geahnt haben, welche Horrorszenarien mir durch den Kopf gingen.

»Ich weiß nicht, an was du dich noch so erinnern kannst.«

»An nicht sehr …«, meine Stimme klang krächzend und ich musste mich räuspern, »… nicht sehr viel.«

»Das hab ich mir schon gedacht.«

Er versuchte, ernst zu bleiben, was ihm nicht besonders gut gelang. »Immerhin hast du versucht, mich zu überreden, Jewes Boot zu kapern, um damit bis ans Ende der Welt zu fahren.«

Ich schloss peinlich berührt die Augen, und sofort tauchten Fetzen der Erinnerung in meinem Kopf auf: wie um mich herum die Discolichter blinkten, als ich mit meinen Töchtern und Liv auf der Tanzfläche ausgelassen tanzte; Inken, Jewe und Hauke, die mich an der Bar umringten und wir völlig ausgelassen irgendwelche Shots die Kehle hinunterschütteten; wie Haukes durchtrainierter Körper sich ganz nah vor mir im Rhythmus der Musik bewegte, der Schweiß, der sich in seinen braunen Locken verfing, das verführerische Lächeln, seine vollen Lippen …

»O Gott!« Ich starrte ihn an. »Wir haben uns geküsst!«

Er lächelte etwas schief. »Eigentlich hast du mich geküsst. Sehr überraschend, wie ich fand.« Er runzelte die Stirn. »Du meintest übrigens, ich sei ein wirklich guter Küsser.«

Ich starrte ihn nur sprachlos an.

»Wobei du allerdings zugegeben hast, über nicht besonders viel Erfahrung im Küssen fremder Männer zu verfügen.«

Der Teil meines Hirns, der fähig war, zu denken, und nicht schmerzte, arbeitete auf Hochtouren. Verzweifelt versuchte ich, mich daran zu erinnern, was noch alles in der Nacht geschehen sein könnte.

»Haben wir … etwa …?«

Ich sah kurz an mir hinunter. Ich trug ein viel zu großes T-Shirt, das garantiert nicht mir gehörte. Meine Jeans, das hellblaue Top mit dem weiten Kragen und meine Ballerinas lagen auf einem Stuhl neben der Tür.

Hauke stand noch immer neben der Tür und rieb sich etwas überfordert den Nacken. Das Lächeln, das er mir schenkte, sah ein wenig wehmütig aus.

»Falls es das ist, was ich denke, was es ist, was du denkst: Nein, haben wir nicht.«

»Und wie komme ich dann in dein Bett?«

Er schaute kurz auf seine Uhr. »Ich würde dir ja gern einen ausführlichen Bericht der letzten Nacht geben, die wirklich bemerkenswert war, aber leider bin ich total spät dran.«

Im Flur schnappte er sich eine große Laptoptasche und die Autoschlüssel, die neben der Tür an einem Haken hingen.

»Nur so viel … du warst wild entschlossen, mit Jewes Boot um die Welt zu reisen. Und dann bist du ins Wasser gefallen. Ich hab dich rausgeholt, und da es schon sehr spät war und wir beide mehr als genug getrunken hatten, bist du mit zu mir gekommen. Den weiten Weg zurück zu eurem Haus in den nassen Klamotten hättest du vermutlich nicht ohne Lungenentzündung überstanden.«

Ich kramte in meinem lückenhaften Gedächtnis nach Hinweisen auf seine Erklärung.

»Du bist sofort eingeschlafen, und ich war nebenan auf der Couch.«

Er deutete auf den Kaffee.

»Lass ihn nicht kalt werden. Und in der Küche liegt Aspirin, falls du eine brauchst. Die Sachen sind übrigens frisch gewaschen und im Bad liegen Handtücher, falls du duschen möchtest.«

»Danke …«

Ich starrte ihm hinterher, als er noch einmal kurz die Hand zum Gruß erhob.

»Mach einfach die Tür hinter dir zu, wenn du gehst.«

Dann war er verschwunden.

Ich blieb einen Augenblick still liegen, die Augen geschlossen, und versuchte, meine konfusen Gedanken, die wie ein Schwarm aufgeschreckter Möwen in meinem Kopf hin und her sprangen, zu beruhigen. Es war nichts passiert, was ich bereuen sollte, versuchte ich mir einzureden. Ich hatte etwas zu heftig gefeiert, war ins Wasser gefallen und dann hier gelandet. Was war schon dabei?

Bis mir wieder einfiel, dass ich Hauke geküsst hatte. Was an und für sich gar nicht das Problem war. Was ich viel eher beunruhigend fand, war die Tatsache, dass es mir gefallen hatte.

Ich erinnerte mich plötzlich sehr genau an das Gefühl, seine weichen, vollen Lippen zu berühren, hatte den Geruch seines Aftershaves in der Nase, das hervorragend zu ihm passte. Wie er schmeckte, nach Pfefferminz und Limonen (er musste Mojitos getrunken haben), und wie die Berührungen seiner Zunge etwas in meinem Inneren ausgelöst hatten, das ich fast vergessen hatte.

Ich stöhnte auf und schlug entschlossen die Bettdecke zurück. Auch wenn mein Kopf rebellierte, ich musste hier sofort verschwinden. Ein Schluck von dem Kaffee erweckte meine Lebensgeister und ich begriff sogar, dass es mein Handy war, das auf dem Nachttisch lag. Leider musste es wohl mit mir im Wasser der Ostsee baden gegangen sein, denn so sehr ich auch darauf herumdrückte, es blieb mausetot. Mist! Bestimmt machten sich meine Mutter und die Zwillinge schon Sorgen, wo ich abgeblieben war. Ich musste schnellstmöglich heim.

Als ich knapp zehn Minuten später mit nassen Haaren und frisch geduscht in der kleinen Diele stand und in meine Ballerinas schlüpfte, war es kurz nach acht. Die Kopfschmerztablette, die Hauke mir empfohlen hatte, tat ihre Wirkung und der stechende Schmerz, der genau zwischen meinen Augen hinter meiner Stirn gepocht hatte, ließ langsam nach.

Hauke hatte wirklich an alles gedacht und mir sogar eine noch frische, eingeschweißte Zahnbürste im Bad bereitgelegt, mit der ich den pelzigen Geschmack in meinem Mund loswerden konnte.

Ich blickte mich noch einmal in der kleinen Dachgeschosswohnung um, ob ich nicht irgendetwas vergessen hatte, und ertappte mich dabei, wie ich Haukes private Welt genauer in Augenschein nahm. Die Wohnung hatte einen interessanten Grundriss, mit großem Wohn- und Küchenbereich, die nahtlos ineinander übergingen. Dazu das Bad und das kleine Schlafzimmer, in dem ich aufgewacht war. Es war hell und freundlich eingerichtet. Und ausgesprochen aufgeräumt, musste ich gestehen. Nur auf dem alten Esstisch, der vor einer großen Schiebetür stand, die hinaus auf eine kleine Terrasse führte, war es etwas unordentlich. Papiere, Bücher und ein weiterer Laptop stapelten sich zu beeindruckenden Türmen. Er diente Hauke wohl auch als Schreibtisch. Auf einem Sideboard neben dem Fernseher standen einige gerahmte Fotografien. Kurz überkam mich ein schlechtes Gewissen, dann siegte die Neugier und ich sah mir die Fotos genauer an. Ein Bild zeigte ihn mit zwei älteren Herrschaften in der Mitte, die er liebevoll in den Arm genommen hatte und die er um fast zwei Köpfe überragte. Es musste sein Abschlussfoto von der Uni sein, denn er trug eine dieser komischen, eckigen Kopfbedeckungen mit einer goldfarbenen Kordel an der Seite und eine Kutte, die sehr nach Harry Potters Zauberschule aussah. Im Hintergrund war das Logo der Universität zu erkennen und ich verschluckte mich kurz an dem Kaffee, als ich erkannte, dass es sich um Stanford handelte. Hauke Cornelsen hatte tatsächlich seinen Abschluss an einer amerikanischen Eliteuni gemacht, von der selbst ich schon mal was gehört hatte. Kein Wunder, dass seine Eltern (ich nahm an, dass das die älteren Herrschaften auf dem Foto waren) so stolz zu ihrem Sohn hochblickten.

Ich war beeindruckt. Hauke musste wirklich ein ausgezeichneter Meeresbiologe sein, wenn er es bis nach Stanford geschafft hatte und darüber hinaus. Erwähnt hatte er es bislang mit keiner Silbe. Auf den anderen Fotos erkannte ich Inken und Jewe, wie sie vor ihren Booten an der Seebrücke posierten. Daneben ein Bild von Hauke im Tauchanzug auf einem Ding, das aussah wie ein Mini-U-Boot. Ein Weiteres zeigte ihn an Bord eines größeren Schiffes mit ausgelassen lachenden jungen Menschen, die ich nicht kannte. Den Blick, den eine sympathische blonde und überaus attraktive junge Frau ihm dabei zuwarf, kannte ich nur zu genau. Meine Mutter sah Hauke auch immer so sehnsüchtig an, wenn sie sich unbeobachtet fühlte.

Plötzlich wurde mir bewusst, wie wenig ich eigentlich über Hauke Cornelsen wusste, und sofort überkam mich die Scham, unerlaubt in seiner Privatsphäre herumgestöbert zu haben. Er hatte mich völlig unbekümmert allein gelassen, im Vertrauen darauf, dass er sich keine Sorgen machen musste, eine fremde Frau in sein Zuhause zu lassen. Schnell ging ich in die kleine Küche, wusch die Kaffeetasse in der Spüle ab und stellte sie zum Trocknen in das Abtropfgestell. Dann machte ich, dass ich rauskam.

Es war ein herrlicher, sonniger Morgen und die Luft war klar und rein und duftete süß nach dem auf den Feldern blühenden Raps, als ich den kleinen Küstenweg entlangeilte. Kurz hatte ich überlegt, in der Bäckerei Ohlrogge frische Brötchen und Kuchen für den Nachmittag zu kaufen, doch dann war mir aufgefallen, dass ich gar kein Geld dabeihatte. Meine kleine Handtasche war verschwunden und ich hoffte inständig, dass Liv oder meine Mutter sie gestern Abend an sich genommen hatten, als sich abzeichnete, dass ich nicht mehr ganz Herrin meiner Sinne war.

Abgesehen davon hatte ich sowieso keinen Hunger. Mein Magen fühlte sich nach meinem gestrigen Absturz noch arg gebeutelt an. Ich musste unvermittelt lachen: *Absturz* – das war mir tatsächlich noch nie passiert. Selbst als Teenager in der Pubertät hatten Thies und ich uns zurückgehalten und etwas hochmütig auf unsere Freunde geschaut, die sich völlig hirnlos den ersten Erfahrungen mit Alkohol hingegeben hatten. Wir waren damals für solche Dinge schon viel zu vernünftig gewesen, erwachsen, und konnten den nächtelangen Partys unserer Mitschüler nicht wirklich etwas Positives abgewinnen. Nun hatte es mehr als ein halbes Leben, knapp zwölf Jahre Ehe und den tragischen Unfalltod des Gatten gedauert, um es nachzuholen. Da soll noch mal einer sagen, ich ließe mir keine Zeit mit den wichtigen Dingen des Lebens.

Vor mir tauchte wieder Oma Lütjens Bank auf, auf der ich vor Kurzem noch mit Clara gesessen hatte und von der aus man einen wunderschönen Blick über die sichelförmige Bucht von Brodershöved hatte. Oma Lütjen hatte hier nach dem Tod ihres Mannes ganze Nachmittage damit zugebracht, zu malen und den Sommer an der Küste zu genießen. Vor ihrem Tod hatte sie der Kurverwaltung ihr nicht ganz unerhebliches Vermögen als Erbe vermacht, mit der Auflage, an genau dieser Stelle die kleine Bank mit ihrem Namen aufzustellen. Was die Kurverwaltung gerne tat. Das Erbe war wirklich ansehnlich gewesen und hatte Brodershöved zudem noch die fällige Sanierung der alten Seebrücke beschert.

Einen Augenblick setzte ich mich und genoss die Ruhe und den Frieden, der von diesem Ort ausging. Die Sonne stand schon hoch über der See und ließ das dunkelblaue Wasser wie ein Meer aus Diamanten glitzern. Die Möwen kreisten über mir, und südlich von uns konnte man den roten Backsteinturm des Leuchtturms gut erkennen. Ein paar Frühaufsteher gingen mit ihren Hunden unten an der Wasserkante zwischen den Steinen und dem Sand spazieren. Es war einer dieser perfekten Morgen an der Küste, die keine Sorgen oder Nöte kannten.

Dafür, dass ich gestern etwas getan hatte, was ich normalerweise nie tun würde, ging es mir gar nicht mal so schlecht. Zwar würde aus mir bestimmt kein Partygirl werden und vom Alkohol würde ich auch auf absehbare Zeit die Finger lassen, aber das Gefühl, für kurze Zeit befreit von all den Problemen und Schwierigkeiten, die mein Leben normalerweise bestimmten, einfach im Hier und Jetzt zu sein, hatte etwas sehr

Befriedigendes. Vielleicht lag es aber auch nur daran, dass ich mich an das meiste des gestrigen Abends nicht wirklich erinnern konnte. Was vermutlich auch besser war.

Kurz darauf kam ich dann doch noch an unserer alten Fischerkate an und so, wie es aussah, hatte sich auch der Rest meiner Familie noch nicht wirklich von der gestrigen Feier erholt. Als ich die kleine Diele betrat, herrschte im Haus Totenstille. Leise schlich ich hinauf zu Claras und Jules Zimmer und riskierte einen Blick in die kleine Dachkammer. Beide lagen im Tiefschlaf in den zerwühlten Betten unter der Dachschräge, und Jule schnarchte leise vor sich hin. Selbst als ich an ihr Bett trat und ihr einen leichten Kuss auf die Stirn gab, wachte sie nicht auf. Clara hatte einen wesentlich leichteren Schlaf.

»Mama?«

Sie blinzelte mich verschlafen an und hob den Kopf vom Kissen.

»Schlaft ruhig weiter. Ich wecke euch, wenn das Frühstück fertig ist.«

Ich gab auch ihr einen Kuss auf die Stirn und sie sank wieder zurück in die Kissen.

»Machst du mir Arme Ritter? Bitte?«

Ich war mir sicher, sie war schon wieder eingeschlafen, als ich es ihr versprach.

Aus dem Zimmer meiner Mutter drang auch noch kein Laut, als ich in der Küche die Kaffeemaschine anwarf, den Tisch deckte und dicke Weißbrotscheiben abschnitt, um meinen Töchtern das versprochene Frühstück zuzubereiten.

Der Duft von frisch gebrühtem Kaffee und gebratenen Toastscheiben lockte meine Mutter schließlich doch aus ihrem Zimmer.

»Guten Morgen, meine Liebe.«

Sie rieb sich den Schlaf aus den Augen und tapste zur Kaffeemaschine.

»Das duftet sehr verführerisch.«

Ich deutete auf unseren orangefarbenen Küchentisch.

»Nimm dir einen Kaffee und setz dich. Die *Ritter* sind gleich fertig.«

Mit einem wohligen Seufzer kam sie meiner Aufforderung nach und nippte zufrieden an ihrem Kaffee.

»Ich habe dich nicht so früh erwartet, muss ich gestehen.«

Sie sah mich mit einem Blick an, als würde sie mehr wissen als ich.

»Ach nein?«

»Nein. Ich hätte erwartet, dass du mit Hauke bestimmt eine sehr lange Nacht hattest.«

Sie lächelte dabei so anzüglich, wie ich fand, dass mir vor Scham die Röte ins Gesicht stieg.

»Mama!«

»Was denn?!«

»Schau nicht so, als hätte deine Tochter wer weiß was gemacht. Das hat sie nämlich nicht.«

»Nein?« Sie glaubte mir offensichtlich kein Wort, denn das anzügliche Lächeln auf ihrem Gesicht wollte einfach nicht verschwinden.

Ich blickte kurz zur Diele. Von den Zwillingen war noch kein Lebenszeichen zu hören, trotzdem dämpfte ich meine Stimme.

»Mal ganz davon abgesehen, dass ich niemals, hörst du, Mama, niemals mein Liebesleben mit dir besprechen würde, gibt es da auch nichts zu besprechen. Zwischen mir und Hauke ist nämlich nichts passiert.«

Sie sah tatsächlich etwas enttäuscht aus.

»Schade, ich habe gedacht, nachdem du mich heute Nacht noch angerufen hast …«

Ich unterbrach sie. »Ich hab dich angerufen?« Ein weiterer Erinnerungsfetzen tauchte vor meinem inneren Auge auf.

Sie nickte. »Natürlich. Von Haukes Handy aus. Du hast gesagt, ich soll mir keine Sorgen machen und du würdest bei ihm übernachten, weil du von der Seebrücke gefallen und nun klitschnass bist.«

Ich sah mich kichernd und albern und mit den Füßen in der Ostsee plantschend mitten in der Nacht mit meiner Mutter sprechen.

Sie nippte wieder an ihrem Kaffee. »Ich habe das natürlich für eine Ausrede gehalten.«

»Ausrede wofür?«

»Um dich mit Hauke zu amüsieren, natürlich.«

Ich stöhnte auf und bemerkte im letzten Moment, dass die Armen Ritter bereits anfingen zu verbrennen. Schnell wendete ich sie und sah meine Mutter mit der entsprechenden Empörung an.

»Ich hatte tatsächlich einen netten Abend gestern. Aber ich habe nicht vor, mich mit einem Mann zu amüsieren, der zehn Jahre jünger ist als ich.«

»Warum denn nicht?«

»Okay, vielleicht habe ich mich da etwas unklar ausgedrückt. Was ich eigentlich sagen wollte, ist, ich habe nicht vor, mich in absehbarer Zeit überhaupt mit einem Mann zu amüsieren. Wenn ich ehrlich bin, dann bin ich ganz froh darüber, mir nur über mich und mein eigenes Leben Gedanken zu machen. Für einen Mann ist da gerade wirklich kein Platz.«

Sie sah mich tadelnd an. »Du gehst das viel zu ernst an. Du sollst ihn ja nicht gleich heiraten.«

Sie blickte versonnen hinaus zum Fenster. »Ich könnte wetten, dass Hauke in Sachen Sex bestimmt … «

»Dein Frühstück ist fertig.« Ich unterbrach sie resolut. »Und ich will gar nicht wissen, auf was du wettest.«

Ich stapelte die gebratenen Toastscheiben auf einen Teller und stellte ihn auf den Tisch. »Willst du noch kurz ins Bad? Dann sag ich den Zwillingen Bescheid.«

Meine Mutter sah mich an, als wäre ich jemand, der an einer unheilbaren Krankheit litt und den man daher zutiefst bedauern musste.

»Ach, Anni. Ich weiß, du willst das nicht wissen. Aber ich glaube, mit Hauke entgeht dir was. Der hat so das gewisse Etwas.«

Ich musste nun doch grinsen. Sie hatte schließlich nicht ganz unrecht, und in meiner Erinnerung tauchte das Gefühl wieder auf, das seine weichen Lippen auf meinen hinterlassen hatten, als wir uns küssten.

»Auf jeden Fall kann er küssen.«

Meine Mutter verschluckte sich etwas an ihrem Kaffee, und ich realisierte, dass ich gerade laut gedacht hatte.

Bevor sie noch etwas erwidern konnte, hörte ich, wie es verhalten an der Haustür klopfte. Eine Klingel besaß unsere Fischerkate leider nicht.

»Wer ist das denn jetzt? Um diese Zeit?«

Ich blickte auf die alte Küchenuhr. Es war erst kurz nach neun.

»Guten Morgen, Frau Larsen. Ich hoffe, ich störe nicht.«

Vor mir in der Haustür, die ich gerade aufgerissen hatte, stand Sten Ohlsen und sah mich etwas unbeholfen an.

»Ich habe schon versucht, Sie anzurufen, aber Ihr Handy ist abgeschaltet.«

Ich war einen Moment verwirrt. »Ja, 'tschuldigung. Es ist … defekt.«

Innerlich schüttelte ich den Kopf. Warum entschuldigte ich mich eigentlich dafür, dass mein ehemaliger Arbeitgeber, der mich gestern erst gefeuert hatte (genau genommen hatte mich seine Managerin gefeuert, aber egal), telefonisch nicht erreichen konnte? Immerhin war unsere Arbeitsbeziehung ziemlich abrupt beendet worden.

»Verstehe.«

Er nahm seinen ultramodernen Fahrradhelm ab. Das Fahrrad (ebenfalls sehr modern und vermutlich auch sehr teuer) lehnte an der alten Kastanie im Vorgarten des Hauses.

»Ich würde gern etwas mit Ihnen besprechen, wenn Sie Zeit für mich haben.«

Ich zögerte einen Moment. »Ja … ähm … wir wollten gerade frühstücken.«

Er nickte und sah alles andere als erfreut aus.

»Dann entschuldigen Sie die Störung.«

Er wollte sich schon wieder abwenden, was meine Neugier entfachte.

»Um was geht es denn?«

Er rieb sich etwas fahrig den Nacken und lächelte mich an. Was ihn tatsächlich sehr charmant erscheinen ließ. Und viel jünger. Er hätte definitiv öfter in seinem Leben lächeln sollen.

»Ich fürchte, es wird ein längeres Gespräch. Von daher sollten wir warten, bis Sie etwas mehr Zeit haben.«

»Sie machen es aber spannend.«

Ich sah ihn empört an.

»Aber, falls es um meine Tochter Clara geht, dann möchte ich mich dafür bedanken, dass Sie die Anzeige zurückgezogen haben. Ich fürchte nur, eine Entschuldigung werden Sie von meiner Tochter nicht erwarten können. Die fühlt sich nämlich ziemlich ungerecht behandelt von Ihnen. Was ich in gewisser Weise nachvollziehen kann.«

Er winkte nur lässig ab. »Ich sehe das genau so wie Ihre Tochter. Und sie kann ihre *Bandit* heute noch abholen, wenn sie will.«

»Ernsthaft?«

Er nickte. »Ernsthaft.«

»Oh …« Ich machte nicht gerade einen souveränen Eindruck, muss ich gestehen. Er setzte sich wieder den Fahrradhelm auf und sah mich gelassen an.

»Ich komme dann gegen Mittag wieder. Wenn es Ihnen passt.«

»Ja … klar … Mittag ist gut.«

Ich sah ihn noch immer verwirrt an, als er zu seinem Rad ging und es auf den schmalen Weg schob. Mit drei schnellen Schritten war ich bei ihm.

»Warten Sie! Herr Ohlsen!«

Ich blieb vor ihm stehen.

»Sie können jetzt nicht gehen, ohne mir zu verraten, was Sie eigentlich von mir wollen.«

Das wissende Lächeln, das er mir schenkte, ließ mich ahnen, dass er mit genau dieser Reaktion gerechnet hatte. Und ich war darauf hereingefallen.

»Das haben Sie mit Absicht gemacht.«

»Was hab ich mit Absicht gemacht?«

»Sie haben mich so neugierig gemacht, dass ich jetzt wissen muss, was los ist. Und nicht noch stundenlang warten kann.«

Er lächelte noch immer und schien sich überhaupt nicht ertappt zu fühlen.

»Jetzt machen Sie es nicht so spannend und verraten mir, um was es geht.«

»Die Sache ist eigentlich ganz einfach. Sie müssen nur für mich das Sturmnest retten.«

140

Für einen Moment glaubte ich, mich verhört zu haben. »Was?«

»Das Sturmnest.« Er sah mich an, als wäre ich auf dem geistigen Stand eines Einsiedlerkrebses. »Es ...«

Ich unterbrach ihn einfach. »Das hab ich verstanden. Das Sturmnest *retten* ... was ich nicht verstehe, ist, warum sollte ich das tun?«

»Na, ja, Frau Larsen.« In seinen Augen schien ich das Offensichtliche nicht zu begreifen. Jedenfalls schloss ich das aus seinem Tonfall. »Im Gegensatz zu Ihnen bin ich ein fürchterlich schlechter Hotelmanager.«

»Deshalb haben Sie ja auch Frau Warendorf eingestellt.«

»Ich *hatte* Frau Warendorf eingestellt. Sie zieht es vor, in Zukunft an anderer Stelle ihre Fähigkeiten einzusetzen.«

Das kam etwas überraschend. Allerdings war Sten Ohlsens Besuch auch ziemlich überraschend. Von seiner Bitte ganz zu schweigen.

»Sie hat sie hängenlassen und gekündigt? Ausgerechnet jetzt? Die Saison fängt doch gerade richtig an.«

»Wie ich sehe, verstehen Sie mein Problem.«

Er sah tatsächlich etwas erleichtert aus.

KAPITEL 11

Wie sich herausstellen sollte, hatte Sabine Warendorf nicht ganz freiwillig ihren Posten im Sturmnest geräumt.

Sten Ohlsen hatte sie schlicht und ergreifend gefeuert.

»Das war nicht sehr klug von Ihnen, wenn ich das anmerken darf.«

Meine Mutter sah ihn tadelnd an. Ansonsten schien sie allerdings kein Problem damit zu haben, dass der neue Besitzer unseres Hotels seit einer Viertelstunde mit uns an dem kleinen Küchentisch saß und zwischenzeitlich drei Arme Ritter verschlungen und zwei Tassen Kaffee getrunken hatte. Ich stand am Herd und sorgte dafür, dass der Nachschub an gebratenem Weißbrot nicht ausging.

»Sie ließ mir keine andere Wahl, Frau Larsen. Was hätten Sie denn an meiner Stelle gemacht?«

Clara und Jule, die ebenfalls seit einer Viertelstunde mit in der Küche saßen und ihr Frühstück in einem Tempo in sich hineinstopften, dass ich kaum hinterherkam, musterten ihn mit einer Mischung aus Bewunderung und Misstrauen.

»Sie haben sie echt nur wegen mir gefeuert?«

»Nicht nur.« Er hob die Hand, um anzuzeigen, dass er den großen Bissen Toast in seinem Mund erst hinunterschlucken musste. Clara tauschte in der Zwischenzeit skeptische Blicke mit mir. Ich zuckte ratlos mit den Schultern. So richtig schlau wurde ich aus der ganzen Sache auch noch nicht.

»Sie waren sozusagen der Tropfen, der das Fass zum Überlaufen brachte, wie man so schön sagt.« Ohlsen nahm einen weiteren Schluck Kaffee und sah dann beeindruckt zu mir. »Dieser French Toast ist super. Den müssen Sie unbedingt im Sturmnest anbieten.«

»Das sind Arme Ritter«, belehrte ihn Jule etwas altklug.

Ohlsen sah sie überrascht an. »Ach, tatsächlich? Und ich hab mich immer gefragt, was das wohl sind, Arme Ritter.«

Jule schaute ihn skeptisch an. »Sie kennen Arme Ritter nicht?«

»Bevor wir noch weiter vom Thema abkommen«, ich trat mit einer weiteren Ladung Toast an den Tisch, stellte den Teller in der Mitte ab und setzte mich, »würde ich gerne noch etwas mehr darüber erfahren, wieso und weshalb Sie jetzt ohne Hotelleitung dastehen.« Ich deutete auf den Teller. »Das sind übrigens die letzten. Das Weißbrot ist alle.«

Das kurze Bedauern in seinem Blick sprach Bände. Er schob schließlich den Teller ein Stück von sich fort, was wohl bedeuten sollte, er werde schweren Herzens den Rest uns überlassen, und lehnte sich auf dem Küchenstuhl zurück.

»Wie gesagt, Frau Larsen, es ist eigentlich ganz einfach. Sabine hat mich nicht darüber informiert, dass sie wegen der Bootsgeschichte Anzeige gegen Ihre Tochter erstattet hat. Um ehrlich zu sein, ich habe dem Ganzen keine große Bedeutung beigemessen.«

Clara warf ihm einen Blick zu, der alles andere als begeistert war.

»Wenn's Ihnen egal ist, hätten Sie mich mit dem Boot ja auch gehen lassen können.«

Er sah sie tatsächlich schuldbewusst an. »Das stimmt. War keine gute Entscheidung von mir. Ich bin davon ausgegangen, dass Sabine das schon in meinem Sinne regelt.«

Über so viel Unbekümmertheit konnte man tatsächlich den Kopf schütteln. Jeder Andere mit einem bisschen Menschenkenntnis hätte schließlich bereits nach zwei Minuten erkennen können, dass Sabine Warendorf nicht zu den angenehmen Zeitgenossen gehörte.

»Vermutlich hat sie auch gedacht, dass es in Ihrem Sinne ist. Eine Anzeige, meine ich.«

Er sah mich einen Moment überrascht an.

»Das denken Sie also von mir?«

Ich antwortete, ohne groß nachzudenken. »Um ehrlich zu sein, Herr Ohlsen, besonders viel habe ich noch nicht über Sie nachgedacht.«

Er zog die Augenbrauen hoch, und einen Moment bereute ich meine Worte. Besonders charmant war das nicht gewesen.

»Was sich ja gerade ändert.« Ich hoffte, mein Lächeln war aufrichtig genug. »Sie haben also Frau Warendorf gekündigt und suchen nun einen Ersatz.«

Er sah mich ruhig an, und in seinen Augen erkannte ich eine Ernsthaftigkeit, die ich so nicht erwartet hätte.

»Nein, einen Ersatz suche ich nicht. Ich will niemanden, der den Job nur macht, weil er gut bezahlt wird. Ich suche jemanden, dem das Sturmnest wirklich am Herzen liegt.«

Ich sah ihn prüfend an. Für einen schwerreichen Investor, dem eigentlich egal ist, mit was er sein Geld vermehren kann, klang das etwas unpassend.

»Warum ist Ihnen das so wichtig?«

Er zuckte mit den Schultern und wich meinem Blick aus. »Persönliche Lebenserfahrung. Wenn man einen Job nur macht, weil er Geld bringt, dann hat man die falsche Entscheidung getroffen. Meistens macht man dann nämlich keinen guten Job.«

Das klang reichlich abgeklärt, und irgendetwas sagte mir, dass es nur die halbe Wahrheit war.

»Wie Sie wissen, Herr Ohlsen, hat mir damals Ihr Anwalt bei dem Verkauf bereits angeboten, das Hotel weiter zu leiten.«

Er nickte bedächtig.

»Dann wissen Sie auch, dass ich den Job nicht annehmen kann.«

Meine Mutter räusperte sich vernehmlich und sah mich intensiv an.

Jule und Clara waren nicht ganz so zurückhaltend in ihren Kommentaren.

»Warum denn nicht? Das ist doch voll cool!«

»Tausendmal besser, als die Putzfee zu spielen! Echt jetzt!«

Ich atmete tief durch. »Weil ich das Sturmnest nicht als Angestellte führen kann. Es ist besser, wenn ich mein eigener Chef bin.«

Einen langen Moment sagte Ohlsen nichts und sah mich nur wieder intensiv an. Und ich fragte mich, was hinter diesen bernsteinfarbenen Augen wohl vor sich ging.

»Okay, Frau Larsen, das klingt einleuchtend.« Er hielt kurz inne und fuhr dann leichthin fort: »Ich werde mich nicht in die Belange des Hotels einmischen. Sie können es so führen, wie Sie es für richtig halten.«

Mein Lächeln war bitter. »Das sagen Sie jetzt. Aber warten Sie mal ab, wie das wird, wenn Sie in ein paar Wochen oder Monaten nicht mit meinen Entscheidungen einverstanden sind.«

Ich stand auf und begann den Tisch abzuräumen. »Das möchte ich Ihnen und mir ersparen, glauben Sie mir.«

Jule und Clara stöhnten, als hätte ich gerade einen zehn Millionen Euro schweren Lottogewinn ausgeschlagen.

Doch so leicht gab Sten Ohlsen sich nicht geschlagen.

»Wir können das vertraglich regeln. Sie haben völlig freie Hand, und ich darf mich nicht einmischen.«

Ich musste laut auflachen. »Ich kenne keinen Arbeitgeber, der solche Verträge macht.«

Jetzt hatte er wieder diesen leicht arroganten Gesichtsausdruck, der mir allmählich das Gefühl gab, als würde ich die wichtigen Dinge des Lebens nicht begreifen.

»So ziemlich jeder Konzernvorstand macht diese Art von Verträgen, Frau Larsen. Mit den Managern, die er wirklich haben will. Und von denen er glaubt, dass sie einen herausragenden Job machen werden. Also ganz so ungewöhnlich ist das nicht.«

Ich schaute ihn prüfend an. Er meinte es tatsächlich ernst.

»Ich habe völlig freie Hand?«

Er nickte.

»Sie mischen sich nicht ein?«

Er nickte erneut.

Ich überlegte. Das klang wirklich verlockend.

»Und bevor ich es vergesse.« Er blickte zu den Zwillingen und zu meiner Mutter, die unser Gespräch gebannt verfolgten. »Zu dem Job gibt es auch eine Dienstwohnung. Sie können, falls Sie das wollen, wieder in Ihre alte Wohnung im Sturmnest ziehen. Bis auf die Dachgeschosswohnung. Die benutze ich, wenn ich da bin.«

Jule und Carla brachen augenblicklich in Jubel aus.

Ich starrte ihn sprachlos an.

Er lächelte das Lächeln eines Mannes, der wusste, dass er mit seinem Anliegen Erfolg haben würde.

»Sagen Sie Ja und in einer Stunde liegt der Arbeitsvertrag vor Ihnen auf dem Tisch. Sie müssen dann nur noch unterschreiben.«

Es gibt Entscheidungen im Leben, die trifft man besser nicht allein.

Da meine Mutter und auch die Zwillinge alles andere als unbefangen waren und sich schon in ihre alten Zimmer ins Sturmnest träumten, nahm ich lieber den Rat des Menschen in Anspruch, der sich niemals kaufen lassen würde. Und dem seine persönliche Freiheit wichtiger war als alles andere. Zumindest war das bis vor ein paar Monaten der Fall gewesen, wie ich nun mit Erstaunen zur Kenntnis nahm.

»Bist du irre?« Liv starrte mich ungläubig an. »Mensch, Anni! Du bist ihm nicht um den Hals gefallen und hast sofort unterschrieben?«

So wie es aussah, war auch der Rest meiner Familie von Sten Ohlsens Angebot mehr als angetan.

»Ganz offensichtlich nicht. Sonst wäre ich ja nicht hier und würde mir von meiner kleinen Schwester erzählen lassen, was für eine Idiotin ich bin.«

Ich sah sie beleidigt an. Liv stöhnte auf und reichte Jewe über die Reling der *Seenixe* einen neuen Akku für seinen Schrauber. Inkens Kopf tauchte aus einer Luke an Deck auf.

»Du kannst machen, was du willst, und wirst auch noch gut dafür bezahlt. Also für mich hört sich das auch nach 'nem Superjob an.«

Jewe, der zusammen mit den beiden Frauen die neuen Deckaufbauten für Inkens Walbeobachtungsboot zimmerte, hielt inne und schenkte mir einen verständnisvolleren Blick.

»Ich würde da auch vorsichtig sein, Anni. Das hört sich für meinen Geschmack ein bisschen zu gut an.«

Ich klopfte ihm erleichtert auf die breiten Schultern.

»Danke, Jewe. Endlich jemand, der mich versteht.«

Inken kletterte aufs Deck und schnappte sich eine Flasche Mineralwasser.

»Dann willst du den Job nicht annehmen, weil er zu gut ist?«

Sie warf mir einen Blick zu, der alles andere als verständnisvoll war.

»Ich will ja das Sturmnest wieder leiten. Aber Sten Ohlsen ist mir völlig fremd. Ich kenne ihn nicht.« Ich sah meine Schwester und ihre Freunde ratlos an. »Niemand von uns kennt ihn. Vielleicht denkt er ja, er könnte uns Landeier über den Tisch ziehen, und führt irgendeinen geheimen und finsteren Plan im Schilde.«

Liv sah das offensichtlich anders. »Wenn der geheime und finstere Plan darin besteht, unser Hotel wieder zum Laufen zu bringen, dir ein anständiges Dach über dem Kopf zu besorgen und dich dann auch noch ausgesprochen gut dafür zu bezahlen, finde ich den Plan gar nicht mal so schlecht.«

Sie gab Jewe einen Kuss. »Und du, mein Schatz, solltest nicht immer so misstrauisch sein. Es gibt auch nette Menschen außerhalb von Brodershöved, ob du's nun glaubst oder nicht.«

Jewe zog sie an sich.

»Ich wusste gar nicht, dass du auf Großstadttypen stehst.«

Liv sah ihn mit einem Blick an, der das Gegenteil erzählte. Ich seufzte und gönnte meiner kleinen Schwester ihr Glück mit Jewe sehr. Allerdings war so viel Harmonie auch schwer zu ertragen, wenn man gerade Witwe geworden war.

»Irgendwie ist der ja schon komisch.«

Inken hockte sich auf die Reling und sah mich nachdenklich an.

»So reiche Typen wie der laufen doch sonst im Anzug rum und fahren teure Autos. Der ist irgendwie anders.«

Inken griff damit ziemlich tief in die Klischeekiste, ganz unrecht hatte sie allerdings nicht. Bislang hatte ich Sten Ohlsen nur in ausgewaschenen Jeans, T-Shirts und Turnschuhen erlebt.

Und er fuhr mit dem Rad. Allerdings sah sein Fahrrad auch ziemlich teuer aus.

»Das neue Understatement. Machen die Mega-Reichen doch alle. Habt ihr mal gesehen, wie Elon Musk rumläuft?«

»Du weißt, wie Elon Musk sich anzieht?« Inken sah Jewe erstaunt an.

»Der Typ baut Autos. Und Raketen.« Jewe schien tatsächlich etwas peinlich berührt, als er unsere ungläubigen Blicke sah. Er winkte seufzend ab. »Ist so ein Jungsding.«

Ich schüttelte kurz den Kopf und wandte mich wieder meiner Schwester zu. »Um zu den wichtigen Dingen zurückzukommen. Woher soll ich wissen, dass Ohlsen uns nicht über den Tisch zieht?«

»Vielleicht fragen wir einfach mal Dr. Google.« Sie hatte ihr Handy gezückt und tippte bereits darauf herum. »Das Internet weiß schließlich alles.«

Wie sich herausstellen sollte, wusste das Internet bemerkenswert wenig über Herrn Ohlsen. Der Mann war nicht gerade das, was man extrovertiert nennen konnte. Von Social Media hielt er auch nicht besonders viel und besaß weder einen Facebook-Eintrag noch einen Twitter-Account. Sogar sein genaues Alter war nicht in Erfahrung zu bringen. Ein etwas älterer Artikel in einer Ausgabe des »Wire«-Magazins feierte ihn allerdings als brillanten Investor zahlreicher, sehr erfolgreicher Start-ups aus der Technikbranche, von denen ich noch nie etwas gehört hatte.

»Ist der Mann Geheimagent oder warum macht der so ein Geheimnis um sich?«

Ich blickte etwas ratlos von Livs Handy auf. Auch Inken und Jewe hatten ihre Smartphones in der Hand und wischten durch die Einträge.

Liv stimmte mir frustriert zu. »Da ist über unsere Mutter ja mehr zu finden als über Ohlsen.«

»Auf jeden Fall hat er ein Händchen für die richtigen Unternehmen.«

Als Jewe unsere fragenden Blicke sah, sagte er mit leichter Bewunderung in der Stimme: »Er besitzt ziemlich viele Anteile an ziemlich erfolgreichen Firmen. Und das Bemerkenswerteste ist, die sind auch noch ziemlich nachhaltig.«

Er rief die Website einer der Firmen auf und zeigte sie uns.

»Hier zum Beispiel. Das ist ein junges Unternehmen aus Island, das auf erneuerbare Energien setzt. Solarstrom, Windkraft, Biomasse, Erdwärme und so weiter. Die versorgen fast die ganze Insel mit Strom.«

»Das ist ja wohl keine große Kunst. Wie viele Einwohner haben die? Dreihunderttausend?« Ich wusste es deshalb so genau, weil erst letztes Jahr ein junges isländisches Paar bei uns im Sturmnest zu Gast gewesen war.

»Dreihundertfünfzigtausend«, korrigierte mich Jewe. »Was wirklich nicht viel ist. Aber Island hat einen ziemlich hohen Stromverbrauch, weil eine ganze Reihe großer Rechenzentren sich dort angesiedelt hat. Da stehen in riesigen Hallen Tausende Computer und arbeiten rund um die Uhr. Was eine Menge Wärme erzeugt und eine Menge Strom braucht.«

»Da soll noch mal einer sagen, Computer wären umweltfreundlich.« Inken schüttelte den Kopf.

»Auf jeden Fall hat diese Firma mit ihren Kraftwerken auch die Stromversorgung von zwei Tesla-Fabriken aufgebaut«, fügte Jewe hinzu.

Wir sahen ihn ein wenig sprachlos an.

»Was denn? Ich interessiere mich eben für diese Dinge.«

Das war ganz offensichtlich.

»Auf jeden Fall scheint der Typ sein Geld sinnvoll anlegen zu wollen.«

Inken war sichtlich beeindruckt.

So ganz hatte Jewe seine Skepsis aber noch nicht abgelegt.

»Oder er ist einfach ziemlich clever. Schließlich weiß jeder, der auch nur halb bei Sinnen ist, dass der Klimawandel kommt. Da wäre es ja reichlich blöd, sein Geld in Dinge zu stecken, die schon bald Geschichte sein werden.«

»Tja, Anni, und wenn das Sturmnest nicht bald eine vernünftige Hotelleitung bekommt, fürchte ich, dass es die nächsten hundert Jahre auch nicht mehr erleben wird.«

Livs Art, mir ein schlechtes Gewissen zu machen, war nicht gerade subtil, aber dafür sehr wirkungsvoll.

»Schön, dass mal wieder die ganze Verantwortung bei mir liegt.«

»Was hast du zu verlieren?« Liv ließ einfach nicht locker. »Sollte er tatsächlich einen finsteren Plan haben«, sie malte mit ihren Händen Anführungszeichen in die Luft, was ich etwas übertrieben fand, »dann kannst du ihn immer noch zum Teufel jagen.«

Damit hatte sie nicht ganz unrecht, wie ich eingestehen muss.

»Außerdem sehe ich für Sauber und Sorglos auch keine rosige Zukunft.« Sie legte die Hand auf ihren Bauch. »Bis zum Herbst ist es kein Problem, aber danach, fürchte ich, wird das mit dem Putzen als rollende Kanonenkugel etwas schwierig.«

Mir Liv hochschwanger vorzustellen war etwas gewöhnungsbedürftig, doch ich hatte bereits die gleichen Bedenken gehabt.

»Ist ja schon gut. Ich werde die ganze Sache ausprobieren. Aber erstens bleiben wir in der Fischerkate wohnen und zweitens werde ich die Arbeit am Walmuseum nicht aufgeben.«

Ich sah die drei entschlossen an, die zufrieden mit meinem Entschluss schienen.

»Freut euch nicht zu früh. Das mit dem Museum mache ich nicht euch zuliebe. Immerhin habe ich für die Finanzierung gesorgt. Da will ich auch was von dem Spaß abhaben.«

Ich ließ Sten Ohlsen noch eine Weile zappeln.

Auch wenn ich eine Entscheidung getroffen hatte, wollte ich bei ihm nicht den Eindruck erwecken, als wäre ich jemand, der schnell seine Meinung ändert. Außerdem musste ich erst die Gemüter meiner Töchter beruhigen, die bei der Ankündigung, noch ein paar weitere Wochen unter dem Dach der kleinen Fischerkate zu hausen, erst in mürrischen Protest verfielen und mich dann beleidigt mit Missachtung straften. Meine Mutter war da auch keine große Hilfe.

»Dann steht die riesige, schöne Wohnung den ganzen Sommer leer? Was für eine Verschwendung!«

Sie sah mich tadelnd an.

»Ich will einfach nicht, dass wir erpressbar sind, Mama. Wenn wir da erst wieder einziehen, wird es nämlich ziemlich schwierig werden, das Feld zu räumen, sollte sich Ohlsen als nicht ganz so charmant herausstellen, wie du ihn gerade siehst.«

»Das tue ich doch gar nicht«, protestierte sie.

»Du hast eine ganze Viertelstunde von nichts anderem geredet als davon, wie großzügig sein Angebot doch ist, wie wunderbar er sich gegenüber Clara verhalten hat. Und dass er so herrlich bodenständig ist und Charisma besitzt.«

Ich sah sie auffordernd an. »Hab ich noch etwas vergessen?«

Sie wich meinem Blick ertappt aus und schwieg beleidigt.

»Außerdem werde ich das Gefühl nicht los, Mama, dass du mich mit so ziemlich jedem männlichen Wesen, das nicht bei drei auf dem Baum ist, verkuppeln willst. Und das solltest du dir wirklich abgewöhnen.«

»Nicht mit jedem. Nur mit denen, die wirklich attraktiv sind.«

Ich stöhnte auf. »Oh, Mama! Ich bin vierunddreißig, nicht vierzehn!«

»Das weiß ich.« Sie sah mich provozierend an. »Benehmen tust du dich allerdings wie eine Hundertjährige, die sich keinen Mann mehr ins Haus holen will. Da kannst du ja gleich ins Kloster gehen.«

»Du bringst mich da auf eine Idee.« Ich sah sie lächelnd an. »Sobald Clara und Jule aus dem Gröbsten raus sind, werde ich mir die Sache überlegen.«

»Ich finde das nicht lustig, mein Kind.«

Sie war plötzlich ernst geworden, was ich etwas unpassend fand.

»Du bist noch viel zu jung, um dein restliches Leben als trauernde Witwe zu verbringen. Du hast nämlich etwas Besseres verdient, als ...« Sie hielt mitten im Satz inne und sah so aus, als hätte sie etwas gesagt, was sie eigentlich nicht sagen wollte.

»Was Besseres als was, Mama?«

Unsere Diskussion nahm eine Richtung, die versprach, nicht besonders schön zu werden.

»Du weißt, wie ich über Thies denke, Anni. Selbst wenn er den Unfall nicht gehabt hätte, wäre es mit euch beiden nicht mehr lange gut gegangen.«

So langsam wurde ich sauer. »Schön, dass du dich in meiner Ehe so prima auskennst.«

»Manchmal ist eine Trennung das Beste, was einem passieren kann.«

»Ja, so wie deine Scheidung von Papa! Dem hast du auch keine Träne mehr nachgeweint.«

Zufrieden registrierte ich die Verletztheit in ihrem Blick, die meine Worte bei ihr auslösten.

»Dein Vater und ich waren uns einig darüber, dass es für alle die beste Lösung war. Ein Ende mit Schrecken ist eben besser als ein Schrecken ohne Ende.«

»Oh, bitte!« Ich spürte die Wut in mir weiter aufsteigen. »Komm mir jetzt nicht mit irgendwelchen Kalendersprüchen! Für mich und Liv und Smilla war eure Scheidung nämlich alles andere als toll. Hast du eigentlich eine Ahnung, wie schwer das damals für uns war?«

Sie nickte. »Das weiß ich.«

»Dann weißt du hoffentlich auch, dass Liv ein Jahr lang jede Nacht geweint hat, weil sie ihn so vermisste.«

An ihrem Blick erkannte ich, dass sie es nicht gewusst hatte. Vielleicht hatte sie es auch nur verdrängt.

Ich hatte mich langsam in Rage geredet. »Milly war zum Glück noch viel zu klein, um alles mitzukriegen, aber mir hast du das Gefühl gegeben, jetzt für alles verantwortlich zu sein. Für dich, für das Hotel, für unsere Familie.«

»So ist das doch gar nicht gewesen, Anni!«

»Oh, doch! Genau so ist das gewesen!«

Sie wollte protestieren, doch ich unterbrach sie aufgebracht.

»Jedes Mal, wenn du irgendein Problem hattest, bist du zu mir gekommen. Als ob ein siebzehnjähriger Teenager die Antwort darauf hätte haben können. Und es hat mir solche Angst gemacht, nicht das Richtige zu tun oder zu sagen oder dir nicht helfen zu können. Damals habe ich Paps dafür die Schuld gegeben. Ich war so wütend auf ihn. Heute weiß ich, dass nicht er das Problem war.«

Meine Mutter schaute mich mit einem Ausdruck in den Augen an, den ich noch nie bei ihr gesehen hatte. Es war eine Mischung aus Entsetzen und Ratlosigkeit und der Erkenntnis, dass sie etwas sehr Wichtiges nicht hatte sehen wollen.

»Anni …«

Sie versuchte, die Tränen zurückzuhalten, die ihr in die Augen traten, und hielt sich die Hand vor den Mund, um den Aufschrei zu unterdrücken, der irgendwo tief aus ihrer verletzten Seele herauswollte. Für einen winzig kleinen Augenblick verschaffte mir ihr Leiden einen Triumph. Dann spürte ich die Scham und das Erschrecken über meine eigene Gefühllosigkeit.

»Es … es tut mir leid. Das … ich hätte das nicht sagen dürfen.«

Sie starrte mich noch immer mit großen Augen an, und ihre Sprachlosigkeit gab mir den Rest.

»Bitte, entschuldige.« Ich machte einen Schritt auf sie zu und nahm sie in den Arm. »Das war gemein und dumm von mir.«

Ich spürte, wie sie steif und geschockt meine Umarmung ertrug. Auch ich konnte die Tränen nicht zurückhalten und schniefte.

»Ich weiß nicht, warum ich das alles gesagt habe, Mama. Es tut mir wirklich leid.«

Ich hielt sie einen langen Moment in meinen Armen, spürte die Wärme ihrer Haut und ihr unterdrücktes Schluchzen an meinem Ohr. In diesem Augenblick fühlte ich mich wie der schlechteste Mensch auf dieser Welt.

Schließlich löste ich mich von ihr und sah sie an. Sie hatte sich so weit gefangen, dass sie sich kurz über das Gesicht wischen konnte, um die Tränen zu trocknen, die meine Worte bei ihr ausgelöst hatten.

»Das musste wohl mal raus. Nicht wahr, mein Kind?« Sie schaffte es sogar, mir ein verunglücktes Lächeln zu schenken, das gar kein echtes Lächeln war. »Das hat ja auch wirklich lange gedauert.«

Ich fühlte einen riesiggroßen Stein der Erleichterung von meinem Herzen plumpsen. »Lass uns einfach nicht mehr darüber streiten. Es ist doch sowieso viel zu lange her.«

Sie nickte knapp und versuchte erneut, ihren Schmerz hinter einem Lächeln zu verbergen. »Und schließlich haben wir genug andere Probleme, über die wir uns den Kopf zerbrechen müssen.«

Womit sie nicht ganz unrecht hatte.

Sie atmete noch einmal kräftig durch und straffte die Schultern. Dann sah sie mich entschlossen an.

»Du wirst das Sturmnest wieder auf Vordermann bringen, Anni. Und je früher du damit anfängst, desto besser.«

Ich nickte ebenfalls erleichtert. »Darauf kannst du dich verlassen.«

Für den Augenblick hatten wir Frieden geschlossen. Und ohne dass wir es aussprechen mussten, waren wir uns einig, so heikle Themen wie die Scheidung meiner Eltern und meine Eheprobleme mit Thies in Zukunft besser nicht mehr anzusprechen. Wir kehrten es unter den Teppich, wie man so schön sagt. Und das geht bekanntlich nie lange gut.

Kapitel 12

Ich hatte beschlossen, Sten Ohlsen die gute Nachricht persönlich zu überbringen und ihn wissen zu lassen, dass ich sein Jobangebot annehmen würde. Außerdem funktionierte mein Handy noch immer nicht und ein neues würde ich mir erst leisten können, wenn mir Ohlsen das versprochene üppige Gehalt zahlen würde. Also machte ich mich früh am nächsten Morgen mit dem Fahrrad auf den Weg zum alten Sturmnest.

Der Parkplatz vorm Hotel war nur spärlich besetzt, als ich das Rad vor dem Eingang abstellte. Ein sicheres Zeichen dafür, dass es trotz beginnender Hochsaison und Bilderbuchwetter alles andere als rund lief für unser altehrwürdiges Haus. Außerdem schien sich Sabine Warendorf sehr schnell aus dem Staub gemacht zu haben, was sich wenige Minuten später bestätigen sollte.

»Wir haben aber Übernachtung *und* Frühstück gebucht.«

»Ich weiß. Und es tut mir auch schrecklich leid, dass wir es Ihnen heute nicht anbieten können.«

Sten Ohlsen stand noch sichtlich verschlafen am Empfangstresen und machte angesichts zweier hungriger Feriengäste in bunter Funktionskleidung einen etwas unglücklichen Eindruck. »Wir haben hier so etwas wie eine Notsituation.

Vielleicht gehen Sie einfach runter ins Dorf und suchen sich ein schönes, kleines Café aus, in dem es ein gutes Frühstück gibt.«

»Wir haben aber jetzt Hunger«, erwiderte die rundliche Frau fortgeschrittenen Alters, die nicht gerade wirkte, als würde ihr der Hungertod bevorstehen.

»Und bezahlt haben wir schließlich auch dafür.«

»Richtig.« Sten Ohlsen setzte sein charmantes Lächeln auf, das ich bereits von ihm kannte. »Und deshalb übernimmt das Hotel auch die Kosten für Ihr Frühstück. Bringen Sie die Rechnung nachher einfach mit und Sie kriegen das Geld bar auf die Hand zurück.«

Das Ehepaar tauschte einen skeptischen Blick. »Da gibt es doch bestimmt einen Haken bei der Sache. Wie viel darf das Frühstück denn kosten? Da gibt es doch bestimmt eine Beschränkung.«

Sten Ohlsen war kurz davor, die Geduld zu verlieren.

»Keine Beschränkung. Wir übernehmen alles.«

Und er seufzte einmal schwer.

Das Ehepaar schien noch etwas zu hadern und deutete auf ihren kleinen struppigen Mischlingshund, der zu ihren Füßen lag und bereits weggedämmert war.

»Na gut. Ausnahmsweise.« Der Mann setzte einen leidenden Blick auf. »Auch wenn wir ohne Frühstück eigentlich nie aus dem Haus gehen. Sie haben Glück, dass Strobel hier ganz dringend seine Runde machen muss.«

Damit meinte er wohl seinen Hund, der nicht gerade den Eindruck erweckte, als wäre er ganz wild auf einen Spaziergang.

»Prima.« Ohlsen klatschte begeistert in die Hände und schien überaus erleichtert, das Problem auf diese Art gelöst zu haben. »Dann lassen Sie es sich schmecken.«

Die beiden Herrschaften wandten sich ab und zogen ihren widerstrebenden Hund hinter sich her. Ich nickte ihnen knapp zu, als sie an mir vorbeikamen, und konnte noch hören, wie die

Frau ihrem Gatten ins Ohr flüsterte, dass das Frühstücksbüfett im Sturmnest ja sowieso schrecklich sei und sie viel lieber das Frühstück »Sylter Art« im Heideröschen an der Seebrücke nehmen würde. Was mich nicht weiter überraschte. Für mehr als dreißig Euro pro Person war das Frühstück nicht gerade preiswert.

Ohlsen hatte mich nun auch entdeckt und auf seinem Gesicht erschien ein erleichtertes Lächeln.

»Gott sei Dank, dass Sie hier sind. Sie glauben gar nicht, wie froh ich bin.«

Ich trat näher an den Empfangstresen, blickte mich prüfend um und beschloss, Ohlsen noch etwas zappeln zu lassen.

»Dann hoffe ich mal, dass Ihre gute Laune noch anhält, wenn ich Ihnen sage, was ich Ihnen sagen muss.«

Er runzelte die Stirn. »Das hört sich jetzt nicht wirklich gut an, Frau Larsen.«

Ich seufzte einmal tief und steigerte damit seinen Frust.

»Okay …« Er rieb sich etwas hilflos den Nacken und versuchte, seine Enttäuschung über meine vermeintliche Absage mit Fassung zu tragen. »Dann kann man wohl nichts machen. Wirklich schade, dass Sie mein Angebot nicht annehmen.«

Er machte tatsächlich einen deprimierten Eindruck. Anscheinend bekam er nicht oft eine Absage in seinem Leben. Das Lächeln war aus seinem Gesicht verschwunden und hatte Platz gemacht für diesen leicht arroganten Zug um seine Lippen, der mir schon bei unserer ersten Begegnung im Anker nicht besonders positiv aufgefallen war.

»Dann werde ich das Hotel heute noch schließen.«

Langsam wurde es Zeit, das Missverständnis aufzulösen, bevor er die letzten verbliebenen Gäste vollends vergraulte.

»Sie sollten vor allen Dingen dafür sorgen, dass Ihre Gäste ein ordentliches Frühstück bekommen.«

Ich trat hinter den Tresen und ging in Richtung Küche an ihm vorbei.

»Ich hoffe, Frau Warendorf hat nicht alle Vorräte geplündert, als sie abgereist ist.«

Einen Moment war er tatsächlich verwirrt, dann trat wieder dieses breite Grinsen in sein Gesicht. »Moment mal … dann … Sie haben mich gerade reingelegt!«

Ich drehte mich im Gehen um und zuckte nur lächelnd mit den Schultern. Es war meine kleine Revanche für seinen gestrigen Überfall bei uns im Haus.

»Sie übernehmen den Job, hab ich recht?«

Er folgte mir eilig in die Küche.

»Das war ganz schön gemein von Ihnen, wissen Sie das, mich so zappeln zu lassen.«

»Ich fürchte, ich werde gleich noch viel gemeiner.«

Er fing die weiße Schürze, die ich von der Ablage genommen und ihm zugeworfen hatte, geschickt auf.

»Sie schneiden die Tomaten, Gurken und den ganzen anderen Kram klein. Ich kümmere mich um den Rest.«

Ich öffnete die Tür des großen Vorratskühlschranks. Was ich darin sah, war nicht gerade eine Offenbarung. Abgepackte Massenware vom Discounter überwog eindeutig. Wenigstens hatte Sabine Warendorf nicht das Billigste vom Billigen genommen und es waren sogar einige Bioprodukte darunter. Jedenfalls das, was Supermarktketten unter Bio verstanden.

Als ich mich wieder umdrehte, stand Sten Ohlsen mit der Schürze in der Hand noch immer ziemlich ratlos mitten im Raum.

»Ich soll Gemüse schneiden?«

Ich nickte. »Immerhin gehört Ihnen der Laden. Da muss man auch mal ein bisschen Verantwortung übernehmen. Oder sind Sie allergisch gegen Küchenmesser?«

Er zögerte noch einen Moment, dann band er sich die Schürze um und schaute sehr entschlossen drein.

»Ob Sie's glauben oder nicht, ich bin ein ganz respektabler Koch.«

In der darauffolgenden Stunde gelang es uns, das Frühstücksbüfett im Speiseraum mit einer für die Umstände recht ansprechenden Auswahl an Käse, Wurst, Marmelade und frischem Obstsalat mit Joghurt und Müsli auszustatten. Ich hatte Ohlsen zwischenzeitlich dazu verdonnert, mit dem Wagen zu Ohlrogge zu fahren und sämtliche Brötchen, die die Bäckerei entbehren konnte, aufzukaufen. Auf dem Weg konnte er auch gleich bei Bauer Hinrichs vorbeifahren und frische Frühstückseier mitbringen. Er folgte meinen Anweisungen, ohne zu murren, und schien tatsächlich so etwas wie Spaß dabei zu haben.

Mittlerweile waren auch Liv und meine Mutter hinzugekommen, die den Zimmerservice übernahmen und die Betten in Ordnung brachten, während unsere Gäste auf ihr Frühstück warteten. Als besonderen Service gab es an diesem Morgen frisches Rührei, Spiegelei und Arme Ritter. Schließlich wollte ich die Gäste bei Laune halten, wenn sie schon so lange auf ihr Frühstück hatten warten müssen.

»Ich brauche noch zweimal den French Toast und einmal Rührei mit Schnittlauch.«

Sten Ohlsen erschien etwas abgehetzt in der Küche und stapelte abgeräumtes Frühstücksgeschirr in die Spüle, die langsam überquoll. Er hatte tatsächlich den Service im Speiseraum übernommen.

»Die hören gar nicht mehr auf zu futtern.«

Er sah mich grinsend an. »Und ich soll Ihnen sagen, dass sie Ihre Armen Ritter lieben. Was ich jetzt nicht so überraschend finde.«

Ich deutete auf die Teller, die ich bereits vorbereitet hatte, und hob die Toastscheiben aus der Pfanne.

»Die können Sie gleich rausbringen. Die Eier dauern noch.«

Ich schenkte ihm einen Seitenblick, während er vorsichtig die fertigen Teller aufnahm.

»Sie machen das gar nicht mal so schlecht, das muss man Ihnen lassen.«

Mein Lob schien ihn wirklich zu freuen und er ging strahlend wieder zu unseren Gästen, während ich die Eier verquirlte und Schnittlauch klein schnitt.

Es war bereits halb zwölf am Mittag, als ich beschloss, das Büfett endgültig zu schließen und das Frühstück für beendet zu erklären. Die erste Schlacht des Tages hatten wir eindeutig für uns entschieden.

»Ich wusste schon gestern, dass Sie mich nicht hängenlassen.«

Ohlsen sah mehr als zufrieden aus, als er mich über den Rand seiner Kaffeetasse hinweg anlächelte.

»Dann haben Sie mehr gewusst als ich.«

Wir saßen auf der Sonnenterrasse des Sturmnest und gönnten uns nach dem ganzen Trubel am Morgen eine kleine Pause. Außerdem hatten wir wichtige Dinge zu besprechen, wie ich kurz zuvor angemerkt hatte.

Ohlsen blinzelte in die Sonne, genoss die laue Brise, die von den Klippen kam und den Duft der Blumen aus unserem

Garten, und streckte seine langen Beine mit einem wohligen Seufzer aus.

»Hier lässt es sich wirklich aushalten.«

»Aber nur, wenn der Service stimmt. Die Leute bezahlen schließlich eine Menge Geld, um hier Urlaub zu machen. Da muss man ihnen schon etwas bieten für ihr Geld.«

Ich deutete auf den Speiseraum, der wieder aufgeräumt und einladend aussah. »Frau Warendorf hat das leider nicht so gesehen.«

Zu meinem Erstaunen sah es Sten Ohlsen genauso.

»Ich weiß. Nur leider ist es mir etwas zu spät aufgefallen.«

Er blickte mich einen Moment stumm an, dann lächelte er dieses unwiderstehliche Prince- Charming-Lächeln.

»Ich hätte Sie damals selbst bitten müssen, die Leitung zu behalten. Das war ein großer Fehler von mir, es meinem Anwalt zu überlassen.«

»Sie sind sehr von sich überzeugt, wissen Sie das?« Ich versuchte, möglichst unbeeindruckt zu schauen. »Ich hätte Ihnen nämlich das Gleiche gesagt wie Ihrem Anwalt.«

»Das glaube ich nicht.«

Er lehnte sich wieder in dem Strandkorb zurück, schob sich die Sonnenbrille auf die Nase und verschränkte entspannt die Arme hinter dem Kopf. Er machte den Eindruck eines sehr zufriedenen Feriengastes. Dass ihm das alles hier gehörte, war ihm nicht anzumerken. Als keine weitere Erklärung von ihm kam, hakte ich nach.

»Glauben Sie wirklich, Sie hätten mich mit Ihrem Charme schon damals überzeugt?«

»Nö.« Er schüttelte den Kopf und sah mich nicht an.

»Und was bringt Sie dann zu der Annahme, ich hätte nicht Nein gesagt?«

Er schob die Sonnenbrille wieder auf die Stirn und schenkte mir einen wissenden Seitenblick. »Erstens, Sie lieben Ihren Job. Das ist mir übrigens schon früher aufgefallen.«

Jetzt überraschte er mich wirklich. »Aha?! Und wann, wenn ich fragen darf?«

Er setzte sich auf und goss sich noch etwas Kaffee aus der Thermoskanne nach, die auf dem Tisch zwischen uns stand.

»Ich habe Ihren Streit mit Sabine mitbekommen, als es um das Frühstücksbüfett ging und Sie sich entschuldigen wollten.«

Als er meinen erstaunten Blick sah, wurde er tatsächlich etwas verlegen.

»Ich hab es zufällig gehört. Also, ich meine, ich habe Sie nicht belauscht, falls Sie das denken.«

»Wäre ich niemals drauf gekommen.«

»Jedenfalls, Ihnen ist das Sturmnest wirklich wichtig, und deshalb würden Sie niemals zulassen, dass es geschlossen wird.«

Ich musste bitter auflachen. »Seit genau einhundert Jahren gab es keinen einzigen Tag, an dem das Hotel geschlossen war. Meine Großeltern und Urgroßeltern haben es sicher durch Wirtschaftskrisen, Krieg und Sturmfluten gebracht. Natürlich würde ich alles tun, damit ich nicht die erste Larsen wäre, der das passieren würde.«

Er sah mich beeindruckt an. »Genau einhundert Jahre? Das ist eine lange Zeit.«

»Kann man wohl sagen.«

Er runzelte nachdenklich die Stirn. »So ein Jubiläum muss doch gefeiert werden.«

»Frau Warendorfs Interesse daran war, wie an vielen anderen Dingen, eher gering.«

»Was vermutlich der Grund dafür ist, dass sie nicht mehr da ist.«

164

Einen Augenblick schwieg er und schaute auf das Haus mit einem Blick, der davon zeugte, wie sehr ihm gefiel, was er sah. Dann nickte er entschlossen und blickte wieder zu mir.

»Wir werden das Sturmnest feiern. Bereiten Sie alles für das Jubiläum vor. Und machen Sie sich keine Gedanken über die Kosten.«

Die Art, wie er das sagte, hatte etwas von einem Gutsherrn, der mit seinem Besitz prahlen will. Was mir etwas bitter aufstieß, obwohl ich mich über seinen Entschluss freute.

»Für Sie scheint Geld ja kein Thema zu sein.«

Er musste seinen Fauxpas bemerkt haben. »Das klang ganz schön überheblich, oder?«

»Kann man so sagen.«

»War nicht meine Absicht.«

Er schaute tatsächlich etwas zerknirscht drein. Immer die richtige Wortwahl in zwischenmenschlichen Beziehungen zu treffen schien nicht seine Stärke zu sein.

»Ich würde das Sturmnest wirklich gerne feiern, Frau Larsen. Das hat die alte Lady verdient.«

Ich sah ihn skeptisch an. »Ja, das hat sie, da gebe ich Ihnen recht.«

Er musste meine Zweifel bemerkt haben und das schien ihn zu irritieren.

»Irgendetwas stört Sie aber daran. Verraten Sie mir auch, was?«

Sein Blick war offen und er wollte tatsächlich eine ehrliche Antwort auf seine Frage.

»Verstehen Sie mich bitte nicht falsch, Herr Ohlsen, aber Sie besitzen das Hotel erst seit einem knappen Jahr. Und allzu oft sind Sie auch noch nicht hier gewesen. Und vermutlich haben Sie tausend andere Projekte und Investitionen, die mehr Rendite abwerfen als das alles hier.«

Ich machte eine Geste, die das Haus, unseren wunderschönen Apfelgarten und die Klippen beschrieb. Dann sah ich ihn wieder fragend an.

»Also stellt sich mir die Frage, warum Ihnen ausgerechnet das Sturmnest so wichtig ist.«

Er wich meinem Blick nicht aus und ich sah, wie er nachdachte und er sich nicht sicher war, ob er mir wirklich eine ehrliche Antwort auf diese Frage geben sollte. Schließlich nickte er und schaute wieder zum Haus.

»Wenn ich ehrlich bin, dann weiß ich das auch nicht so genau.«

Er zuckte mit den Schultern und verbarg seinen Blick wieder hinter der Sonnenbrille, als er sich mir zuwandte und charmant lächelte.

»Ich mag dieses Haus. Und diesen Ort. Und ich mag Ihre Familie.«

Einen Augenblick glaubte ich, er würde mit mir flirten. Aber die Art und Weise, wie er es sagte, mit einer fast kindlichen Begeisterung, war glaubhaft. Ich konnte nicht anders, als ebenfalls zu lächeln.

»Das freut mich, Herr Ohlsen. Uns liegt nämlich auch sehr viel daran.«

Ich nahm den letzten Schluck aus meiner Kaffeetasse und stand auf.

»Ich werde mich um alles kümmern, machen Sie sich keine Sorgen.«

Ich nickte ihm knapp zu. »Und wenn Ihr Anwalt den Arbeitsvertrag fertig hat, legen Sie ihn mir einfach vor. Ich werde unterschreiben.«

Ich war noch nicht ganz an der Terrassentür, da hielt mich seine Stimme noch einmal zurück.

»Frau Larsen?«

Ich schaute zu ihm hin.

Er erhob sich und kam zu mir.

»Danke für Ihre Unterstützung.« Er reichte mir die Hand. »Und ich verspreche Ihnen, mich an alle Absprachen zu halten.«

Ich nahm seine Hand und sein Händedruck fühlte sich warm, kraftvoll und vertrauenerweckend an.

»Davon gehe ich aus.« Ich schickte meinen Worten ein Lächeln hinterher.

Er ließ meine Hand noch nicht los und sah etwas verlegen drein. »Und wenn wir schon mal dabei sind, wäre es nicht einfacher, wir würden uns duzen? So als ... Team Sturmnest?«

Ich musste lachen. Team Sturmnest klang ganz nach Investor, der er war.

Zur Bestätigung drückte ich seine Hand etwas fester.

»Solange ich kein T-Shirt mit dem Logo tragen muss, gerne«, erwiderte ich und nach einer kleinen Pause fügte ich hinzu: »Sten.«

»Prima, äh, Anneke?«

»Anni.«

Er nickte grinsend. »Prima, Anni.«

»Und falls du mich brauchst, ich bin im Büro und verschaffe mir erst mal einen Überblick über alles, okay?«

Er nickte und ließ endlich meine Hand los. Ohne ein weiteres Wort verschwand ich im Haus, und ohne dass ich mich noch einmal umblickte, wusste ich, dass er mir noch lange hinterhersah.

Der restliche Tag verging wie im Flug, und am Abend hatte ich einen guten Überblick über alle Probleme, die Sabine Warendorf in den letzten Monaten durch ihr Unvermögen im Hotelbetrieb verursacht hatte. Das mangelhafte Frühstücksangebot war nur ein kleiner Teil davon. Sie hatte ein Vermögen dafür ausgegeben, eine neue Website und Online-Werbung für das Sturmnest erstellen zu lassen, die leider völlig an unserer Zielgruppe vorbeiging, was die fehlende Belegung unserer Zimmer erklärte. Außerdem hatte sie den Gästeservice, den unsere Urlauber so zu schätzen wussten, eingeschränkt oder kostenpflichtig gemacht. Wir hatten früher immer dafür gesorgt, dass diejenigen, die mit der Bahn ankamen, am Bahnhof in Freistadt abgeholt wurden. Und auch die Buchungen von Ausflügen oder Restaurant-Reservierungen hatten wir für unsere Gäste immer gerne übernommen. Das alles war wohl zu viel für die Dame aus Hamburg gewesen und die Gebühren, die sie dafür in den vergangenen Monaten aufgerufen hatte, waren einfach lächerlich hoch. Das alles musste schnellstmöglich rückgängig gemacht werden, um nicht auch noch die letzten Stammgäste endgültig zu verschrecken. Vielleicht war da ja die Ankündigung, das Jubiläum unseres Hotels zu feiern, genau der richtige Anlass, um einen Neustart zu wagen.

»Ich finde, das ist eine wirklich gute Idee von ihm, das muss man ihm lassen.«

Liv lehnte am Küchenblock und nippte an ihrer Apfelschorle. Sie und meine Mutter hatten den Tag über dafür gesorgt, dass im Sturmnest wieder alles blitzblank war, und saßen nun erschöpft bei mir in der Hotelküche und genossen ihren Feierabend.

»Ich bin wirklich glücklich, dass wir das Jubiläum nicht ausfallen lassen müssen.« Meine Mutter sah mich über den Rand ihrer Teetasse hinweg wehmütig an. »Das hat mir schon das ganze letzte Jahr schwer im Magen gelegen.«

»Warum hast du denn nichts gesagt?« Wie üblich überkam mich augenblicklich ein schlechtes Gewissen.

»Wir hatten doch schon genug Probleme. Und Sentimentalität hätte uns auch nicht weitergebracht.« Sie seufzte einmal schwer. »Ganz im Gegenteil.«

Ich drückte ihre Hand.

»Das wird das schönste Fest, das unser Sturmnest jemals erlebt hat, Mama.«

»Na, das will ich doch hoffen.« Sie lächelte glücklich. »Wenn Ohlsen schon so viel springen lässt, dann lassen wir es auch ordentlich krachen.«

»Ich will eure Freude ja nicht trüben.« Liv setzte sich zu uns an den Tisch. »Aber wie wollen wir das jetzt alles hinbekommen?«

Sie hob die Hand und zählte eine Baustelle nach der anderen auf, die sich plötzlich in unserem Leben aufgetan hatten. »Was ist mit Sauber und Sorglos? Was mit dem Walmuseum? Und unseren Waltouren? Das ist eine Menge Arbeit, die da auf uns zukommt, und ich habe keine Ahnung, wie wir das alles schaffen wollen.«

Liv hatte nicht ganz unrecht damit. Plötzlich versanken wir in Arbeit, die kaum von uns allein zu bewältigen wäre.

»Ein paar der Putzaufträge für die Ferienwohnungen können wir ja abgeben, und das Sturmnest machen wir selbst. Clara und Jule helfen euch mit den Bootstouren und das Walmuseum kriege ich auch irgendwie unter.«

Ich sah sie entschlossen an. »Ich finde nämlich, dass es so ziemlich die beste Idee ist, die unser Tourismusverband seit einer Ewigkeit hatte. Und für das Jubiläum arbeiten wir einfach mit einer Agentur aus Freistadt zusammen. Wie hießen die noch mal, die letztes Jahr das Hafenfest dort organisiert haben, Mama?«

Sie nickte begeistert. »Oh, das ist eine gute Idee. Das war wirklich schön. Und das Feuerwerk ... himmlisch. Ich schau gleich mal, wie die hießen, und such dir die Nummer raus.«

Liv schaute etwas skeptisch zwischen meiner Mutter und mir hin und her. »Ihr wollt wirklich die ganz große Nummer, was?«

Ich lächelte nur und schwieg vielsagend. Bevor Liv noch etwas sagen konnte, meldete sich ihr Handy.

»Das ist Hauke …« Verwundert nahm sie den Anruf entgegen, und mir fiel im selben Moment ein, dass ich ihn seit unserer Verabschiedung nach dem Fest gar nicht mehr gesprochen hatte.

»Ja … die ist hier … willst du sie sprechen?«

Sie reichte mir das Handy und deutete mir mit einer Geste an, dass ich gefälligst rangehen sollte. Sie musste mir angesehen haben, dass ich durchaus mit dem Gedanken spielte, es nicht zu tun. Etwas widerstrebend nahm ich das Handy entgegen.

»Hallo, Hauke.« Ich versuchte, meine Stimme möglichst neutral klingen zu lassen. »Wie geht's?«

So wie es schien, hatte sich die Neuigkeit bereits herumgesprochen, dass ich nun wieder die Hotelleitung übernommen hatte.

»Glückwunsch zum neuen Job«, vernahm ich seine angenehm tiefe Stimme. »Hast du schon angefangen?«

»Ja. Die Warendorf hat mit fliegenden Fahnen das sinkende Schiff verlassen und die Gäste hängenlassen.«

Ich hörte, wie er am anderen Ende der Leitung unterdrückt auflachte. »Warum wundert mich das nicht? Ich nehme mal an, du hast alles in den Griff bekommen.«

»Angesichts der Tatsache, dass ich die letzten zwanzig Jahre nichts anderes gemacht habe, als dieses Hotel zu führen, war es keine besonders große Herausforderung.« Ich musste lächeln. Mit Hauke zu sprechen entspannte mich, das musste ich zugeben.

»Erzähl das lieber nicht Ohlsen. Und lass dich ordentlich dafür bezahlen.«

»Keine Angst. Im Gegensatz zu meinem letzten Arbeitgeber ist er nicht gerade knausrig.«

»Ich bin nicht knausrig!« Er versuchte, empört zu klingen, was ihm aber nicht gelang. »Der Stadtkämmerer von Freistadt lässt einfach nicht mehr springen.«

»Ganz schwache Entschuldigung.« So leicht wollte ich ihn nicht vom Haken lassen.

»Dann läufst du jetzt wieder dem großen Geld hinterher?« Seine Stimme klang unbesorgt, so, als wüsste er, dass ich bereits entschieden hatte, das Walmuseum auf alle Fälle zum Laufen zu bringen.

»Ich habe kurz mit dem Gedanken gespielt.«

»Niemals!«

»Und was macht dich da so sicher?«

Er musste gar nicht lange überlegen und seine Antwort kam ganz automatisch. »Ich kenne dich, Anneke Larsen. Das wäre nicht deine Art.«

Ich seufzte gespielt auf. »Ich muss dringend mal an meiner Ausstrahlung arbeiten. Wenn ich so leicht zu durchschauen bin.«

»Tu das nicht. Die ist nämlich perfekt, so wie sie ist. Wie übrigens alles andere auch.«

Täuschte ich mich, oder flirtete Hauke wieder völlig ungeniert mit mir.

»Hauke?«

»Ja?«

»Wir waren uns doch einig, dass du das nicht mehr machst.«

»Was mache ich denn?« In seiner Stimme hörte ich das amüsierte Lachen. Er wusste ganz genau, was ich meinte.

»Pass auf, ich bin noch im Büro im Sturmnest. Liv und meine Mutter sind auch da. Ich würde mich gern später mit dir im Anker treffen.«

»Acht Uhr?«, kam es spontan aus dem Handy.

171

»Das müsste ich schaffen.«

»Dann bis später.«

Bevor ich noch antworten konnte, hatte er die Verbindung unterbrochen.

Als ich mich umdrehte und in die Gesichter von Liv und meiner Mutter sah, hob ich abwehrend die Hand.

»Sagt jetzt nichts. Ich will nicht darüber reden.«

Zum Glück hatten sie das Feingefühl, meiner Bitte nachzukommen. Das wissende Lächeln in ihren Gesichtern war allerdings etwas unpassend.

Jule und Clara hatten beschlossen, nicht weiter mit mir zu schmollen. Als wir später beim Abendessen in unserem kleinen Backsteinhaus saßen, kam sogar so etwas wie gute Laune auf, als ich von meinem ersten Arbeitstag mit Sten Ohlsen erzählte.

»Du hast ihn echt Gurken schneiden lassen?«

Jule sah mich beeindruckt an.

Ich nickte. »Und Tomaten und Zwiebeln.«

Jule tauschte Blicke mit ihrer Schwester.

»Beruhigend zu wissen, dass du nicht nur uns mit der Hausarbeit quälst.«

Clara knabberte an ihrem Käsebrot. »Der scheint wirklich ganz nett zu sein.« Sie überlegte einen Moment. »Kann natürlich auch sein, dass er dich auch nur rumkriegen will.«

Ich prustete in meine Apfelschorle.

»Wie bitte?!«

Mein Hustenanfall, der folgte, brachte meine Töchter an den Rand eines hysterischen Lachanfalls. Als ich mich einigermaßen beruhigt hatte, sah mich Clara mit der Überheblichkeit an, die nur ein Teenager haben kann, der meint, die Welt endlich durchschaut zu haben.

»Der ist ganz sicher verknallt in dich. Ich hab da ein Gespür für.«

Das war mir bislang unbekannt gewesen.

»Tatsächlich? Das ist ja interessant.«

Ich warf Jule einen Seitenblick zu. »Und wenn wir schon mal beim Thema sind. Wie sieht's denn eigentlich bei dir aus, Jule?« Nach einer kleinen Pause fügte ich dann vielsagend hinzu: »Und Marvin?«

Jules Wangen nahmen augenblicklich die Farbe der reifen Tomaten an, die vor uns auf dem Tisch lagen.

»Äh … gut …«

»Er hat uns nach der Feier noch nach Hause gebracht. Obwohl Oma dabei war.« Clara warf mir einen verschwörerischen Blick zu.

»Ich weiß. Sie hat es mir erzählt.«

»Und sie haben den ganzen Abend auf der Seebrücke zusammen abgehangen.«

Anscheinend schien Clara bestens über das Liebesleben ihrer Schwester informiert zu sein. Jedenfalls besser als ich. Jules Kopf versank zwischen ihren Schultern und der Blick, den sie Clara zuwarf, war alles andere als erfreut.

»Und du, Clara?« Es wurde Zeit, Jule ein wenig aus der Schusslinie zu bringen. So wie es aussah, war ihr das ganze Gespräch mehr als unangenehm. »Mit wem hast du eigentlich die ganze Zeit abgehangen?«

Sie zuckte nur gleichmütig mit den Schultern.

»Mit niemand Bestimmten. Waren ja sowieso nur die Üblichen da.«

Das klang ziemlich abgeklärt.

»Ich warte lieber, bis die Ferien anfangen und ich bei Petersen im Surfshop jobbe. Vielleicht ist ja was Spannendes aus Berlin oder so dabei.«

Sie musste die ungläubigen Blicke spüren, die Jule und ich ihr zuwarfen.

»Was denn?!«

Es schien sie nicht sonderlich zu beeindrucken.

»Die Jungs in Brodershöved sind voll die Langweiler, wenn ihr mich fragt.«

Mir war irgendwie völlig entgangen, dass meine Töchter im letzten Jahr reichlich erwachsen geworden waren. Ich war mir nicht sicher, ob ich mich freuen oder eher beunruhigt sein sollte.

Als ich fast pünktlich gegen acht den Anker betrat, wartete Hauke bereits am Tresen und unterhielt sich entspannt mit einem Glas in der Hand mit Inken. Ich nickte den Gästen, die an den Tischen saßen, lächelnd zu, als ich an ihnen vorbeiging. Die meisten hatte ich an den Schnitzelabenden kennengelernt, und obwohl es heute keine Schnitzel gab, war das Lokal gut besucht. Hauke und Inken hatten mich noch nicht entdeckt. Und einen Augenblick lang überkam mich ein merkwürdiges Gefühl, als ich sah, wie Hauke über irgendetwas laut lachen musste, was Inken gerade gesagt hatte. Die Art und Weise, wie sie ihm die Hand auf den Arm legte und ihn erneut zum Lachen brachte, versetzte mir einen leichten Stich und ich registrierte verwundert ein Gefühl der Eifersucht. Ich schüttelte den Gedanken augenblicklich ab. Das war ja nun komplett lächerlich. Ich wollte überhaupt nichts von Hauke. Und außerdem passten Inken und er doch prima zusammen.

»Sorry, für die Verspätung.« Ich lächelte die beiden an, die erfreut aufschauten, als ich zu ihnen an den Tresen kam. »Die Zwillinge haben mich noch aufgehalten.«

»Hi, Anni.«

Inken begrüßte mich so, wie sie jeden begrüßte, den sie mochte. Sie nahm mich in den Arm und gab mir einen Knutscher auf die Wange.

»Ich hab Hauke gerade erzählt, dass wir heute Morgen die Schweinswale gesehen haben. Pünktlich wie immer. An Petermanns Klippe. Sie sind also wieder da.«

»Das ist wunderbar.«

Hauke umarmte mich ebenfalls und hauchte mir einen Kuss auf die Wange. Er roch nach Meer und Sommer.

»Was möchtest du trinken?« Er konnte sich ein Grinsen nicht verkneifen. »Weinschorle?«

»Nein, danke.« Ich warf ihm einen mahnenden Blick zu. »Ich nehme lieber, was ihr habt.«

Die beiden hatten Willys Hausbier vor sich stehen und Hauke bestellte eins für mich.

»Sollen wir uns nach hinten setzen, da ist es etwas ruhiger«, schlug ich vor.

Inken nickte. »Macht mal.«

Als sie keine Anstalten machte mitzukommen, sah ich sie fragend an.

»Und was ist mit dir?«

»Ich warte noch auf Sven. Der muss sich morgen mal den Motor der *Seenixe* anschauen. Der stottert in letzter Zeit so komisch.«

Sie lächelte, und ich war mir nicht sicher, ob sie die Wahrheit sagte oder es nur eine Ausrede war, um mich mit Hauke allein zu lassen.

In der nächsten halben Stunde berichtete ich von meiner neuen Herausforderung, das Sturmnest wieder in sichere Gewässer zu bringen, um den Schaden, den Sabine Warendorf angerichtet hatte, zu beheben. Hauke hörte mir aufmerksam zu, stellte an der einen oder anderen Stelle eine Frage. Seine Augen verdunkelten sich ein wenig, als ich amüsiert davon erzählte, wie ich meinen neuen Chef dazu verdonnert hatte, Gurken klein zu schneiden. Seine Bemerkungen wurden immer einsilbiger und aus irgendeinem Grund schien sich seine Laune zu verschlechtern. Als ich dann bei unseren Plänen angekommen war, das hundertjährige Jubiläum unseres Hotels in diesem Sommer nun doch noch groß zu feiern, schnaubte Hauke kurz auf und nahm einen großen Schluck Bier. Ich sah ihn amüsiert an.

»Keine Angst, ich werde immer noch genug Zeit haben, mich um das Walmuseum zu kümmern. Wir werden es spätestens im Juli eröffnen. Und vielleicht kriege ich Sten auch dazu, etwas fürs Museum springen zu lassen.«

»Sten?«

Ich nickte unbekümmert. »Wir können ihn vielleicht dazu bringen, die Stelle der Museumsleitung zu finanzieren. Ich glaube, er steht auf solche Dinge.«

»Na, wenn du die Leitung übernimmst, bestimmt.«

Das klang etwas schnippisch, was ich von Hauke gar nicht gewohnt war.

»Irgendwie hab ich das Gefühl, dass dir irgendwas gegen den Strich geht.«

»Und ich habe irgendwie das Gefühl, dass dieser Ohlsen sich ein wenig zu sehr für das Sturmnest begeistert.«

Das war eine etwas kryptische Aussage.

»Ich glaube, er fühlt sich einfach wohl dort.«

Hauke nickte nur stumm und deutete auf sein leeres Glas. »Magst du auch noch eins?«

Ich nickte und er verschwand ohne ein weiteres Wort Richtung Tresen. Ich beobachtete ihn, als er mit Willy sprach und auf das Bier wartete. Er musste meinen Blick bemerkt haben, denn er drehte sich um und schenkte mir nach kurzem

Zögern ein zaghaftes Lächeln. Und in diesem Moment wurde mir schlagartig bewusst, was Haukes Problem war.

Als er kurze Zeit später mit den Getränken zurück an den Tisch kam, schien seine schlechte Laune verflogen zu sein und er wechselte so unvermittelt das Thema, als würde es Sten Ohlsen gar nicht geben. Er hatte bei seinem Treffen mit den Meeresschützern in Freistadt ein Ausstellungskonzept für den alten Marineturm erarbeitet und wollte meine Meinung dazu hören. Sie würden, sobald die Umbauten im Turm abgeschlossen waren, mit der Installation der Ausstellungsstücke beginnen. Ich hatte nicht besonders viel Erfahrung in Sachen Museumspädagogik, aber die Art und Weise, wie den Besuchern die Lebenswelt der Wale in der Ostsee und die Bedrohung durch den Menschen präsentiert werden sollte, fand ich spannend. Besonders die geplante Multimedia-Präsentation mit historischen und zeitgenössischen Aufnahmen und die Ausstellung zur Meeresverschmutzung mit den Geisternetzen, Plastikmüll und Resten alter Weltkriegsmunition, die Hauke und Liv bei ihren regelmäßigen Tauchgängen im letzten Jahr geborgen hatten, würden die Besucher sicherlich zum Nachdenken anregen. Meine Zustimmung zu seinen Plänen freute ihn sichtlich.

»Weißt du, mir ist es wichtig, dass die Leute nicht nur etwas über unsere Wale erfahren. Das können sie schließlich auch im Internet nachlesen. Ich will, dass sie verstehen, was sie selber tun können, um unsere Meere zu schützen.«

Ich nickte zustimmend. »Auf jeden Fall wird es die Besucher dazu bringen, mit einem etwas aufmerksameren Blick ihren Urlaub bei uns zu erleben.«

»Richtig. Und vielleicht verzichten sie dann ja auch freiwillig auf die ach so unterhaltsamen Errungenschaften des Massentourismus.«

»Wie etwa Speedbootfahren«, ergänzte ich bitter.

Er sah mich an und schwieg einen Moment.

»Tut mir leid.« Ich wiegelte ab. »Das klang jetzt zynischer, als ich es beabsichtigt hatte.«

»Mir tut es leid, dass ich so … unsensibel war.« Er hatte tatsächlich ein schlechtes Gewissen. »Ich wollte nicht schlecht über Thies reden.«

»Das hast du auch nicht.« Ich atmete tief durch. »Wenn wir ehrlich sind, dann war Brodershöved für Thies nur ein Ort, an dem man Geld verdienen konnte. Und je mehr Geld, desto besser. An nachhaltigem Tourismus hat ihm nicht viel gelegen, das weiß ich nur zu gut.«

Er sah mich einen Moment intensiv an, und es schien, als würde ihm eine Frage auf der Seele brennen. Schließlich senkte er den Blick wieder und schwieg.

»Nun frag schon, was du fragen willst.«

»Bin ich so leicht zu durchschauen?« Er lächelte vage.

»Allerdings.«

Er nahm einen weiteren Schluck von seinem Bier und sah mich ernst an.

»Du hast immer zu Thies gehalten. Auch wenn seine Ideen echt blöd waren.«

»Ein paar gute waren auch dabei.« Ich konnte nicht verhindern, dass meine Stimme bitter klang. »Sie waren selten, aber immerhin.«

»Du hast ihn sehr geliebt, stimmt's?«

Seine Frage kam so unvermittelt, dass ich mich fast an meinem Bier verschluckte. Er hielt meinem Blick ruhig stand, als ich ihn verwundert ansah. Das Schweigen, das kurz zwischen uns herrschte, hatte auf einmal etwas Bedrückendes. Schließlich nickte ich und spielte etwas verlegen mit dem halb vollen Bierglas in meiner Hand, während ich versuchte, die Gefühle zu beschreiben, die meine Ehe mit Thies ausgemacht hatten.

»Ich denke, ja, ich habe ihn geliebt. Auf jeden Fall habe ich für keinen anderen Mann das gefühlt, was ich für Thies empfunden habe.«

Ich blickte zu Hauke auf, um in seinem Gesicht zu ergründen, was meine Worte bei ihm auslösen würden. Er schien nicht verletzt zu sein und hörte aufmerksam zu.

»Er war mein bester Freund, solange ich denken konnte. Und wir hatten die gleichen Pläne für unser Leben. Zumindest irgendwann einmal«, fügte ich erklärend hinzu. »Ich kann dir gar nicht sagen, wann das aufgehört hat.«

Ich wartete, dass er etwas sagte. Doch Hauke sah mich nur weiter aufmerksam an.

»Ich war nicht mit allem einverstanden, was er gemacht hat. Schon lange nicht mehr. Aber die Liebe zu ihm, zu dem, was uns verbunden hat, die hat nie wirklich aufgehört. Glaube ich zumindest.«

Er sah mich lange an, dann senkte er den Blick und seine Stimme war tief und belegt, als er sagte: »Es muss einem das Herz brechen. Mir würde es jedenfalls so gehen, wenn derjenige nicht mehr da wäre, den ich liebe.«

Für einen Augenblick herrschte wieder dieses bedrückte Schweigen zwischen uns. Die heitere, lockere Stimmung, die den Abend trotz aller Probleme ausgemacht hatte, war plötzlich verschwunden. Ich sah auf die Uhr und nahm den letzten Schluck aus meinem Glas.

»Es ist spät geworden, Hauke. Wird Zeit, dass ich ins Bett komme.«

Er vermied es, mich anzusehen. »Ich bringe dich noch nach Hause.«

Er wollte aufstehen, doch ich hielt ihn zurück.

»Nein. Ich komme alleine klar.«

Ich zog die Jacke über, die ich über die Stuhllehne gehängt hatte.

»Wir sehen uns morgen nach der Arbeit am Marineturm. Brinkhoffs Bauleiter kommt vorbei, um die Arbeiten zu besprechen. Es wäre gut, wenn du auch dabei bist.«

»Kein Problem.« Sein Lächeln sah etwas gequält aus. »Grüß deine Mutter und die Zwillinge von mir.«

»Mach ich.«

Einem plötzlichen Impuls folgend, beugte ich mich vor und hauchte ihm einen Kuss auf die Wange.

»Danke für den schönen Abend.«

Ich blickte mich nicht noch einmal nach ihm um, als ich den Anker verließ und auf mein Rad stieg, um in der einsetzenden Dämmerung dieses Juniabends nach Hause zu fahren.

Ich war froh, allein mit meinen Gedanken zu sein, denn Haukes Worte hatten mir etwas klar und deutlich vor Augen geführt. Etwas, was ich in den vergangenen Monaten so konsequent verdrängt hatte, dass mich die Erkenntnis nun umso mehr schmerzte. Thies fehlte in unserem Alltag, sein Tod hatte mein Leben auf den Kopf gestellt. Aber ihn so schrecklich zu vermissen, dass es einem das Herz brach, das tat ich nicht. Es war schwer zu sagen, ob es der Fahrtwind war, der mir die Tränen in die Augen trieb, oder doch die Erkenntnis, dass ich schon lange nicht mehr wusste, wie es sich wirklich anfühlte, einen Mann zu lieben.

KAPITEL 13

Wenn man sich mit einem wichtigen Thema in seinem Leben nicht genauer beschäftigen will, dann ist es überaus hilfreich, sich so viel Arbeit aufzuhalsen, dass man gar nicht erst zum Nachdenken kommt. Und genau das tat ich in den folgenden Wochen.

Hauke sprach nie wieder das Thema Thies an. Dafür sahen wir uns fast täglich, und ich verbrachte mehr Zeit mit ihm als mit meiner kleinen Familie. Wir trafen uns fast jeden Abend am alten Marineturm, um die Bauarbeiten zu überwachen und neue Ideen für das Museum auszubrüten. Liv, Jewe und Inken steuerten ebenfalls ein paar Einfälle bei, und nachdem die Arbeiten an Inkens *Seenixe* abgeschlossen waren, halfen sie in ihrer Freizeit sogar bei den Bauarbeiten mit. So wie es aussah, würde einer pünktlichen Eröffnung bereits im Juli nichts mehr im Wege stehen.

Wie ich vermutet hatte, erklärte Sten sich bereit, das Museum ebenfalls mit einer nicht unerheblichen Spende zu unterstützen und die Finanzierung der Museumsleiterstelle zu übernehmen. Wir mussten nur noch eine geeignete Kandidatin für den Job finden. Ich hatte bereits meine Mutter ins Auge gefasst, die sich jedoch noch etwas zierte.

Ich hatte gehofft, dass zu Beginn der Hochsaison vielleicht noch einmal der junge Buckelwal auftauchen würde, den Hauke und ich vor Wochen in unserer Bucht gesehen hatten. Es wäre sicherlich die beste Werbung für unser Museum gewesen, die man sich denken konnte. Doch Hauke erklärte uns, dass das Tier vermutlich schon wieder auf seinem Weg in Richtung Nordpolarmeer sei. Unsere Sichtung war die einzige geblieben, alle anderen Meeresbeobachtungsstationen hatten keinen Hinweis auf den Wal erhalten. Und manchmal glaubte ich, Hauke und ich hätten die ganze Sache nur geträumt.

Bereits nach wenigen Tagen war ich im Sturmnest wieder in meinem alten Arbeitsrhythmus und es kam mir so vor, als hätte ich unser Hotel niemals einer anderen überlassen. Ich kontaktierte unsere alten Zulieferer, und sie waren hocherfreut, dass das Hotel wieder in den gewohnten Händen lag. Und sie sich nicht mit Frau Warendorf herumstreiten mussten. Das Frühstück hatte folglich wieder die gewohnte Qualität und unsere Gäste waren mehr als glücklich. Zumal ich ihnen dabei half, ihre Ausflüge zu organisieren, Restaurantbesuche für sie zu buchen und dabei natürlich eifrig Werbung für Jewes und Inkens Walbeobachtungstouren machte.

Gemeinsam mit meiner Mutter und den Zwillingen brachte ich unseren Garten wieder auf Vordermann, auch wenn wir keine Wunder vollbringen konnten und die gestutzten Rosenhecken etwas trostlos aussahen. Die neu angelegten Staudenbeete sorgten zum Glück schon bald für ein duftendes Farbenmeer und der pflegeleichte Rasen, den die Warendorf der Bequemlichkeit halber hatte anlegen lassen, musste wieder auf ein Mindestmaß zurückweichen.

Es freute mich zu sehen, wie unsere Gäste sich in den Strandkörben, die wir zwischen die Rabatten gestellt hatten, entspannt zurückziehen konnten, Mamas selbst gebackenen Apfelkuchen genossen und sich ganz der Idylle hingaben, die unser altes Hotel auf den Klippen zu bieten hatte.

Hin und wieder sah ich auch Sten Ohlsen in einem der Strandkörbe. Mit Sonnenbrille auf der Nase und einem altmodischen Strohhut auf dem Kopf, den er sich tief in die Stirn gezogen hatte, döste er dort vor sich hin und schien der entspannteste Bewohner dieses Planeten zu sein. Ansonsten hielt er sich tatsächlich an unsere Absprache und mischte sich in nichts ein. Regelmäßig verschwand er für ein paar Tage in seinem schicken Tesla SUV (es war tatsächlich er gewesen, der mich bei unserer ersten Begegnung fast überfahren hätte) in Richtung Hamburg, um vermutlich unglaublich wichtigen und lukrativen Geschäften nachzugehen. Was genau er machte, erfuhr ich nicht, er redete nicht viel darüber. Und ich fragte lieber nicht nach. Vermutlich hätte ich sowieso nur die Hälfte davon verstanden. Wenn er wieder zurück nach Brodershöved kam, machte er einen erschöpften und müden Eindruck. Falls er mit irgendetwas unzufrieden war, ließ er es sich jedoch nicht anmerken. Meistens schwang er sich sofort auf sein Fahrrad, um stundenlang die Küste zu erkunden, und wenn er dann von seinen ausgedehnten Touren zurückkam, war er wieder ganz entspannt und plünderte, ohne zu fragen, gut gelaunt den Kühlschrank. Vom Einkaufen gehen schien er nicht viel zu halten. Angesichts der Tatsache, dass ihm der Laden gehörte, verzichtete ich großzügig auf eine Beschwerde. Außerdem musste ich zugeben, dass seine Anwesenheit und seine selbstbewusste Unbekümmertheit mich ebenfalls in gute Laune versetzten. Dieser Mann schien mit nichts und niemandem Probleme zu haben. Und falls doch, ließ er sich davon jedenfalls nicht die gute Laune verderben.

»Kann es sein, dass wir wieder ausgebucht sind? Der Parkplatz sieht rappelvoll aus.«

Sten stapelte diverse Tupperdosen mit Aufschnitt, Käse, Tomaten, Gurken und Butter aus dem Kühlschrank auf den Küchentisch, während ich gerade damit beschäftigt war, den Nachmittagstee für unsere Gäste vorzubereiten.

Ich blickte kurz auf und arrangierte dann weiter die selbst gebackenen Petit Fours, Kekse und weitere kleine Köstlichkeiten der Bäckerei Ohlrogge auf diverse Etageren, die für den Speiseraum bestimmt waren.

»Gut beobachtet. Alle Zimmer sind belegt.«

»Ha!« Er lachte zufrieden auf und schnitt sich ein paar Scheiben Weißbrot ab, setzte sich an den Tisch und begann akribisch und mit Hingabe, ein gigantisches Sandwich zu kreieren. Offensichtlich machte Fahrradfahren sehr hungrig.

»Ich hab gewusst, dass du den Laden im Handumdrehen in den Griff bekommst.«

»Freu dich lieber nicht zu früh. Du solltest lieber erst die Rechnungen für die Marketingaktionen abwarten, die ich auf den Reiseportalen geschaltet habe. Das war leider nicht billig zu haben.«

Er biss herzhaft in sein Sandwich und zuckte nur mit den Schultern. Was wohl so viel wie »Geht vollkommen in Ordnung« heißen sollte. Als er den Bissen hinuntergeschluckt und mit hausgemachter Apfelschorle nachgespült hatte, sah er mich ungefähr so zufrieden an wie eine Katze, die gerade den Milchtopf leergeschleckt hatte.

»Gut investiertes Geld ist nie rausgeschmissenes Geld. Und Marketing ist immer gut investiertes Geld. Du glaubst nicht, wie viele Unternehmen das unterschätzen.«

»Dann hast du also nichts dagegen, wenn ich einfach damit weitermache, mit deinem Geld um mich zu schmeißen?« Ich grinste ihn frech an.

»Wenn uns dafür die Leute die Bude einrennen, nur zu.«

Er biss wieder von seinem Sandwich ab und kaute genüsslich. Ich beobachtete ihn einen Moment und war überrascht, mit welcher Selbstverständlichkeit ich es hinnahm, dass er hier bei mir in der Küche saß und den Eindruck erweckte, als würde er schon seit einer Ewigkeit zum Sturmnest und zu uns gehören.

»Ich habe mir übrigens noch einmal deine Planung fürs Jubiläumswochenende angesehen.« Er hielt kurz inne. »Die Regatta mit den alten Fischerbooten von der Klippe zur Strandbrücke ist eine Superidee. Glaubst du, Clara lässt mich auf der *Bandit* mitfahren?«

Es war tatsächlich Clara gewesen, die zusammen mit Petersen auf die Idee der Regatta gekommen war, welche die Möglichkeit bot, unseren Gästen das Sturmnest vom Wasser aus zu zeigen, denn die Route führte direkt an unserer Klippe entlang.

»Bestimmt. Seit du wegen ihr die Warendorf rausgeschmissen hast, bist du ihr Held.«

Er grinste breit. »Das ist gut zu wissen.«

Ich sah kurz auf. »Ich habe dich das noch nicht gefragt, weil ich mir das Beste bis zum Schluss aufheben wollte. Aber …« Ich machte eine kleine Pause, um seine Neugier zu steigern. Er hatte in den vergangenen Wochen tatsächlich kein einziges Mal irgendetwas an unseren Plänen für das zweitägige Event auszusetzen gehabt und freute sich wie ein Kind auf die Feier.

Er sah mich etwas misstrauisch an. »Aber?«

Ich ließ von den Etageren ab, die ausreichend befüllt waren, und lehnte mich an den Küchentisch. Mit verschränkten Armen sah ich ihn an und wusste in dem Moment, dass er alles andere als begeistert über meinen Vorschlag sein würde.

»Als neuer Besitzer unseres altehrwürdigen und weit über die Dorfgrenzen hinaus bekannten Hotels ist es deine Aufgabe *und* deine Pflicht, das Jubiläum zu eröffnen. Und eine Rede zu halten.«

Er schaute mich an, als hätte ich ihm vorgeschlagen, gleich morgen früh zu einer Nordpolexpedition aufzubrechen.

»Du weißt, Anni, ich halte mich lieber im Hintergrund.«

»Wirklich?! Ist mir noch gar nicht aufgefallen.« Die Ironie in meiner Stimme war hoffentlich nicht zu überhören. »Du hast im Dorf übrigens schon einen Spitznamen.«

»Ach ja?!«

»Willst du ihn wissen?«

»Ist er charmant?«

»Wie man's nimmt.«

»Nun sag schon.«

»Sie nennen dich den Schimmelreiter.«

Er runzelte nichtsahnend die Stirn. »Komischer Spitzname.«

Ich verdrehte innerlich die Augen. Besonders belesen war der Mann ja nicht, abgesehen von Business-News und neuesten technischen Entwicklungen. »So wie der Schimmelreiter von Theodor Storm.«

Der Groschen schien bei ihm endlich zu fallen. »Ach, *der* Schimmelreiter. Hab ich mal in der Schule gelesen. Glaub ich jedenfalls.«

»Na dann weißt du ja auch, warum sie dich so nennen.«

Ich sah ihn grinsend an, denn er schien noch immer keine Ahnung zu haben. Zerknirscht gab er schließlich zu, dass er keinen blassen Schimmer hatte.

»Okay, warum ausgerechnet Schimmelreiter? Ich hoffe, es ist was Positives.«

Ich schüttelte den Kopf. »Nicht wirklich. Sie nennen dich so, weil du auf dem Fahrrad die Küste rauf und runter fährst und dabei genauso arrogant und unnahbar bist wie der Deichgraf Hauke Hain aus Storms Geschichte.«

186

»Deichgraf? Das denken die von mir? Hört sich doch irgendwie ganz lässig an.«

»So ist es aber nicht gemeint. Es wird also Zeit, dass du dein Image aufpolierst. Mir glaubt nämlich niemand, dass du eigentlich ein ganz netter Zeitgenosse bist. Sie denken, ich sei voreingenommen. So als deine Angestellte«, fügte ich erklärend hinzu.

Er schwieg einen Moment und seufzte dann herzergreifend auf.

»Ich bin ganz furchtbar schlecht im Redenhalten.«

Ich schnappte mir die Etageren, um sie endlich in den Speiseraum zu bringen. »Eine schlechte Rede ist immer noch besser als gar keine.«

Seinen weiteren Protest bekam ich schon gar nicht mehr mit.

Hauke holte mich am späten Nachmittag ab, weil ich gemeinsam mit ihm und Liv die letzten Baumaßnahmen im Marineturm abnehmen sollte. Die Brinkhoffs hatten sich ebenfalls zur Inspektion angemeldet, und ich war ein wenig aufgeregt, wie sie das, was wir mit ihrem Geld angestellt hatten, finden würden.

»Mach dir da mal keine Sorgen.«

Liv, die auf der Rückbank von Haukes altem Volvo saß, winkte entspannt ab.

»Solange ihr Name vorne auf der Messingtafel steht, sind die bestimmt mit allem zufrieden.«

Ich sah sie erschrocken an. »Oh, mein Gott, die Tafel. Die hab ich komplett vergessen.«

Hauke schenkte mir einen Seitenblick. »Keine Sorge. Ich hab sie heute Morgen noch selbst angebracht.«

Ich stieß erleichtert die Luft aus. »Du bist ein Schatz.«

Livs Kopf erschien zwischen den Rückenlehnen.

»Ich habe das ja schon immer gesagt.«

Ich überging Livs Bemerkung und machte mir stattdessen Gedanken über unser weiteres Vorgehen.

»Wenn heute alles in Ordnung ist mit den Bauarbeiten, können deine Leute vom NABU nächste Woche mit dem Aufbau der Ausstellung beginnen.«

Ich holte meinen dicken Notizblock aus der Handtasche, in dem ich alles, was für unser Walmuseum in den letzten Wochen wichtig gewesen war, notiert hatte. Während ich durch die Seiten blätterte, referierte ich weiter.

»Die Infoflyer können ebenfalls nächste Woche aus der Druckerei abgeholt werden. Wir haben zwei Versionen davon. Eine längere Faltbroschüre und dann die Handzettel mit der Kurzversion.«

Ich blickte mich kurz zu Liv um.

»Kannst du die Abholung bitte übernehmen. Und wir müssen uns nachher noch mal die Entwürfe für die Postkartenmotive anschauen, die wir im Shop verkaufen wollen. Das Gleiche gilt für die Tassen, Teller und Schlüsselanhänger, die wir als Souvenirs anbieten. Da müssen wir auch noch mal über die Preise reden. «

Hauke sah mich wieder mit einem amüsierten Seitenblick an.

»Anni, atme einfach mal tief durch und entspann dich.«

Ich warf ihm einen genervten Blick zu. »Das mache ich, wenn ich unsere Mutter endlich überredet habe, die Leitung zu übernehmen. Dann kann sie sich nämlich um alles kümmern.«

Meine Mutter hatte zwar verhaltenes Interesse an dem Job als neue Walmuseumsleiterin gezeigt, wollte jedoch erst mal abwarten, wie die Sache so anlief. Außerdem war sie vollauf damit beschäftigt, die Mitarbeiter der Freistädter Event-Agentur, die wir tatsächlich mit der Organisation unseres Hoteljubiläums beauftragt hatten, mit immer neuen Änderungswünschen und

Ideen zur Festtagsgestaltung in den Wahnsinn zu treiben. Ich hatte ihr das Feld überlassen, nachdem klar geworden war, dass wir uns sowieso nur über Dinge streiten würden, die letzten Endes nicht wirklich wichtig waren. Ganz im Gegensatz zu unserem Museum.

»Wenn es gleich keine größeren Probleme gibt und die Exponate für die Ausstellung pünktlich aufgebaut werden, können wir nächste Woche eröffnen.«

Meine Stimme war voller Begeisterung.

»Dann wären wir zwei Wochen früher fertig, als ursprünglich geplant.«

»Und Brodershöved hat eine neue Touristenattraktion.«

Liv strahlte übers ganze Gesicht.

»Wir können unsere Gäste von den Waltouren direkt danach zu euch schicken. Und umgekehrt. Win-win-Situation für alle, würde ich mal sagen.«

Mittlerweile hatten Liv, Jewe und Inken ihr gemeinsames Unternehmen an den Start gebracht und fuhren nun mit beiden Booten raus zu den Schweinswalen. Sie konnten sich über mangelnde Kundschaft nicht beklagen.

Hauke warf mir einen fragenden Seitenblick zu.

»Wie sieht denn dein Plan B aus, falls deine Mutter nicht dabei ist?«

Ich zuckte mit den Schultern. »Ganz ehrlich? Plan B ist Plan A. Falls ich bei ihr nicht weiterkomme, dann wirst du deinen Charme bei ihr spielen lassen müssen.«

Ich lächelte Hauke verführerisch an.

»Und zwar so lange, bis sie Ja sagt. Sie kann dir zum Glück nicht widerstehen.«

Hauke blickte nur weiter auf die Straße und murmelte etwas vor sich hin, was ein wenig nach »Wenigstens eine Larsen, bei der es funktioniert« klang.

»Och, bei Anni funktioniert es auch.« Liv mischte sich erneut ungefragt ein. »Sie versucht nur, es sich nicht anmerken zu lassen.«

Hauke warf mir einen etwas irritierten Blick zu, und bevor wir das Thema vertiefen konnten, lenkte ich die Unterhaltung lieber in eine nicht ganz so verfängliche Richtung.

»Da wir das jetzt geklärt haben, könnten wir wieder zu den wichtigen Dingen kommen?« Ich wartete ihre Antwort gar nicht erst ab. »Wenn wir nämlich nächste Woche schon das Museum eröffnen, können wir das Sturmnest-Jubiläum nutzen, um ordentlich Werbung dafür zu machen.«

Was stimmte. In einer Woche sollte auch unser großes Fest stattfinden. Ich sah Hauke an.

»Ist zwar alles ein bisschen viel auf einmal und wir werden mit dem Sturmnest beschäftigt sein, aber wenn du, Inken und Jewe euch abwechselt und die Stellung im Museum haltet, müsste es klappen. Dann brauchen wir keine Aushilfe einzuarbeiten und es gibt sowieso niemanden, der sich so gut mit den Walen auskennt wie ihr.«

Hauke und Liv tauschten Blicke über den Rückspiegel und schienen sich nach einem kurzen Moment einig zu sein. Meine kleine Schwester tätschelte mir vom Rücksitz aus die Schulter und verzog mit gespielter Anerkennung das Gesicht.

»Wer kann so viel Organisationstalent schon widersprechen.«

Es gab durchaus Momente in meinem Leben, in denen ich das Gefühl nicht loswurde, von meiner kleinen Schwester nicht besonders ernst genommen zu werden.

Die Abnahme der Museumsbaustelle verlief wie erhofft ohne Probleme. Brinkhoffs Bauleute hatten wirklich gute Arbeit geleistet, und der alte Turm mit den sandgestrahlten und nun weiß gekalkten Steinwänden und der frisch lackierten Eisentreppe machte auf Anhieb einen einladenden Eindruck. Die alten Fenster waren ausgetauscht worden. In der unteren Etage hatten die Zimmerleute einen Verkaufstresen gebaut, der einem kleinen Raumwunder glich. Hier konnten wir die Tickets und unsere Broschüren und Souvenirs platzieren, ohne dass man das Gefühl hatte, in dem kleinen Raum nun Platzangst zu bekommen. Die alten Bodendielen waren abgeschliffen, restauriert und neu versiegelt worden und machten mit ihrem honigfarbenen, matten Glanz die Räume noch behaglicher. Brinkhoff war sichtlich stolz über unser Lob. Schließlich hatte er als lokaler Baumagnat einen Ruf zu verlieren, und das Museum war nun so etwas wie die Visitenkarte für sein Unternehmen. Außerdem schmeichelte die Bronzeplakette am Eingang seinem Ego mehr, als er vermutlich zugeben wollte. Ich nutzte die Gelegenheit, ihn und seine Frau auch gleich zum Sturmnest-Jubiläum einzuladen. An seinen neugierigen Nachfragen war deutlich herauszuhören, wie sehr er sich darauf freute, den mysteriösen neuen Eigentümer Sten Ohlsen endlich persönlich kennenzulernen. Vermutlich versprach er sich von dem Kontakt ein paar lukrative Geschäftsverbindungen. Was ich ihm nicht verübeln konnte. Seine Versuche, mich mit seinem frisch geschiedenen Sohn zu verkuppeln, hatte er zum Glück aufgegeben. Wie sich herausgestellt hatte, wollte Brinkhoff junior es doch noch einmal mit seiner Ex-Frau versuchen. Warum sie sich dafür hatten scheiden lassen, blieb allerdings ein Rätsel.

Kaum waren Brinkhoff und sein Vorarbeiter verschwunden, fuhr Jewes alter Jeep Wrangler vor und Jewe selbst tauchte mit Inken im Schlepptau auf.

»Ihr kommt leider zu spät. Die Bauabnahme ist schon vorbei.«

Ich begrüßte die beiden mit einer kurzen Umarmung und konnte meine Freude kaum zurückhalten.

»Der Umbau ist wirklich toll geworden.«

Jewe begrüßte Liv mit einem zärtlichen Kuss und legte ihr den Arm um die Taille.

»Ich habe nichts anderes erwartet. Wenn du die Sache in die Hand nimmst, Anni.«

Inken hatte derweil den Kofferraum des Wagens geöffnet und einen großen Weidenkorb und ein paar Decken herausgeholt.

»Und weil wir alle das erwartet haben, wird es jetzt Zeit, zu feiern und uns bei dir zu bedanken.«

Ich blickte erstaunt von Inken zu Liv.

»Wir haben ein kleines Picknick vorbereitet.« Sie strahlte mich an. »Und falls du jetzt Nein sagen willst, weil du ja noch soooo viel zu tun hast … Mama passt auf, dass die Zwillinge keine Dummheiten machen und dein Chef hat dir für den Rest des Tages freigegeben. Ist alles schon geklärt.«

»Aber ich wollte noch …«, versuchte ich, zu protestieren. Doch Inken hakte mich einfach unter, gab den Korb und die Decken an Hauke weiter und zog mich mit in den Marineturm.

»Wir machen es uns jetzt oben auf der Aussichtsplattform so richtig gemütlich. Und dann wird gefeiert. Keine Widerrede.«

Hinter mir drängten sich bereits die anderen durch die Tür und mir blieb nichts anderes übrig, als Inken zu folgen.

Die Sonne war hinter uns über den abgeblühten Rapsfeldern und den sanft geschwungenen Hügeln längst untergegangen und vom Meer her wehte eine laue sommerliche Brise zu uns hoch in den Turm. Es war noch hell genug, dass wir die kleinen Partylichter, die Inken und Jewe mitgebracht hatten, noch nicht anzünden mussten, aber der Brodershöveder Leuchtturm schickte bereits in regelmäßigen Abständen sein Lichtsignal hinaus auf die See.

Am Horizont sahen wir die großen Autofähren auf ihrer nächtlichen Überfahrt aus der Kieler Bucht in Richtung Schweden fahren und vereinzelt kreuzten noch kleine Segelboote unseren Küstenabschnitt auf dem Weg zu ihren Liegeplätzen in Freistadt. Zur Feier des Tages hatten Jewe und Inken Wein und Bier mitgebracht und sogar eine große Flasche Champagner organisiert.

»Geschenk von einem Tourgast aus Bayern«, erklärte mir Jewe. »Er hat gehört, dass wir die Waltouren erweitert haben.«

So was nannte man wohl treue Kundenbindung. Wir hatten die Flasche recht bald geleert, auch wenn Liv lieber Apfelschorle trank, und waren bereits bei der zweiten Flasche Weißwein. In meinem Kopf machte sich das leichte Gefühl breit, bereits einen kleinen Schwips zu haben. Hier oben mit den Freunden meiner Schwester zu sitzen, die aus irgendeinem Grund im letzten Jahr auch meine Freunde geworden waren, war der perfekte Abschluss eines wirklich guten Tages.

Ich blickte hinaus auf die Ostsee, die sich in der Dämmerung langsam indigoblau färbte, und genoss die Harmonie der Natur um uns herum. In dem Moment fiel mir plötzlich etwas ein.

»Habt ihr mittlerweile noch irgendetwas von dem Wal gehört, den wir vor ein paar Wochen gesehen haben?«

Ich blickte mich fragend zu Hauke um, der den Kopf schüttelte.

»Es kam noch immer keine Meldung mehr von einer Walsichtung rein. Ich vermute mal stark, er schwimmt gerade munter im Nordpolarmeer herum.«

»Zu wünschen wäre es ihm.« Inken trank einen Schluck Bier. »Ich mag unsere Ostsee, aber für einen Buckelwal ist sie so was wie 'ne Badewanne.«

Ich nickte zustimmend. »Und immerhin haben wir auch Wale. Kleine zwar, aber Wale.«

Wir hoben unsere Gläser, um anzustoßen. »Auf unsere Wale. Mögen sie Brodershöved auf ewig erhalten bleiben.«

Wir kicherten ein wenig albern herum. Der Alkohol zeigte langsam Wirkung.

»Apropos Wale.« Inken erhob sich etwas plötzlich umständlich. »Wir haben morgen zwei ausgebuchte Touren. Für mich wird's Zeit, ins Bett zu gehen.«

Sie sah Jewe und Liv mit einem vielsagenden Blick an, den ich schwer deuten konnte. »Das Gleiche gilt übrigens für euch.«

Sie zwinkerte mir zu. »Kannst du mit Hauke noch ein bisschen aufräumen? Dann können wir schnell los.«

»Ja, klar, kein Problem.« Bevor ich noch mehr sagen konnte, hatten die drei ihre Sachen zusammengesucht und sich verabschiedet. Es war ein sehr überstürzter Aufbruch. Hauke und ich blieben etwas verwundert zurück.

»Die haben es aber ganz schön eilig gehabt.« Hauke hob die halb leere Flasche Weißwein in die Höhe.

»Was machen wir jetzt damit?«

Ich hielt ihm mein Glas hin. »Im Zweifelsfalle austrinken.«

»Schon überredet.« Er grinste und füllte unsere Gläser mit dem restlichen Wein.

Einen Augenblick saßen wir stumm nebeneinander, blickten gedankenverloren hinaus aufs Meer und genossen die Ruhe und den Frieden, die von der Weite des Horizonts ausgingen.

»Ich weiß, ich sollte es nicht sagen, aber ich finde es irgendwie schade, dass der Wal nicht mehr da ist.«

Ich sah ihn kurz von der Seite an und wartete auf eine Ermahnung. Doch er schaute mich nur einen Moment stumm an. Dann wandte er den Blick wieder ab aufs Meer.

»Warum ist es für dich schade?«

Ich musste einen Augenblick überlegen, um eine ehrliche Antwort zu finden.

»Um ehrlich zu sein, kann ich dir das gar nicht genau sagen. Auf jeden Fall ist es nicht nur, weil es eine tolle Werbung fürs Museum und die Touren und unser Dorf wäre.«

»Sondern?«

»Es ist …« Ich biss mir auf die Lippe, denn in diesem Augenblick kam mir meine Erklärung reichlich albern vor.

Er wandte den Kopf und sein sanfter Blick ermutigte mich, weiterzusprechen.

»Er hatte etwas … Erhabenes.« Ich blickte kurz auf, um seine Reaktion zu sehen. Meine Worte schienen ihn nicht zu überraschen und er lächelte leicht und nickte mit dem Kopf, so, als würde er mir zustimmen wollen.

»Ich meine, er ist Tausende von Kilometern durch den Atlantik geschwommen. Einmal um den halben Erdball. Was er wohl alles erlebt und gesehen hat?«

Hauke nickte nachdenklich, den Blick weiter aufs Meer gerichtet, das langsam mit der Dunkelheit um uns herum verschmolz. »Ich hoffe, er wird noch viel mehr sehen und erleben. Er war noch nicht sehr alt. Hoffentlich schaffen wir es, seinen Lebensraum in den kommenden Jahrzehnten zu erhalten.«

»Das wünsche ich mir auch.«

Er sah mich wieder an mit diesem feinen Lächeln um seine Lippen. »Mit unserem Museum und den Waltouren sind wir jedenfalls auf dem richtigen Weg.«

»Glaubst du, es wäre anders, wenn Thies noch leben würde?«

Ich wandte schnell den Blick ab.

»Wenn der Unfall nicht passiert wäre, hätte er bestimmt nichts unversucht gelassen, die Marina und die Ferienhaussiedlung doch noch zu bauen.«

»Hättest du ihn dann weiter unterstützt?« Seine Frage hatte nichts Vorwurfsvolles, und ich beantwortete sie, so gut ich konnte.

»Nein, vermutlich nicht.«

Er schwieg, als ich nichts weiter sagte, und wartete wohl auf eine weitere Erklärung. Ich atmete tief durch und zog ein wenig fröstelnd die Schultern hoch.

»An dem Abend im Anker, als ihr uns damals erklärt habt, warum es keine Baugenehmigung für die neue Marina geben wird und ihr die Schweinswale in unserer Bucht schützen wollt, da ist mir klar geworden, dass ich das auch will … unsere Wale schützen.«

Er nickte langsam. »Hast du mit Thies darüber geredet?«

Ich musste kurz bitter auflachen. »Reden ist nicht das richtige Wort. Wir haben uns eher gestritten.«

»Verstehe.« Er sah mich intensiv an und in seinen Augen lag Mitgefühl.

»Wir hatten wohl schon lange nicht mehr die gleichen Träume und Ziele«, fügte ich mit einer Bitterkeit in der Stimme hinzu, die ich gar nicht von mir kannte. »Aber irgendwie waren wir so gefangen in unserem Leben, dass wir nie richtig darüber gesprochen haben, was alles schiefgelaufen ist. Vielleicht hatten wir auch einfach nur Angst, uns der Wahrheit zu stellen.«

»Hast du denn etwas geahnt? Ich meine, dass Thies Geldprobleme hatte?«

»Nein, das nicht. Und das habe ich auch nicht gemeint.«

Er war viel zu sensibel, um nachzufragen, aber an seinem Blick erkannte ich, dass er es wissen wollte.

»Ich habe dir neulich nicht die Wahrheit gesagt, Hauke.« Ich spürte, wie er mich aufmerksam beobachtete. »Die Wahrheit ist nämlich, dass das, was ich für Liebe gehalten habe, nichts anderes war als Gewohnheit. So wie die Tasse Kaffee am Morgen oder der sonntägliche Ausflug mit den Kindern.«

Meine Worte schienen ihn zu irritieren. »Das muss einem doch auffallen, oder nicht?«

»Ich schätze mal, denen, die uns nahestanden, ist es aufgefallen. Jedenfalls, wenn ich meiner Mutter glauben kann. Ich habe ihr nur nicht zuhören wollen.«

»Hast du jemals auch nur einen Moment daran gedacht, ihn zu verlassen?«

Ich ließ mir Zeit mit der Antwort. »Die Dinge sind kompliziert, wenn man Kinder hat, gemeinsam ein Familienunternehmen leitet und keine Ahnung davon hat, was man sonst machen soll, wenn es das alles nicht mehr gibt.« Ich lächelte ihn vage an. »Liv ist die Abenteurerin in unserer Familie. Ich bin vermutlich schon immer gern auf Nummer sicher gegangen.« Nach einem kleinen Moment fügte ich hinzu: »War wohl ein böser Fehler, wenn ich mir mein Leben so anschaue.«

Er schwieg eine Weile und schien seine Worte mit großem Bedacht abzuwägen.

Auf seinem Gesicht erschien wieder dieses jungenhafte Lächeln, das ihn unwiderstehlich machte.

»Thies' Unfall hat es auch nicht gerade einfacher für dich gemacht. Und dafür hast du es ganz gut hinbekommen. Ich glaube nämlich, dass du dich und deinen Abenteuergeist etwas unterschätzt, Anneke Larsen.«

Ich wusste, dass er es ernst meinte, sah es in seinem Blick, und das berührte etwas in mir, das ich die letzten Wochen sehr erfolgreich verdrängt hatte.

»Es war schön, dich zu küssen.« Ich habe keine Ahnung, warum ich das sagte, aber es war die Wahrheit.

Er wich meinem Blick nicht aus, und seine Stimme war rau und leise, als er sagte: »Es war auch schön, dich zu küssen.«

»Aber es wäre sehr dumm, wenn wir es noch mal machen.«

»Das wäre es wohl.«

»Das mit uns hat schließlich keine Zukunft.« Meine Stimme war kaum mehr als ein Flüstern.

Es war längst dunkel geworden und die nächtliche Finsternis umgab uns wie ein samtener Mantel. Sein Gesicht nur wenige Zentimeter vor mir war in der Dunkelheit kaum zu erkennen, doch ich ahnte, dass er mich anlächelte.

»Wer weiß denn schon, was morgen ist.«

Ich weiß nicht, ob es an dem Wein lag, den ich getrunken hatte, oder daran, dass der Neumond alles um uns herum in Dunkelheit versinken ließ, aber als ich mich vorbeugte, um seine Lippen zu berühren, war es mir tatsächlich egal, was morgen sein würde. Er schien nicht überrascht zu sein. Seine Lippen fühlten sich weich und voll an, und ich schmeckte den Wein, den wir getrunken hatten, auf meinen Lippen. Ich spürte, wie seine Hand sanft meinen Kopf umfasste und er mich näher an sich zog. Dann ließen wir uns beide auf die Decke fallen. Ich konnte mich nicht von diesen Lippen lösen und den Gefühlen, die sie in meinem Innersten auslösten.

Der Kuss wurde intensiver, tiefer, forschender. Wir kosteten einander und gaben uns dem Begehren hin, das er in uns auslöste. Ich konnte nicht aufhören, Hauke zu küssen. Ihn zu erkunden, und alle Zweifel und Ängste, die in mir aufsteigen wollten, wurden von dem überwältigenden Gefühl verdrängt, hier und jetzt das Abenteuer zu wagen, endlich wieder zu leben, ganz egal, welche Konsequenzen das hier haben würde.

Ich hörte, wie die leere Weinflasche umgestoßen wurde und über den Boden der Aussichtsplattform rollte, um dann hinunter in die Tiefe zu fallen.

Es war mir egal. Meine Hand glitt unter sein T-Shirt, fuhr die Muskeln an seinem Rücken entlang, die warme, trockene Haut liebkosend. Ich spürte seine Hände, die meine Taille umfingen, um dann auf meiner nackten Haut höher zu wandern und Empfindungen in mir auszulösen, bei denen ich mich nicht erinnern konnte, sie jemals empfunden zu haben. Seine Berührungen lösten kleine Schockwellen auf meiner Haut und ein Feuerwerk in meinem Kopf aus. Ich konnte an nichts anderes mehr denken als daran, dass es niemals aufhören sollte, dass wir beide losgelöst von Raum und Zeit eine Ewigkeit so zusammen sein sollten. Unvermittelt zog er sich als Erster zurück und in der Dunkelheit konnte ich seinen Gesichtsausdruck nicht ausmachen.

»Bist du dir sicher, Anni …?« An seiner Stimme erkannte ich die Verwirrung. Und das Begehren. »Ich will nicht, dass du …«

Ich verschloss seinen Mund mit einem weiteren Kuss. Ich wollte nicht darüber nachdenken, mir irgendeiner Sache sicher zu sein, wollte nicht wissen, welche Probleme auf mich zukommen würden, wenn wir weiterhin das taten, was wir taten. Ich wollte nur eins: ihn weiter spüren, nackte Haut auf nackter Haut, den herben männlichen Duft seines Körpers wahrnehmen, der sich mit meinem mischte, und das Verlangen, das er in mir auslöste, stillen. Ich küsste seinen Hals, die nackte Brust, als er das T-Shirt über den Kopf zog, und löste meine Lippen nur für den Bruchteil einer Sekunde, als er mir meins abstreifte. Ich vergrub meine Hände in seinen dunklen Locken, die sich weich anfühlten. Mein Körper ruhte auf seinem und ich spürte seinen aufgewühlten Herzschlag auf meiner Haut. Mein Begehren schwoll an, wie eine nicht aufzuhaltende Flut, die viel zu lange in einem engen Flussbett eingesperrt gewesen war und nun alle Dämme mit sich riss.

»O Gott!« Ich keuchte auf, als wir für einen kurzen Moment Atem schöpften und ich in seinen Armen lag, mein Gesicht nur Millimeter von seinem entfernt. »Ich wünschte, du wärst nicht so vollkommen der Falsche für mich.«

Ich spürte, wie seine Brust unter mir vibrierte, als er versuchte, ein Lachen zu unterdrücken. »Falls du vorhattest, diesen wunderbaren Moment zu zerstören, muss ich dir leider sagen, das funktioniert nicht.«

Ich spürte, wie seine Hand meinen nackten Rücken hinabglitt und im Bund meiner Jeans verschwand. Seine Stimme war belegt. »Selbst wenn die Welt jetzt untergehen würde, solltest du wissen, dass ich keinesfalls damit aufhören werde, Anneke Larsen.«

Ich genoss die Berührung seiner Hand und die Empfindungen, die sie in meinem Inneren auslösten.

»Selbst angesichts des Weltuntergangs? Das ist gut zu wissen, Hauke Cornelsen.« Und dann küsste ich ihn wieder, merkte, wie er sich unter mir aufrichtete, mich hochhob und mich alles vergessen ließ, was mir noch vor Stunden Kopfzerbrechen bereitet hatte.

Die Dämmerung setzte ein, und die ersten Vögel begannen zu zwitschern, als wir Stunden später noch immer nebeneinander auf den Decken lagen, erschöpft und zufrieden von dem, was uns die letzten Stunden geschenkt hatten. Es war kühl, aber Haukes nackter, muskulöser Körper ganz eng neben dem meinen wärmte mich. Er zog eine weitere Decke, die zerwühlt neben uns lag, über uns und ich bettete meinen Kopf an seine Schulter. Stumm genossen wir, wie ein neuer Tag erwachte, und blickten in den violetten Himmel, an dem sich die ersten Sonnenstrahlen anschickten, die Nacht zu verdrängen. Ich dachte daran, was wir in den letzten Stunden getan hatten, merkte, wie meine Muskeln schmerzten wie nach einem ungewohnten Marathonlauf. Hatte ich das wirklich getan? Ich spürte, wie mir das Blut in die Wangen schoss, als ich daran dachte, was ich mit seinem … O Gott, hatte ich das wirklich alles getan? Hatte ich wirklich mit einem Mann, der zehn Jahre jünger war als ich, den unglaublichsten Sex erlebt, wie ich ihn mir noch nicht einmal hatte vorstellen können? Ich rückte ein wenig ab, um ihn anzusehen. Seine Augen waren geschlossen, seine Gesichtszüge entspannt und um seine Lippen lag dieses feine Lächeln, das in mir sofort den Wunsch auslöste, ihn erneut zu küssen.

Der Sex mit Thies war aufregend gewesen, als wir Teenager waren und gerade erst damit anfingen, unseren Körper und den des anderen zu entdecken. Wir hatten Spaß gehabt, hatten uns tatsächlich auf den einschlägigen Seiten im Internet Tipps und Anregungen geholt und uns dabei fast totgelacht, als wir versuchten, die Stellungen und Techniken zu wiederholen, die uns da präsentiert wurden. Damals war der Sex spielerisch gewesen, mit unschuldiger Neugier. Und als ich schwanger wurde, und die Zwillinge da waren, wurde er zur Routine, zu etwas, was man machte, weil es nun einmal dazugehörte. Ich hatte nie das Verlangen verspürt, mit einem anderen Mann zu schlafen. Und soweit ich wusste, hatte auch Thies mich nicht betrogen. Allerdings hatte ich ja auch keine Ahnung davon gehabt, dass er an der Börse unser Geld verspielte.

Der Sex mit Hauke war anders gewesen. Anders als alles, was ich jemals über Sex gehört oder gelesen oder gesehen hatte. Es hatte etwas in mir berührt, von dem ich nicht gewusst hatte, dass es überhaupt existierte. Es war, als hätte man bislang nur die Badewanne gekannt und würde nun in das endlos weite Meer steigen.

»Es fühlt sich irgendwie komisch an, wenn du mich so anschaust.« Haukes Lächeln wurde breiter, doch er hatte die Augen weiter geschlossen.

»Woher weißt du, dass ich dich anschaue?« Ich küsste ihn sanft auf die Wange.

Er öffnete ein Auge und blinzelte mich an. »Du kannst sehr intensiv schauen.«

Ich ließ meinen Kopf wieder auf seine Brust sinken und schloss die Augen mit einem wohligen Seufzer. »Dann bleibe ich jetzt einfach so liegen und schaue nicht mehr.«

Ich spürte das sanfte Heben und Senken seines Brustkorbs an meinem Gesicht und es gab mir das Gefühl von Sicherheit und Vertrauen.

Nach einem langen Moment musste ich grinsen. »Jetzt starrst du mich an.«

Ich spürte, wie der Brustkorb unter mir vibrierte vor Lachen. »Du hast einfach geraten, gib's zu.«

Ich atmete tief durch. »Ich könnte ewig hier so liegen bleiben.«

Er überlegte einen Moment, um mir dann amüsiert mitzuteilen, dass dies wohl einige Fragen unserer Brodershöveder Dorfgemeinschaft aufwerfen würde. »Um neun wird hier die Hölle los sein. Wiebke und Claas heiraten heute im Leuchtturm.«

»Mir egal«, gab ich träge von mir, um mich im nächsten Moment erschrocken aufzurichten. »Wiebke Ohlrogge? Etwa die Enkelin vom alten Ohlrogge?«

Er nickte amüsiert.

»O Gott!« Ich raffte meine Sachen zusammen. »Wir müssen hier sofort weg. Wenn die uns so erwischen, weiß spätestens heute Abend ganz Brodershöved, was wir getan haben.«

Ich zog mich schnell an. Hauke blieb ganz entspannt liegen, den Oberkörper auf die muskulösen Unterarme gestützt, und beobachtete mich mit einem amüsierten Lächeln.

»Och, ich weiß nicht, vielleicht laden sie uns dann gleich zum Hochzeitsempfang ein. Ich könnte eine Kleinigkeit zu essen vertragen.«

Ich sah ihn ernst, fast panisch an. »Das ist nicht witzig, Hauke. Ich habe nämlich keine Lust, *das* Thema unseres

Dorfklatsches zu werden. Die zerreißen sich schon genug das Maul über mich.«

Seine Augen verdüsterten sich einen Moment. »Okay ...« Er erhob sich langsam und begann sich ebenfalls anzuziehen. Ich spürte, dass meine Worte ihn verletzt hatten.

»Ich ... das kam jetzt vielleicht etwas anders rüber, als ich es *eigentlich* gemeint habe. Es tut mir leid.«

Er sah mich ruhig an. »Was hast du denn *eigentlich* gemeint?«

Ich wich seinem prüfenden Blick aus. »Ich ... ich meinte eigentlich, dass wir das, was heute Nacht passiert ist, vielleicht nicht an die große Glocke hängen sollten.«

Er sah mich noch immer an. »Aha ...«

»Es war ...«, ich rang verzweifelt nach den richtigen Worten und wusste, dass alles, was ich jetzt sagen würde, es nur noch schlimmer für uns beide machte. »Lass uns keine große Sache draus machen, Hauke, okay?«

Es war nicht das, was er hören wollte, vermutete ich.

»Wenn es keine große Sache war, Anni, was war es denn dann für dich?«

Er faltete nun die Decken akribisch zusammen, um sie wieder auf den Picknickkorb zu legen. Ich suchte fieberhaft nach einer Antwort.

Und trat den Rückzug an.

»Lass uns bitte später darüber reden. Ich brauche dringend einen Kaffee und eine Dusche.«

Ich schickte meinen Worten ein versöhnliches Lächeln hinterher und berührte Hauke sanft am Arm. Er schien unter meiner Berührung zu erstarren und nickte schließlich stumm.

»Mein Wagen steht unten. Ich fahre dich noch nach Hause.«

Ohne ein weiteres Wort wandte er sich ab, nahm den Picknickkorb hoch und begann den Abstieg aus dem Turm. Ich schloss für einen Moment die Augen, atmete tief durch und versuchte, mich zu sammeln.

Ich hatte es tatsächlich geschafft, aus einem der glücklichsten Momente der letzten Monate (wenn nicht gar meines Lebens, von der Geburt meiner Zwillinge mal abgesehen) innerhalb von Minuten ein komplettes Desaster für uns zwei zu fabrizieren. Das musste man auch erst mal hinbekommen. Dann folgte ich Hauke die Stahltreppe hinunter auf den Vorplatz.

Auf dem Weg zu unserem kleinen Backsteinhaus sagte Hauke kein Wort. Es war noch früh am Tag und außer uns war noch niemand unterwegs. Was mich zugegebenermaßen erleichterte. Ich hätte nur ungern die Fragen danach beantwortet, was ich um halb vier in der Früh im Auto unseres dorfbekannten Meeresbiologen zu suchen hatte. Als er vor der Einfahrt, die zu unserem kleinen Haus führte, hielt, legte ich erneut die Hand auf seinen Arm.

»Danke.«

Er sah mich verletzt an.

»Gern geschehen.« Es klang eher danach, dass er bereute, was passiert war.

»Hauke, ich …«

Er unterbrach mich, indem er einfach einen Gang einlegte und wieder auf die Straße schaute.

»Ich brauche auch dringend eine Dusche, Anni.« Er nickte knapp. »Ich ruf dich später an.«

Ich atmete tief durch, und als ich aus dem Wagen stieg, fühlte es sich an, als würde ich die Flucht ergreifen. Was ich vermutlich auch tat.

Kapitel 14

Die Woche, die auf den Abend auf der Aussichtsplattform des alten Marineturms folgte, war vollgepackt mit den Vorbereitungen für unser Jubiläumsfest, der Organisation der mehr oder weniger ausgefallenen Wünsche unserer Gäste (wir waren bis in den Herbst hinein ausgebucht und ich erkannte erfreut, dass nahezu alle unserer Stammgäste dabei waren) und dem Installieren der Ausstellungsstücke für das neue Walmuseum.

Die meiste Arbeit im Museum übernahm Hauke, und ich kümmerte mich nur darum, dass alle Broschüren, Tickets und die Souvenirs pünktlich zur Eröffnung in den dafür vorgesehenen Vitrinen und Ständern zu finden waren.

Hauke begegnete mir bei den seltenen Gelegenheiten, bei denen wir uns trafen, mit einer freundlichen Distanziertheit, die ich so bei ihm noch nie erlebt hatte. Wir waren nie allein und ungestört und so ergab sich erst gar keine Möglichkeit, mit ihm über das zu sprechen, was passiert war. Bei dem Gedanken, wie erleichtert ich darüber war, stieg mir vor Scham die Röte ins Gesicht.

Es wäre ein Leichtes für mich gewesen, ihn einfach anzurufen, ihm zu erklären, was die Nacht, die wir miteinander verbracht hatten, für mich bedeutete, dass der Sex mit ihm etwas sehr Besonderes gewesen war, ich aber aus den verschiedensten Gründen keine Zukunft für eine Beziehung mit ihm sehen konnte. Ich tat es nicht. Denn, wenn ich ehrlich war, wusste ich nicht, ob das auch wirklich die Wahrheit war.

Immer öfter ertappte ich mich dabei, wie meine Gedanken in eine Richtung abwanderten, die mir doch unmöglich erschien. Wenn wir morgens an unserem orangefarbenen Resopaltisch beim Frühstück saßen und ich mir vorstellte, wie Hauke hier bei uns sein würde, die Zwillinge mit seinem Wissen über die Meere beeindrucken und meine Mutter mit seinem Charme um den Finger wickeln würde.

Ich stellte mir vor, wie es sein würde, morgens neben ihm im Bett aufzuwachen, im Bad zu stehen, den Tag gemeinsam zu beginnen, nachdem wir in der Nacht … oh, Gott, ich kam mir vor wie eine dieser ausgehungerten Frauen mittleren Alters in all den Doku-Soaps im Fernsehen, die ihren jugendlichen Liebhabern hinterherliefen. Das konnte doch nicht meine Zukunft sein.

Zum Glück war meine Mutter so sehr mit dem Jubiläum beschäftigt, dass ihr gar nicht weiter auffiel, wie sehr ich neben der Spur war. Und falls sie es doch bemerkte, schob sie es vermutlich auf die viele Arbeit im Sturmnest, die ich nun zu bewältigen hatte. Liv hingegen konnte ich nichts vormachen.

»Ihr habt dort oben …« Sie sah mich mit großen Augen an, als ich ihr nach fast einer Woche nervenden Nachfragens schließlich alles erzählte, und senkte ihre Stimme. »… Sex gehabt?«

Wir standen am Empfangstresen des Hotels. Liv hatte gerade ihre Arbeit im Zimmerservice beendet.

»Könntest du vielleicht etwas leiser sprechen.« Ich sah mich um, ob nicht irgendeiner unserer Gäste plötzlich im Flur auftauchen würde. »Vielleicht sollten wir das später besprechen.«

»Auf keinen Fall!« Sie kam um den Tresen herum und stellte sich ganz dicht zu mir. »Mal im Ernst, Anni, das hätte ich dir gar nicht zugetraut.«

»Ich mir auch nicht.«

Ich musste unwillkürlich lächeln, als ich Livs verblüfften Gesichtsausdruck sah.

»Jetzt schau bitte nicht so, als wäre es das Ungewöhnlichste, was du jemals gehört hast.«

»Es *ist* das Ungewöhnlichste, was ich jemals gehört habe. Jedenfalls in Zusammenhang mit dir.«

Sie stützte sich mit den Ellbogen auf die Ablage und sah mich neugierig an.

»Erzähl schon. Wie war's?«

»Du kannst dir sicher sein, dass du das niemals erfahren wirst.«

Ich hatte ganz bestimmt nicht die Absicht, die Details meines Liebeslebens mit meiner kleinen Schwester zu teilen.

»Warum nicht? Ich hab dir auch alles über Jewe erzählt.«

»Tja«, ich zuckte mit den Achseln, ohne von den Papieren aufzublicken, die ich gerade bearbeitete, »selber schuld.«

»Das ist unfair.«

Nun blickte ich doch auf, und mein wissendes Lächeln muss so breit gewesen sein, dass Liv wohl jede weitere Frage überflüssig fand.

»Okay, aus deinem beseelten Blick schließe ich, dass es nicht die schlechteste Erfahrung deines Lebens gewesen sein dürfte.«

Ich lächelte noch breiter und spürte, wie ich rot wurde.

»Nein, das war es nicht.«

»Und?«

»Was und?«

Sie sah mich verständnislos an. »Na, wie geht's denn jetzt weiter mit euch?«

Ich stöhnte auf. »Liv …«

»Ich finde, das ist eine berechtigte Frage.«

Ihr prüfender Blick traf mich und auf einmal fühlte ich mich schrecklich unwohl.

»Das war eine einmalige Sache. Ich habe nicht vor, es zu wiederholen.«

»Oh …«

Sie schien ernsthaft enttäuscht zu sein, und aus irgendeinem Grund fühlte ich mich verpflichtet, meine Entscheidung zu verteidigen.

»Du kennst meinen Standpunkt, Liv, und der hat sich nicht geändert. Ich kann und will mich nicht auf eine Beziehung einlassen. Schon gar nicht mit einem Mann, der zehn Jahre jünger ist als ich.«

Ich schnaubte ungeduldig auf. Warum rechtfertigte ich mich überhaupt vor meiner kleinen Schwester. Das war ganz allein meine Entscheidung und ging niemand anderen etwas an.

»Das ist völlig unmöglich und ich will auch nicht weiter darüber diskutieren.«

Sie sah mich einen langen Moment an, und ich wappnete mich innerlich bereits für ihre Gegenargumente, doch sie nickte schließlich nur.

»Okay.«

Sie nahm die Kiste mit den Putzutensilien auf und ging los. Verwundert blickte ich ihr nach.

»Okay? Das ist alles, was du dazu sagst?«

Sie drehte sich noch einmal zu mir um.

»Du scheinst dir da ja sehr sicher zu sein.« Sie hielt kurz inne, so, als würde sie zögern, die Frage zu stellen, die ihr auf dem Herzen lag. »Und Hauke? Was sagt er dazu?«

»Ich denke, er sieht es genauso.«

Sie lachte kurz auf und schüttelte den Kopf, als hätte sie gerade das Witzigste gehört, was ihr in ihrem Leben untergekommen war.

»Das ist so typisch für dich.«

Ich verstand nicht wirklich, was sie meinte.

»Du hast gar nicht mit Hauke gesprochen, stimmt's? Du gehst ihm aus dem Weg. Kein Wunder, dass er die letzten Tage völlig durch den Wind ist.«

Ich sah sie verletzt an. Das Letzte, was ich wollte, war, für Haukes Kummer verantwortlich zu sein.

»Dafür gibt es bestimmt auch andere Gründe. Seine Arbeit. Das Museum.«

Selbst für meine Ohren klang die Verteidigung kläglich.

Liv kam noch einmal zu mir an den Tresen und senkte die Stimme.

»Für Hauke ist das kein Spaß, Anni. Das war es noch nie. Er ist ernsthaft in dich verliebt.«

Ich wich ihren prüfenden Blicken aus.

»Bitte, Anni, red mit ihm. Und versuch, ihm nicht das Herz zu brechen. Das hat er nämlich nicht verdient.«

Bevor ich etwas erwidern konnte, wandte sie sich endgültig ab, um die Putzsachen ins Auto zu bringen und in die nächste Ferienwohnung zu fahren, die es zu reinigen galt.

Ich blickte ihr lange hinterher und versuchte, mir einzureden, dass ich mit Hauke schon alles richtig machen würde. Doch die Wahrheit war, dass ich nicht einmal wusste, was für mich das Richtige sein würde.

»Oh, Mann, ich glaub, es ist eine echt blöde Idee, Sten beim Jubiläum mit auf die *Bandit* zu nehmen.«

Clara kam in die Küche und ließ sich mit einem frustrierten Seufzer an unseren Esstisch plumpsen. »Kannst du bitte noch mal mit ihm reden?«

Es war früh am Abend und ich bereitete für uns das Abendessen zu, während meine Mutter oben im Sturmnest den Spätdienst am Empfang übernommen hatte. Sie wollte sowieso noch etwas Wichtiges für die Jubiläumsfeier mit unserem Eigentümer besprechen.

»Wieso? Habt ihr euch gestritten?«

Was mich ehrlicherweise überrascht hätte. Clara und Sten kamen nach dem etwas holprigen Start, den sie beide hingelegt hatten, prima miteinander aus. Für eine Weile hatte ich geglaubt, Sten Ohlsen sei so etwas wie ein Vaterersatz für sie. Bis mir klargeworden war, dass sie in ihm eher so etwas wie einen großen Bruder sah. Was mich bei Stens oftmals jugendlicher Unbekümmertheit nicht wirklich wunderte. Keine Ahnung, wie der Mann es geschafft hatte, so eine Karriere hinzulegen und dabei so reich zu werden. An seiner Ernsthaftigkeit konnte es sicherlich nicht liegen.

Clara sah mich leidend an. »Ich wünschte, wir würden uns streiten. Dann könnte ich ihn einfach rausschmeißen.«

»Aus irgendeinem Grund sprichst du in Rätseln, Clara.« Ich sah sie neugierig an. »Was genau ist denn das Problem mit Sten?«

Jule, die mir beim Kleinschneiden des Gemüses half, sah mich vielsagend an. Anscheinend wusste sie besser Bescheid als ich.

»Sten ist nicht gerade fürs Wasser gemacht.«

Clara pflichtete ihrer Schwester bei. »Was ihn aber leider nicht davon abhält, es immer wieder zu versuchen.« Sie schüttelte sich kurz. »Er hat mir heute dreimal fast ins Boot gekotzt.«

Ich musste unwillkürlich lachen. »Sten Ohlsen wird seekrank?«

Die Zwillinge nickten. »Aber so was von.«

»Als er neulich auf der *Seenixe* mit draußen war, ist Inken eine Stunde früher zurückgefahren. Ich glaube, sie hatte Angst, er würde die anderen Gäste sonst vollreihern.«

Jule hatte, so wie Clara bei Petersen, längst ihren Ferienjob als Aushilfe bei Inken angetreten und ging völlig darin auf. Was mich für meine Töchter freute. Allerdings bekam ich sie kaum noch zu sehen.

»Der Ärmste.«

Ich hatte tatsächlich Mitleid mit Sten. Und mit Clara. Mit einem vollgekotzten Boot die Jubiläumsregatta zu fahren war bestimmt kein Vergnügen. Andererseits würde sich Sten das Vergnügen sicherlich nicht entgehen lassen.

»Ich werde ihm am Samstag Opa Friedhelms Wundermittel einflößen. Das hilft bestimmt.«

Das Wundermittel bestand hauptsächlich aus doppeltem Espresso und Zitronensaft und war ein altes Familienrezept der Larsens, das in der Vergangenheit schon etliche Gäste vom Sturmnest vor einer bösen Überraschung auf der Ostsee bewahrt hatte.

»Mach das bitte.« Clara sah mich flehentlich an. »Sonst werf ich ihn vorm Leuchtturm über Bord. Von da aus kann er dann an Land schwimmen«, fügte sie entschlossen hinzu.

»Ich helfe übrigens auch im Museum aus.« Jule war mit dem Gemüseschneiden fertig und wusch sich nun die Hände im Spülbecken. »Am Samstag. Jewe und Hauke sind der Meinung, dass ich schon fast so viel über unsere Wale weiß wie sie.«

Bei Haukes Namen zuckte ich unwillkürlich zusammen.

»Ach, wirklich?« Ich versuchte, mir nichts anmerken zu lassen. »Hat Hauke dich darum gebeten?«

Jule schüttelte den Kopf. »Inken. Sie will auch mit auf die Regatta, und da soll ich in der Zwischenzeit für sie im Museum einspringen.«

»Ich finde, du bist noch ein bisschen zu jung, um allein im Museumsshop zu stehen.«

»Die anderen sind aber mit den Booten raus. Und Hauke hat keine Zeit. Der trifft sich mit irgendjemand von der Uni. Ist wohl megawichtig.«

Ich blickte verwundert auf. Und ich erinnerte mich an die Fotos, die ich in seiner kleinen Wohnung gesehen hatte. Ob der megawichtige Grund wohl eine der jungen Studentinnen sein konnte, die ich auf den Fotos gesehen hatte?

»Nun, das Museum ist auch megawichtig.« Ich ertappte mich dabei, wie meine Stimme diesen schnippischen Ton annahm, den ich selbst nicht leiden konnte.

»Deshalb bin ich ja da.« Jule strahlte voller Stolz.

Ich riss mich zusammen und gab ihr einen Kuss auf die Stirn, was sie mit einem empörten Stöhnen quittierte.

»Mama …«

Anscheinend wurden meine Töchter schneller erwachsen, als es mir lieb war.

»Früher hat euch das auch nichts ausgemacht.«

Als ich so tat, als wolle ich Clara ebenfalls küssen, wich diese mit gespieltem Entsetzen vor mir zurück.

»Iieeeh … ich bin doch kein Baby mehr.«

»Für mich schon.«

Sie tauschten einen vielsagenden Blick, mussten aber trotzdem lachen.

»Okay, ziemlich große Babys, muss ich zugeben«, fügte ich einsichtig hinzu. »Aber gewöhnt euch schon mal an den Gedanken, dass ihr immer meine Babys bleiben werdet. Egal wie erwachsen ihr euch fühlt.«

Sie wiesen das mit der Entschiedenheit zweier empörter Teenager zurück, mussten dabei aber giggeln und ich hätte schwören können, dass sie im Grunde ihres Herzens sehr froh darüber waren.

Eine Weile alberten wir noch herum, bis das Essen fertig war und wir uns an den Tisch setzten.

»Glaubst du, wir können im Herbst wieder in unsere alte Wohnung im Sturmnest ziehen?«

Clara sah mich mit gespielter Theatralik an.

»Noch einen Winter in dieser Bruchbude überleben wir garantiert nicht.«

Ich hatte zugegebenermaßen auch schon mit dem Gedanken gespielt, wollte den beiden aber nicht zu große Hoffnungen machen.

»Mal abwarten, wie der Sommer noch so wird.«

Jule sah mich verständnislos an. »Ich weiß nicht, wo dein Problem ist. Du kommst doch prima mit Sten aus.«

»Der ist ja auch *wirklich* nett«, ergänzte Clara, und meine beiden Töchter warfen sich einen verschwörerischen Blick zu.

Ich beschloss, ihre Blicke und das, was sie damit sagen wollten, zu ignorieren.

»Bislang hat er sich an alle Absprachen gehalten. Was auch nicht verwunderlich ist, immerhin hatten wir auch noch keine Meinungsverschiedenheiten.«

»Ich glaube, Sten macht sowieso alles, was du ihm sagst.« Clara sah mich grinsend an.

»Ach, das glaubst du?«

»Klar.« Sie nickte eilig. »Du bist genau sein Typ.«

Ich verschluckte mich fast an dem Bissen aus der Gemüsepfanne, den ich gerade im Mund hatte, und griff zum Wasser. Was einen Lachflash bei meinen Töchtern auslöste.

»Danke, sehr mitfühlend von euch«, erklärte ich, als ich wieder zu Atem kam, und sah sie gespielt strafend an. »Und mal nur so für die Zukunft: Solche Dinge sagt man nicht, wenn jemand gerade beim Essen ist.«

Jule stützte die Hand aufs Kinn und sah mich mit einem versonnenen Blick an, den sie schon als Kleinkind draufgehabt hatte, wenn sie verträumt einem Schmetterling auf der Wiese hinterhergeblickt hatte.

»Du findest ihn doch auch nett, oder?«

Unser Tischgespräch nahm eine Richtung, die mir nicht wirklich behagte.

»Sten ist nett. Und außerdem ist er mein Chef, wenn man's genau nimmt. Immerhin gehört ihm das Sturmnest ja jetzt.«

»Wenn ihr beide zusammenkommt, dann gehört es wieder uns.« Claras Logik war nicht wirklich überraschend.

»Ich denke mal, das wäre kein guter Grund zusammenzukommen, oder was meint ihr?«

Jule gab mir mit ihrer nachdenklichen Art recht, fügte dann allerdings hinzu: »Er ist fast so wie Papa. Nur in lustig, finde ich.«

Ich schaute sie stirnrunzelnd an. »Das denkt ihr über Sten?«

Clara sah das etwas differenzierter. »Na ja, er ist halt *alt*. So alt wie Papa. Und du.«

Meine Tochter entpuppte sich heute als echter Charmebolzen.

»Na, wenn das kein Grund für immerwährende Liebe ist.« Meine Stimme klang ein bisschen zu ironisch.

Clara sah mich mit einer winzig kleinen Spur Schuldbewusstsein an.

»Ich finde, du bist noch nicht zu alt für die Liebe, Mama.« Das war schon mal beruhigend.

»Tante Liv war ja auch schon so richtig alt, als sie sich in Jewe verknallt hat.«

Liv war da gerade dreißig geworden und so richtig alt, wie meine Tochter betonte, schien mir das eigentlich nicht zu sein.

»Puhh … dann gibt's ja noch Hoffnung für mich«, erwiderte ich erleichtert.

Jule tätschelte mir den Arm und nickte aufmunternd. »Klar doch, Mama. Du findest bestimmt noch jemanden. Ist ja auch besser so, wenn wir bald weg sind.«

Ich sah sie entsetzt an. »Ihr zwei seid dreizehn. Ich gehe davon aus, dass uns noch ein paar gemeinsame Jahre bleiben.«

Die beiden tauschten wieder Blicke, die wohl hauptsächlich mir zu verstehen geben sollten, dass ich nicht wirklich Ahnung von den Lebensplänen meiner Töchter hatte.

Auch wenn unsere Unterhaltung einen humorvollen Unterton hatte und wir es genossen, uns gegenseitig auf den Arm zu nehmen, sprachen sie einen Punkt in unserem Leben an, den man durchaus als sensibel beschreiben konnte. Natürlich hatte ich mir gerade in den Anfangsmonaten den Kopf darüber zerbrochen, wie sehr Jule und Clara ihren Vater vermissten, und später war mir manchmal durch den Kopf gegangen, was wohl passieren mochte, wenn es tatsächlich einen neuen Mann an meiner Seite geben würde. Ich hatte den Gedanken schnell wieder verworfen, denn es schien völlig absurd, mich wieder zu verlieben. Doch wenn ich ehrlich war, dann lag der Gedanke gar nicht mehr so fern, wie ich vor ein paar Monaten noch geglaubt hatte.

»Gehen wir mal davon aus«, fing ich vorsichtig an, »also rein hypothetisch, es gebe da wirklich einen Mann, in den ich mich verlieben würde, wäre es dann auch wirklich in Ordnung für euch?«

Bevor sie antworten konnten, unterbrach ich sie und sah sie ernst an. »Ohne Scherz jetzt. Ehrliche Antwort.« Sie tauschten kurze Blicke und schienen ihre Antworten tatsächlich genau abzuwägen. »Ich könnte es verstehen, wenn ihr damit ein Problem habt. Niemand wird jemals euren Vater ersetzen können, das ist klar.«

Clara war die Erste, die sich zu Wort meldete.

215

»Manchmal fehlt mir Papa ziemlich. Dann wünschte ich mir, wir wären wieder eine richtige Familie.« Sie stieß einen tiefen Seufzer aus. »Und dann bin ich einfach nur sauer auf ihn, weil er totalen Mist gebaut hat und uns damit allein gelassen hat.«

Das war zwar keine Antwort auf meine Frage, aber ich legte tröstend die Hand auf ihre. Sie lächelte mich tapfer an.

»Ist schon okay. So langsam komme ich drüber weg. Und solange er sich nicht so idiotisch verhält wie Papa, wäre es mir eigentlich egal, wenn du dich neu verlieben würdest.« Sie sah mich etwas altklug an. »Schließlich wäre es ja dein Freund. Und nicht unserer.«

»Finde ich auch«, meldete sich Jule nun ihrerseits zu Wort. »Du mischst dich ja auch nicht bei uns ein. Also, wenn es denn mal so weit ist, meine ich.«

Sie fügte es etwas zu eilig hinzu und wich meinem erstaunten Blick aus.

»Und du musst ihn ja auch noch nicht sofort heiraten. Oder dass er bei uns einzieht und so«, ergänzte sie nach einer kleinen Pause.

»Richtig«, fuhr Clara unbekümmert fort, »wir geben ihm eine Probezeit. Und wenn er die besteht, ist alles supi.«

Stellte sich nur die Frage, nach welchen Kriterien meine Töchter diese Probezeit bewerten würden. Als hätte Clara meine Gedanken lesen können, warf sie auch schon enthusiastisch einen Vorschlag in die Runde.

»Wir können ja mal eine Liste machen, Jule, oder?«

Bevor ich einen Einwand vorbringen konnte, war sie schon aufgesprungen und holte aus dem Wohnzimmer einen Block und etwas zu schreiben.

»Los, wir fangen gleich damit an.«

»Also, ich weiß nicht«, wandte ich vorsichtig ein, »vielleicht sollten wir abwarten, bis es überhaupt jemanden gibt.«

Jule hatte bereits die Teller zusammengestellt, um Platz auf dem Tisch zu schaffen, und war offensichtlich anderer Meinung.

»Claras Idee ist so super. Dann bist du voll gut vorbereitet und weißt, auf was du achten musst.«

Ich sah meine Tochter skeptisch an. »Ich glaube, ganz so einfach funktioniert die Sache mit der Liebe nicht, mein Schatz.«

Clara hatte bereits angefangen, die ersten Punkte zu notieren.

»Erst mal muss er gut aussehen. Und er darf auch nicht *zu* alt sein.«

Jule stimmte ihr zu und ich war überrascht, wie oberflächlich meine Töchter sein konnten. Was war denn mit den inneren Werten, die ich versucht hatte, ihnen zu vermitteln?

»Und klug muss er auch sein«, ergänzte nun Jule. »Dann kann er uns bei den Hausaufgaben helfen.«

Clara dachte kurz nach. »Auf jeden Fall muss er Kinder mögen.« Sie blickte begeistert auf. »Kann ja sein, dass er auch welche hat. Das wäre cool. Vorausgesetzt, die sind auch cool«, fügte sie nach einer kleinen Pause hinzu.

»Er muss das Meer lieben. Und am besten gar kein Auto fahren, und er muss das Fliegen hassen.«

Als ich sie erstaunt ansah, erklärte sie: »Na, wegen dem Klimaschutz und so.«

»Natürlich.« Ich versuchte, ernst zu bleiben. »Was sonst noch?«

»Er muss jetzt nicht megareich sein oder so. Aber schon genug Geld verdienen, dass er über die Runden kommt.«

Wenigstens waren meine Töchter nicht materialistisch eingestellt.

»Er darf keine Tierhaarallergie haben, so wie Papa. Dann könnten wir auch endlich mal einen Hund haben.«

Clara machte sich eifrig Notizen.

In dem Tempo ging es die nächste halbe Stunde weiter, und am Ende war eine beachtliche Liste dabei herausgekommen. Ich sah sie mir an und blies überfordert die Wangen auf.

»Puuhh … ich fürchte, die Suche nach Mister Superman wird schwierig. Ein Mann mit diesen Eigenschaften dürfte nach meiner Erfahrung noch nicht geboren sein. Vermutlich wird dies auch niemals geschehen.«

Jule warf einen kritischen Blick auf die wirklich lange Liste.

»Vielleicht könnten wir ja ein paar Sachen vergessen. Allzu perfekt soll er ja auch nicht sein.«

Clara gab ihr recht. »Wir sortieren sie einfach nach Wichtigkeit. Die Sachen, die auf alle Fälle sein müssen, kriegen fünf Sterne und dann geht's bergab.«

Damit konnte Jule leben.

»Gute Idee.«

Bevor sie sich wieder darauf stürzen konnten, erhob ich mich.

»Ich finde auch, dass das eine sehr gute Idee ist. Vor allen Dingen eine sehr gute Idee für morgen. Habt ihr auf die Uhr geschaut? Es ist schon spät und ihr müsst morgen früh raus. Oder wollt ihr zu euren Jobs zu spät kommen?«

Es war tatsächlich schon halb zehn und es wurde bereits dunkel. Sie protestierten nur verhalten. Ein sicheres Zeichen dafür, dass sie tatsächlich müde waren. Die Arbeit auf dem Boot oder im Surfshop am Strand machte ihnen zwar riesig Spaß, aber wenn sie den ganzen Tag in der Sonne und auf dem Wasser unterwegs waren, fielen sie meist schon gegen neun total müde ins Bett.

Ich stellte das schmutzige Geschirr in die Spüle und deutete aufs Bad.

»Macht euch mal bettfertig, den Abwasch erledige ich heute ausnahmsweise mal allein.«

Das schien sie endgültig davon zu überzeugen, schnellstmöglich nach oben in ihre Betten zu verschwinden. Hausarbeit war ihnen noch immer ein Gräuel.

Als ich sie die schmale Holztreppe hoch in ihre Dachkammer verschwinden hörte, atmete ich tief durch. Einerseits war ich froh, dass meine Zwillinge die Sache mit den Männern und mir so locker nahmen, andererseits stellten sie auch ganz schön hohe Ansprüche an meinen zukünftigen Lebensgefährten. Falls es ihn denn irgendwann mal geben sollte. Ich nahm mir die Liste vom Küchentisch und ertappte mich dabei, wie ich die Punkte einen nach dem anderen durchging und in Gedanken die Kriterien abhakte, die wohl auf Hauke zutreffen konnten.

Kapitel 15

»Du bist sicher, das hilft?«

Sten Ohlsen betrachtete skeptisch die kleine Espressotasse mit Opa Friedrichs Geheimtrank gegen Seekrankheit, die ich ihm hinhielt.

»Ich bin mir absolut sicher. Du bist nämlich nicht die erste Landratte im Sturmnest, der die Ostsee auf den Magen schlägt.«

Er nahm mir die Tasse ab, schnupperte kurz daran und konnte sich noch immer nicht überwinden, sie auszutrinken.

»Was ist denn da drin? Außer Kaffee?«

Ich seufzte, verschränkte die Arme und sah ihn tadelnd an. »Das Konzept von *Geheimrezept* ist dir geläufig, oder?«

Er schenkte mir einen genervten Blick.

Ich klopfte ihm aufmunternd auf die Schulter. »Richtig. Geheimrezept deshalb, weil es geheim ist. Also runter damit, und du wirst heute zum ersten Mal das Segeln mit Clara auch wirklich genießen können.«

In drei Tagen sollte die Jubiläumsfeier fürs Sturmnest nebst Regatta stattfinden. Da wurde es doch höchste Zeit, den stolzen Besitzer eines Küstenhotels hochseetauglich zu machen. So richtig überzeugt war Sten noch nicht.

»Ich hab einen empfindlichen Magen.«

»Dann ist das genau das Richtige für dich.«

Er atmete einmal tief durch, sah mich mit dem Blick eines zum Tode Verurteilten an und schüttete endlich das Gemisch aus Espresso und Zitronensaft mit einem Spritzer Anisschnaps hinunter.

»Brrr …« Er schüttelte sich. »Schmeckt scheußlich.«

»Du trinkst es ja auch nicht, weil es so gut schmeckt, sondern weil es hilft.«

Er stellte die Tasse ab und wartete einen Moment mit hoch konzentriertem Gesichtsausdruck. Ich vermutete, er rechnete damit, dass sein Inneres gleich explodierte. Als nichts passierte, nickte er langsam.

»Okay … jedenfalls bringt es mich nicht auf der Stelle um. Wer stirbt schon gerne an seinem Geburtstag?«

Ich blickte überrascht auf. »Wie jetzt?«

Sten schaute mich an, als hätte er etwas Verbotenes gesagt.

»Äh … ja … So schlecht scheint dein Gebräu wohl nicht zu sein.«

Er lächelte mich schief an und wollte seine Jacke schnappen, die er über die Lehne des Stuhls in unserer Hotelküche geworfen hatte. »Ich bin dann mal weg.«

Ich merkte ganz genau, dass er meiner eigentlichen Frage ausweichen wollte.

»Moment mal. Du hast heute Geburtstag und sagst nichts?«

Er kratzte sich etwas verlegen den Nacken.

»Ist keine große Sache, wirklich.«

»Also wir im Norden feiern Geburtstage. Und zwar ordentlich.«

Für einen Moment trat ein verletzter Ausdruck in seine Augen, den ich von ihm nicht kannte. Normalerweise schien er doch der reinste Sonnenschein und unbekümmert zu sein.

»Ich bin nicht so der Feiertyp.«

»Das habe ich aber ganz anders in Erinnerung. Du freust dich tierisch auf unsere Jubiläumsparty und lässt ein halbes Vermögen dafür springen, wenn ich meine Mutter richtig verstanden habe.« Ich lächelte ihn vielsagend an.

»Das ist was anderes.« Er schaffte es tatsächlich, wieder eine unbekümmerte Miene aufzusetzen, doch sein Lächeln erreichte nicht seine Augen.

»Ich muss los. Clara wartet bestimmt schon am Anleger. Du weißt, wie sauer sie werden kann. Das will niemand erleben.«

Er wich meinem prüfenden Blick aus und verschwand eine Spur zu eilig aus der Küche. Ich sah ihm verwundert nach. Anscheinend hatte ich eine empfindliche Stelle bei Sten Ohlsen getroffen. Und ich fragte mich, warum das wohl so war.

Liv kam am Nachmittag vorbei, damit wir die letzten Kisten mit Broschüren für das Walmuseum aus Freistadt abholen konnten. Und da wir schon auf dem Weg waren, holten wir auch gleich die ganzen Souvenirs, die im Museumsshop verkauft werden sollten, in der Keramikwerkstatt ab, die ich mit der Herstellung beauftragt hatte. Das Logo unseres Museums hatte eine Grafikerin aus Freistadt entworfen, die auch für andere Umweltschutzorganisationen arbeitete. Ihre Entwürfe waren großartig. Ich war mir sicher, dass die Besucher uns die Tassen, Basecaps und Schlüsselanhänger aus den Händen reißen würden. Zumal ein großer Teil des Gewinns in die Ocean-Clean-Ups fließen würden, die wiederum dafür sorgten, die Ostsee von Geisternetzen und sonstigem Plastikmüll zu befreien. Eine mühselige und zeitaufwendige Arbeit unter Wasser, die Liv trotzdem liebte.

»Vermisst du eigentlich das Tauchen?«

Ich sah sie fragend an, als wir die letzten Kisten im Wagen verstauten. Sie seufzte herzergreifend auf.

»Total.«

Sie legte die Hand auf ihren Babybauch, und obwohl sie mittlerweile schon im vierten Monat schwanger war, war von dem neuen Mitglied der Larsen-Familie noch nicht viel zu erahnen.

»Ich hab übrigens ein neues Ultraschallbild.« Sie strahlte beseelt. »Wir sind uns ja sicher, dass es ein Junge wird, aber Doktor Lorenz will sich noch nicht festlegen.«

Bereits vor ein paar Wochen hatte sich die Befürchtung meiner Mutter, Liv und Jewe könnten Zwillinge erwarten, zum Glück nicht bewahrheitet. Liv fand es sehr beruhigend. An den Gedanken, bald Mutter zu werden, musste sie sich erst gewöhnen. Und die Aussicht, es gleich mit Zwillingen aufnehmen zu müssen, hatte sie anfangs etwas nervös gemacht. Doch davon war mittlerweile nichts mehr zu spüren bei ihr. Ganz im Gegenteil.

»Ansonsten ist alles super. Mir und dem Baby geht's bestens. Es ist alles so, wie es sein sollte. Gut, oder?«

»Sehr gut sogar.« Ich gab ihr einen Kuss auf die Wange und war sehr stolz darauf, wie sie das alles wuppte. »Und ich finde, ein Larsen-Junge in der Familie wird allerhöchste Zeit.«

Sie schnupperte kurz in die Luft, und auf ihr Gesicht trat ein sehnsuchtsvoller Ausdruck. »Mmmh … Wir haben doch noch Zeit, oder?«

Sie sah mich mit diesem Ausdruck in den Augen an, der ein Nein kategorisch ausschloss. Daher wartete sie meine Antwort auch gar nicht erst ab und schlug schwungvoll die Kofferraumklappe zu.

»Weißt du, auf was ich jetzt Lust habe?«

Ich ahnte es bereits.

Eine halbe Stunde später saßen wir an der Hafenmauer. Liv hatte zwei Backfischbrötchen in Rekordzeit vertilgt und leckte nun genießerisch an einem Softeis mit buntem Streuselüberzug herum. Sie hatte mich überredet, ebenfalls ein Eis zu essen. Ich war mir sicher, dass sie damit nur ihr schlechtes Gewissen, viel zu viel Zucker zu konsumieren, beruhigen wollte.

»Davon könnte ich gerade Tonnen essen.«

Ich sah sie skeptisch von der Seite an. »Früher hast du dir nie viel aus Süßzeug gemacht.«

Sie nickte fatalistisch. »Früher war ich auch nicht schwanger.«

»Da ist was dran.« Ich überlegte einen Moment versonnen. »Ich hab damals total auf Fischstäbchen gestanden. Keine Ahnung, warum.«

»Mit Softeis?«

Ich boxte sie spielerisch in die Seite. »Mit richtig fetter Remoulade! Thies musste mitten in der Nacht aufstehen und mir eine ganze Packung machen. Das war kurz vor der Geburt. Ich war so rund, dass ich ohne Hilfe nicht mehr aus dem Bett kam.«

Ich zwinkerte ihr amüsiert zu. »Da kommt also noch einiges auf dich zu.«

Sie zuckte nur gleichmütig mit den Schultern. »Ich krieg ja nur eins von den kleinen Biestern.«

Wir sahen hinaus auf den Hafen, in dem zahlreiche Ausflugsboote angelegt hatten, und verfolgten den steten Strom der Touristen, die an Bord gingen oder gerade von einem Törn zurückkamen. Mittlerweile war Hochsaison und von der beschaulichen Ruhe, die Freistadt in den Wintermonaten auszeichnete, war nichts mehr zu spüren.

»Ist es wegen ihm?«

Livs Frage kam so unvermittelt, dass ich sie nur groß ansah.

»Wegen Thies«, fügte sie erklärend hinzu. »Ich meine, dass das mit Hauke und dir nicht klappt?«

Ich wich ihrem fragenden Blick aus und beobachtete ein paar Möwen, die sich am Ende der Hafenmauer lautstark um ein heruntergefallenes Fischbrötchen stritten.

Als ich nichts weiter sagte, seufzte Liv wieder auf. »Habt ihr eigentlich mal miteinander geredet in der Zwischenzeit?«

Ich schüttelte stumm den Kopf.

Eine Weile schwiegen wir und hingen unseren Gedanken nach.

»Es tut mir leid, dass ich dich so bedrängt habe, Anni. Es ist schließlich ganz allein deine Sache. Und ich kann mir kaum vorstellen, wie das für dich sein muss, wenn man so lange verheiratet ist, eine Familie hat, Kinder und so. Und dann fehlt plötzlich der wichtigste Mensch in deinem Leben.«

Ich sah sie nur schweigend an.

Sie fuhr nachdenklich fort: »Du weißt, dass ich mit Thies nie besonders gut klargekommen bin. Und Hauke mag ich richtig gern. Ich hab vermutlich gedacht, dass er dir dabei helfen kann, das alles irgendwie durchzustehen.«

Ich lächelte sie schief an. »Ich hab ja euch. Dich und Mama und Milly.« Nach einer kurzen Pause fügte ich vielsagend hinzu, »Falls Milly denn mal da ist.«

Unsere jüngste Schwester schloss momentan am anderen Ende der Welt auf einem schicken Luxus-Kreuzfahrtschiff ihre Ausbildung als nautischer Offizier ab. Wir hatten sie seit fast einem Jahr nicht mehr zu Gesicht bekommen.

Liv legte mir tröstend den Arm um die Schultern. »Das ist auch gut so. Die Larsen-Frauen halten schließlich zusammen.«

Ich wusste, dass bestimmt noch ein Aber kommen würde. Und Liv enttäuschte mich nicht.

»Versprich mir, Anni, dass das trotzdem kein Grund für dich ist, den Rest deines Lebens allein zu bleiben und Thies nachzutrauern. Dafür bist du nämlich noch viel zu jung.«

»Du klingst schon wie Mama oder Clara und Jule. Die wollten mich auch schon verkuppeln.«

»Mit Hauke?«, fragte sie überrascht nach.

»Nein, mit Sten Ohlsen.«

Sie schaute verblüfft aus. »Du stehst auf Sten Ohlsen?«

»Natürlich nicht!« Ich sah sie mahnend an. »Aber so, wie ich meine Töchter verstanden habe, wäre jemand wie Sten wohl genau in meiner Preisklasse. Jedenfalls, wenn man vom Alter ausgeht. Ich denke mal, Hauke fällt total durch ihr Möchtegern-Stiefvater-Raster.«

»Oh …«

Das schien Liv etwas aus dem Konzept gebracht zu haben und sie dachte eine Weile nach.

»Glaubst du, sie hätten ein Problem, wenn du plötzlich mit Hauke auf der Matte stehst?«

Ich atmete tief durch. »Keine Ahnung, Liv. Ich weiß ja noch nicht einmal, ob ich damit ein Problem hätte oder nicht.«

Sie nickte nachdenklich. »Du solltest dir nicht so viele Gedanken über andere machen, Anni.«

»Leicht gesagt, wenn man in seinem Leben bisher nicht allzu viel Verantwortung tragen musste.«

Mir war klar, dass meine Worte einen wunden Punkt in unserer Beziehung ansprachen, und wartete angespannt, wie Liv reagieren würde.

»Da hast du recht.«

Ich war verblüfft, denn es kam nicht oft vor, dass meine Schwester mir recht gab.

»Ich lerne ja gerade erst, wie das so ist, wenn man plötzlich nicht mehr nur für sich allein sorgen muss, sondern auch für die, die man liebt.«

Ich nickte. »Dann weißt du ja auch, dass das alles nicht so einfach ist.«

Ich wollte schon aufstehen, doch Liv hielt mich zurück.

»Ich weiß, dass man sich und andere nicht besonders glücklich machen kann, wenn man selber nicht glücklich ist.«

Ich sah sie groß an.

»Du willst das jetzt vielleicht nicht hören, Anni, aber ich kenne dich gut genug, um zu wissen, dass du niemals mit Hauke geschlafen hättest, wenn er dir nicht wirklich was bedeuten würde.«

»Was genau willst du damit sagen?« Im Grund genommen war es keine Frage und meine Stimme hatte einen aggressiven Unterton. Liv ließ sich davon nicht einschüchtern. Das hatte sie noch nie getan.

»Ich weiß nicht genau, was du für Hauke empfindest, aber benutze bitte nicht andere als Ausrede dafür, vor etwas fortzulaufen, was dir Angst macht.«

Ich wollte etwas erwidern, was ihre Worte Lügen strafte, doch ich bekam keinen Ton heraus.

Liv nickte entschlossen und wischte sich ihre klebrigen Hände mit einem Taschentuch ab.

»So …« Sie erhob sich entschlossen. »… nachdem das nun geklärt wäre, sollten wir machen, dass wir heimkommen.«

Ohne eine Antwort abzuwarten, ging sie, als wäre nichts gewesen, in Richtung Parkplatz. Es dauerte einen Moment, bis ich mich gesammelt hatte und ihr empört hinterherrufen konnte.

»Liv!«

Sie drehte sich noch nicht einmal nach mir um.

Auf der Rückfahrt sprachen wir kaum ein Wort und wenn, dann vermieden wir es, die heiklen Themen wie Männer, Thies oder Hauke im Besonderen, anzusprechen. Stattdessen sprachen wir lieber über die letzten Vorbereitungen, bevor das Walmuseum am nächsten Tag feierlich vom Bürgermeister eröffnet werden sollte. Die Kreisverwaltung und sogar ein Vertreter vom Umweltministerium hatten sich angekündigt. Was nicht weiter verwunderlich war, schließlich förderten sie unser Museum und den Schutz der Schweinswale mit einer zwar nicht überwältigenden Summe, aber sie garantierte uns immerhin den Weiterbetrieb.

Als ich Haukes alten Volvo auf dem Parkplatz des Leuchtturms stehen sah, wollte ich am liebsten sofort wieder umkehren. Liv schien meine Gedanken erraten zu haben.

»Wag es bloß nicht!« Sie sah mich mahnend an. »Wir gehen da jetzt rein und geben die Kisten ab!«

»Ich hab gar nichts gesagt.« Ich warf ihr einen beleidigten Blick zu.

»Du wolltest aber gerade.«

Meine kleine Schwester kannte mich wirklich gut. Etwas zu gut, wie mir soeben auffiel.

»Ich hab aber nicht wirklich viel Zeit. In drei Tagen ist im Sturmnest die Hölle los … «

»Ich weiß«, unterbrach sie mich. »Das Jubiläum.« Sie schenkte mir nur einen vielsagenden Seitenblick und stieg aus.

Gemeinsam trugen wir die Kisten zum alten Marineturm, und zu meiner Erleichterung machte sie keine weiteren bissigen Kommentare.

»Prima. Da seid ihr ja.« Inken begrüßte uns freudestrahlend. »Dann können wir die Sachen gleich einräumen.«

Sie war mit Jewe wohl die letzten Stunden damit beschäftigt gewesen, die Vitrinen und Postkartenständer aufzustellen, in denen die Sachen, die wir gerade aus Freistadt geholt hatten, ihren Platz finden sollten.

Ich sah mich kurz um. Von Hauke keine Spur. Einen Moment lang war ich unschlüssig, ob ich mich darüber freuen oder enttäuscht sein sollte.

Inken schien meine Gedanken zu erraten, während Liv und Jewe sich begrüßten und sehr miteinander beschäftigt waren.

»Hauke ist mit Brinkhoff und seiner Frau oben. Er zeigt ihnen die Ausstellung.« Sie zwinkerte mir zu. »Die beiden sind noch immer schwer beeindruckt von der Plakette.«

Wie versprochen hatten wir sämtliche Sponsoren unseres Museums auf einer blank polierten Messingtafel gleich am Eingang namentlich verewigt. Mit besonderer Widmung des Ehepaars Brinkhoff.

»Du hättest seine Frau sehen sollen.« Inken grinste breit. »Sie musste glatt ins Taschentuch schniefen vor Rührung. Ich wette mit dir, die schleppen morgen alle ihre Geschäftspartner mit zur Eröffnung.«

Das waren nicht die schlechtesten Neuigkeiten.

»Prima.« Liv sah es genauso. »Dann können wir vielleicht noch ein paar neue Sponsoren fürs Museum und den Küstenschutz gewinnen.«

Als wir endlich alle Kisten ausgeladen hatten, war Hauke noch immer nicht von seinem Rundgang zurück. Ich ertappte mich dabei, wie ich die alte Stahltreppe hoch ins Obergeschoss lugte, in der Hoffnung, ihn zu sehen.

Inken hatte die Kisten geöffnet und begutachtete nun die Souvenirs.

»Wow!« Sie hielt eine der großen Teetassen in der Hand. »Die sind ja richtig schön geworden.«

Jewe, der Touristen und Souvenirs eher kritisch gegenüberstand, war ebenfalls angetan. Auch wenn ihm Inkens Begeisterung etwas abging.

»Nicht übel. Ich hatte schon diese kitschige Massenware, die es sonst an der Promenade in Massen gibt, befürchtet.«

Ich ermahnte mich, nicht weiter an Hauke zu denken, und trat zu ihnen an den Empfangstresen.

»Unsere Souvenirs sind ja auch nicht aus China.«

Ich nahm ebenfalls einen der in schlichtem Weiß gehaltenen Teehumpen (natürlich konnte man auch Kaffee daraus trinken) in die Hand.

»Erinnert ihr euch an Maren aus der 7b?«

Liv zuckte bedauernd die Schultern. »Sorry, nicht mein Jahrgang.«

Was stimmte. Immerhin war Liv fast fünf Jahre jünger als ich.

»Wie auch immer. Sie hat erst in Berlin studiert. An der Kunsthochschule. Und sich dann mit einem Töpferstudio in Freistadt selbstständig gemacht. Das Geschirr im Sturmnest hat sie auch designt.«

Jewe sah mich anerkennend an. »*Think local.* Nachhaltig gedacht.«

»Die sind nicht viel teurer als die Massenware aus China. Und ich weiß wenigstens, dass dafür keine Arbeiter ausgebeutet oder irgendwelche Flüsse mit Chemieabfällen verseucht werden.«

Jewe sah mich einen Augenblick nachdenklich an. »Schon komisch. Vor einem Jahr hab ich gedacht, dass es dir und Thies nur ums Geld ginge. So kann man sich täuschen.«

Ich wurde tatsächlich etwas rot. Bevor ich noch etwas sagen konnte, hörte ich Brinkhoffs dröhnende Bassstimme von oben.

»Vielen Dank für die kleine Besichtigungstour, Herr Cornelsen, das ist wirklich alles ganz wunderbar geworden.«

Auch seine Frau schien verzückt von dem Museum, das sie und ihr Mann schließlich mitfinanziert hatten. »Da lebt man sein ganzes Leben hier oben an der Küste und hat doch keine Ahnung, wie interessant unsere Natur so ist.«

»Sie sollten eine der Waltouren buchen.« Das war Haukes amüsierte Stimme. »Ich bin mir sicher, es wird Ihnen beiden gefallen.«

Im nächsten Moment stand er vor mir. Hochgewachsen, schlank, ein Lächeln auf den vollen Lippen, und man sah ihm den Stolz an, etwas wirklich Sinnvolles geschaffen zu haben.

»Ach, Frau Larsen, wie schön, Sie zu sehen.«

Brinkhoff stürmte auf mich zu und nahm mich vor Freude in den Arm. Dabei schien er vergessen zu haben, dass wir auf dem denkwürdigen Abend der Saisoneröffnung Bruderschaft getrunken hatten und er mich mit seinem Sohn hatte verkuppeln wollen. Mir war es sehr recht.

»Glückwunsch, meine Liebe, meinen allerherzlichsten Glückwunsch. Das haben Sie alles sehr, sehr gut hinbekommen.«

Ich blickte etwas verlegen von den beiden Brinkhoffs zu Hauke.

»Im Grunde genommen haben wir das alles Herrn Cornelsen zu verdanken. Und natürlich Ihren fleißigen Mitarbeitern«, fügte ich eilig hinzu. Ein wenig Schmeicheln konnte bestimmt nicht schaden. Außerdem hatten sie es auch wirklich verdient. »Sie haben ganz hervorragende Arbeit geleistet.«

»Ich weiß. Meine Leute sind die Besten. Und das will was heißen. Gute Handwerker findet man heutzutage nicht gerade wie Sand am Meer.«

Er lachte dröhnend über seinen Witz, den er bestimmt öfter machte. Hauke hatte mir nur kurz zur Begrüßung zugenickt und ansonsten geschwiegen. Aus seinem Blick konnte man nicht schlau werden.

Als er den Brinkhoffs anbot, sie noch zu ihrem Wagen zu begleiten, winkten sie ab.

»Lassen Sie mal, junger Mann. Wir finden den Weg schon allein. Und wie ich sehe, gibt's hier noch jede Menge zu tun.«

Damit verabschiedeten sie sich, und ich blieb mit Hauke und den anderen allein zurück.

Hauke inspizierte kurz die Kisten und schien mit dem, was er vorfand, zufrieden zu sein. »Sind das die Broschüren?«

Ich nickte.

»Und wirklich aus Recyclingpapier?«

»Zu hundert Prozent.«

Er schien überrascht. »Sieht man ihnen kaum an.«

»Wir lassen schon seit Jahren alle unsere Sachen dort drucken.«

Liv mischte sich grinsend ein. »Anni ist die Meisterin der Nachhaltigkeit, was das Sturmnest betrifft. Hat mich auch überrascht.«

Ich warf ihr einen mahnenden Blick zu.

»Lasst uns das alles endlich einräumen. Ich hab nicht so viel Zeit.«

Ich stürzte mich wieder auf die Kisten und versuchte zu ignorieren, dass Hauke direkt neben mir stand und mich mit einem neutralen Blick beobachtete, der kaum zu ertragen war.

»Ah, stimmt, das Sturmnest.« Liv schlug sich mit der Hand an die Stirn, was ich etwas übertrieben fand. »Die brauchen Anni ganz dringend dort.«

Sie schob Hauke in Richtung Ausgang und mich gleich hinterher. »Fährst du sie schnell rüber. Dann machen Inken, Jewe und ich hier alles fertig.«

Ich wollte protestieren, doch Liv ließ mich gar nicht erst zu Wort kommen.

»Das schaffen wir schon allein, Anni. Besser wenn du im Sturmnest ein Auge auf Mama hast. Nachher lässt sie noch weiße Tauben aufsteigen für unser Jubiläum.«

Bevor wir noch wussten, wie uns geschah, standen Hauke und ich draußen vor dem Eingang des alten Marineturms und sahen uns verdattert an. Ich wusste nicht, was ich sagen sollte. Also sagte ich einfach irgendetwas.

»Die Brinkhoffs waren wohl schwer beeindruckt.« Ich deutete auf die Messingtafel.

Er nickte mit einem schwachen Grinsen. »Sehr schwer beeindruckt.«

Einen Moment herrschte wieder Schweigen und wir sahen uns lauernd an, wie zwei Katzen, die sich unschlüssig waren, ob sie einander umbringen oder Freunde werden sollten.

»Komm, mein Wagen steht drüben beim Leuchtturm.«

Ohne meine Antwort abzuwarten, ging er mit steifen Schritten den schmalen Kiesweg hoch zum Leuchtturm. Ich folgte ihm nach einem kleinen Moment.

Wir redeten nicht viel auf der Fahrt über den holprigen Feldweg, der direkt an der Küste die Klippen entlang hoch zu unserem Hotel führte. Es war der kürzeste Weg, und wir mussten nicht den Umweg über Brodershöved nehmen. So wie es schien, wollte Hauke nicht mehr Zeit mit mir verbringen als unbedingt nötig.

Ich beobachtete ihn von der Seite, wie er konzentriert auf den Weg vor uns blickte und geschickt den Schlaglöchern auswich, die schon etlichen Autos den Auspuff oder die Stoßdämpfer gekostet haben mussten. Die Atmosphäre im Wagen war unnatürlich angespannt und das, worüber wir *nicht* sprachen, hing wie eine schwere dunkle Gewitterwolke über uns, die sich nicht entscheiden konnte, ob sie sich nun entladen oder weiterziehen wollte.

Ich musste daran denken, was Liv mir ein paar Stunden zuvor an der Hafenmauer gesagt hatte, wie gut sie mich doch durchschaute und wie sehr ich davor Angst hatte, zum ersten Mal in meinem Leben etwas zu tun, von dem ich mir nicht ausrechnen konnte, was danach passieren würde.

»Halt bitte an.«

Hauke wandte den Blick von dem Feldweg und sah mich an. »Was?«

»Halt bitte den Wagen an, Hauke.«

Er drosselte die Geschwindigkeit und kam dann zum Stehen.

»Was ist? Ist dir nicht gut?«

Ich atmete tief durch und öffnete die Tür.

»Wir müssen reden.«

Ich stieg aus und blieb ein paar Meter vor dem Auto auf der staubigen Piste stehen. Er beobachtete mich abwartend durch die Windschutzscheibe, dann schüttelte er den Kopf, als würde ihn etwas verärgern, und stieg dann ebenfalls aus. Er blieb auf Abstand, sah mich intensiv an, die Augen zusammengekniffen, weil die tief stehende Sonne über den Feldern ihn blendete.

»Worüber willst du reden, Anni?«, fragte er schließlich.

Seine Stimme klang sanfter, als ich befürchtet hatte.

»Du weißt, worüber wir reden sollten.«

»Nein, das weiß ich nicht. Vielleicht verrätst du's mir einfach.«

Ich wandte mich ab, um ihm nicht in die Augen sehen zu müssen, und blickte lieber über die hüfthohen Sträucher und Büsche, die die Abbruchkante der Klippen säumten, auf denen wir standen. Unter mir glitzerte die Ostsee in einem dunklen Blau.

»Über uns. Über das, was … keine Ahnung … was eben passiert ist.«

Er folgte mir und blieb neben mir stehen, ohne mich anzusehen.

»Wir haben miteinander geschlafen. Wir hatten Sex.« Ich spürte seinen Blick, der auf mir ruhte. »Fällt es dir so schwer, es auszusprechen?«

Ich stöhnte auf. »Nein. Natürlich nicht. Es ist nur …«

Ich schwieg und hörte, wie er langsam und tief durchatmete.

»Hör zu, Anni, ich hab das schon verstanden.« Er hielt meinem Blick ruhig stand, als ich ihn skeptisch von der Seite ansah. »Um ehrlich zu sein, da gab es nicht besonders viel misszuverstehen.«

»Was genau willst du mir damit sagen?«

Er zuckte gleichmütig mit den Schultern. Diesmal ohne mich anzusehen.

»Es ging dir nur darum. Um Sex. Ist völlig in Ordnung. Wir sind zwei erwachsene Menschen. Ich war nur dumm genug zu glauben, dass zwischen uns mehr sein könnte. Aber ich habe mich getäuscht. Du hast es mir an dem Morgen ziemlich unmissverständlich klargemacht.«

Ich sah ihn verletzt an.

»Das stimmt nicht, Hauke.«

Er lachte kurz trocken auf und in seiner Stimme schwang Bitterkeit mit.

»Ist jedenfalls so bei mir angekommen.«

»Dann tut es mir leid.«

Er wartete darauf, dass ich noch etwas sagen würde.

»Ich bin einfach noch nicht bereit für eine Beziehung. Kannst du das verstehen?«

Er dachte einen Moment nach und nickte dann.

»Ja. Das kann ich verstehen.«

Ich spürte Erleichterung. Vielleicht war das alles doch gar nicht so schlimm, wie ich dachte.

»Ich bin sehr gerne mit dir zusammen.« Ich legte ihm die Hand auf den Arm, der sich warm und stark anfühlte. »Und ich bereue nicht, dass wir miteinander geschlafen haben. Ganz im Gegenteil. Es war wunderbar.«

Er hatte den Kopf ein wenig schief gelegt, so, als müsste er genau hinhören, was ich ihm zu sagen hatte.

»Können wir nicht einfach so weitermachen? Ohne dass gleich etwas Ernstes daraus werden muss?«

Er sah mich lange an, so als müsste er seine Worte genau abwägen.

»Du meinst, wir steigen ab und zu in die Kiste und tun so, als wäre das alles normal?«

Ich wich verärgert von ihm zurück. »Bei dir hört es sich so an, als würde ich dich nur ausnutzen.«

»Und das machst du nicht?«

Er klang ziemlich abweisend.

»Nein, Herrgott noch mal! Ich denke, das ist der Traum aller Männer. Sex ohne Verpflichtungen«, erwiderte ich leicht zynisch.

»Ich bin aber nicht wie alle Männer. Ich hatte gehofft, das wäre dir schon aufgefallen.«

Er ging zurück zum Auto. Ich zögerte einen Moment, dann folgte ich ihm wütend, und kurz bevor er einsteigen konnte, hatte ich ihn eingeholt und stellte mich ihm in den Weg.

»Was erwartest du denn von mir? Dass ich mein bisheriges Leben vergesse und mich auf eine Beziehung mit jemandem einlasse, der zehn Jahre jünger ist als ich?«

»Darum geht es dir? Du denkst, ich bin zu jung für dich?«

»Ich denke, dass du an einem ganz anderen Punkt in deinem Leben bist. Und ich denke, dass du ganz andere Vorstellungen davon hast, was es heißt, eine wirkliche Beziehung zu führen. Da geht es nämlich nicht um romantische Schwärmereien oder um leidenschaftliche Nächte unterm Sternenhimmel.«

Er sah mich an und die steile Falte zwischen seinen Augenbrauen verriet seine Verärgerung über mich mehr als irgendwelche Worte.

Ich redete mich in Rage.

»Hast du überhaupt eine Ahnung davon, was es bedeutet, für zwei Kinder verantwortlich zu sein? Sein Leben nicht mehr danach ausrichten zu können, was einem gerade so einfällt und auf was man Lust hat?«

»Um ehrlich zu sein, nein. Ich hab keine Ahnung davon. Aber das haben ja wohl die Wenigsten, bevor sie tatsächlich eine Familie haben. Oder war das bei dir und Thies anders, als ihr geheiratet habt? Seid ihr schon als perfektes Paar auf die Welt gekommen?«

Er war ziemlich sauer, wie ich aus seinem Tonfall unschwer heraushören konnte.

Ich wollte ihn verletzen und ich stellte mit Genugtuung fest, dass es mir gelang. »Ich habe nicht vor, mir neben Clara und Jule noch jemanden in mein Leben zu holen, der noch einen Babysitter braucht.«

Er lachte zynisch auf.

»So siehst du mich?«

Er schüttelte den Kopf und schien um Beherrschung zu ringen. Schließlich atmete er tief durch und sah mich ruhig an.

»Wenn das wirklich so ist, wie du sagst, dann frage ich mich, warum du ausgerechnet mit Thies zusammen warst. Denn wenn ich das richtig sehe, dann war dein Mann alles andere als ein leuchtendes Beispiel für Verantwortungsbewusstsein und reifes Benehmen.«

Ich starrte ihn an, unfähig, noch etwas zu sagen.

Schließlich stieg er ein und startete den Motor. Er sagte nichts weiter, starrte nur vor sich hin und wartete. Schließlich ging ich langsam um den Wagen herum, spürte, wie das Blut in meinen Ohren rauschte, und setzte mich neben ihn. Schweigend fuhren wir das kurze Stück hoch zum Sturmnest.

Wir verabschiedeten uns nicht, als ich ohne ein weiteres Wort ausstieg.

Es war schon spät, als ich am Ende dieses verrückten Tages hinaus in den Garten unseres Hotels ging, um noch etwas frische Luft zu schnappen und meine wirren Gedanken zu ordnen.

Im Sturmnest war längst Ruhe eingekehrt, und auch die letzten Gäste hatten sich auf ihre Zimmer zurückgezogen. Meine Mutter war mit Clara und Jule nach Hause geradelt, nachdem sie mir mit ihren Vorbereitungen für unser Fest und der detaillierten Schilderung, was alles noch zu erledigen sein würde, den letzten Nerv geraubt hatte. Sie hatte tatsächlich kurz mit dem Gedanken an weiße Tauben gespielt, wurde jedoch von Clara und Jule aus tierschutzrechtlichen Bedenken heraus eines Besseren belehrt. Ich war froh, diese Diskussion nicht führen zu müssen, und dankte meinen Töchtern insgeheim für ihren Einsatz. Andererseits waren die hektischen Vorbereitungen auch eine gute Ablenkung gewesen, um nicht weiter über mich und Hauke und das, was er gesagt hatte, nachzudenken.

Er hatte einen wunden Punkt getroffen, und seine Bemerkung über Thies hatte mich bis ins Mark erschüttert. Nicht, weil es völlig übergriffig und unsensibel gewesen wäre, was es in der Tat war. Es hatte mich getroffen, weil er eine weitere Tatsache ausgesprochen hatte, die ich all die Jahre gründlich verdrängt hatte.

Denn wenn ich ehrlich zu mir war, dann hatte ich die meiste Zeit meines Lebens an der Seite eines Mannes verbracht, der im Grunde seines Herzens immer der kleine Junge geblieben war, der schon im Kindergarten mein Freund geworden war. Und dafür gab es einen ganz einfachen Grund: weil das Leben mit ihm so einfach war.

Thies hatte mir nie groß widersprochen, jedenfalls in den ersten Jahren unserer Ehe nicht. Er hatte mich machen lassen, war meinen Vorschlägen gefolgt, und wenn er mit kindlicher Begeisterung von seinen Plänen und Vorhaben erzählte, hatte ich ebenfalls mitgemacht, weil ich sonst ein schlechtes Gewissen bekommen hätte, ihm seinen Spaß zu verderben.

Ich hatte zugestimmt, die *Red Pearl* zu kaufen, sein Speedboot, das so wenig zum Sturmnest gepasst hatte wie eine Skipiste in die Wüste Gobi. Ich hatte ihm sein Spielzeug ermöglicht, damit ich meine Ruhe hatte und das Hotel so führen konnte, wie ich es für richtig hielt. Und ich hatte mit Ablehnung reagiert, als Thies in den letzten drei Jahren unserer Ehe immer schlechter gelaunt und abwehrender wurde, wenn es um neue Pläne für unser Hotel ging. Es war auf einmal nicht mehr so einfach für mich, mich bei ihm durchzusetzen. Und manchmal hatte ich das Gefühl gehabt, einen bockigen Teenager vor mir zu haben, der einfach nur um des Protestes willen einen Streit vom Zaun brach.

Vermutlich war es auch so gewesen und Thies hatte einfach den Wunsch verspürt, aus meinem Windschatten zu treten und etwas Eigenes zu machen. Dass er damit sich und uns in den finanziellen Ruin treiben würde, hatte er wohl selbst nicht erwartet und es, als es längst zu spät war, ignoriert, weil es sowieso nicht mehr zu ändern gewesen wäre.

All das muss sehr offensichtlich gewesen sein. Meine Mutter hatte es gesehen und versucht, mit mir darüber zu reden. Und als das nicht gelang, war sie aus Protest in einen Campingwagen auf den Klippen gezogen.

Jewe hatte es mitbekommen und versucht, Thies in die Schranken zu weisen. Auch Hauke war es aufgefallen, doch ich hatte all die Alarmzeichen und gut gemeinten Ratschläge ignoriert. Das alles hatte einfach nicht in meinen Plan gepasst und im Grunde genommen, hatte ich mich genauso kindisch verhalten wie Thies. Bis es zu spät war.

Ich starrte in den klaren nachtschwarzen Himmel, an dem die Sterne funkelten, und fragte mich, wie ich es nur so weit hatte kommen lassen können.

Das Klirren eines zersprungenen Glases und ein unterdrücktes Fluchen unterbrachen die Stille um mich herum. Als ich mich umdrehte, erkannte ich die schemenhafte Gestalt von Sten Ohlsen oben auf der Dachterrasse der kleinen Einliegerwohnung, die schwach beleuchtet war. Er musste wohl auch die Ruhe und den Frieden dieses Abends an der Küste genießen. Und sich dabei bereits ordentlich einen genehmigt haben, denn er schwankte leicht, als er versuchte, die Glasscherben vom Holzdeck aufzusammeln. Wieder hörte ich ihn unterdrückt fluchen. Anscheinend hatte er sich geschnitten.

Ich atmete tief durch und mir fiel wieder ein, dass heute sein Geburtstag war. Ein ziemlich trauriger Geburtstag, wie ich das so mitbekam.

»Anni?!« Sten sah mich groß an, als er die Wohnungstür öffnete. »Was … ist was passiert?«

Ich hielt einen kleinen Teller mit Apfelmuffins hoch, die ich noch im Kühlschrank gefunden und mit kleinen Geburtstagskerzen verziert hatte.

»Alles Gute zum Geburtstag.«

Auf seinem Gesicht erschien ein überraschtes und tatsächlich etwas schüchternes Lächeln. In der anderen Hand hielt ich eine Packung Pflaster, die ich mit einer Schleife verziert hatte.

»Und das hier ist das ultimative Geburtstagsgeschenk für einen Mann, der schon alles hat.«

Er runzelte die Stirn.

»Pflaster?« Dann fiel ihm wohl ein, dass er es dringend gebrauchen konnte. Um die Schnittwunde an seinem Finger hatte er eine Lage Küchenpapier gewickelt. »Woher wusstest du …?«

»Kann ich reinkommen, oder willst du lieber verbluten?«

»Nein … nein, komm rein.«

Kurz darauf saßen wir auf der kleinen Dachterrasse und er betrachtete seinen verbundenen Finger mit großer Zufriedenheit.

»Das ist mit Abstand das sinnvollste Geburtstagsgeschenk, das ich jemals bekommen habe.«

»Gern geschehen.«

»Und die Muffins sind der Hammer.«

»Hat meine Mutter gebacken. Für unser Fest. Der halbe Kühlschrank unten ist voll damit. Ich dachte, es fällt nicht weiter auf, wenn ein paar fehlen.«

Ich lächelte ihn an, während er mir ein Glas Rosé einschenkte, der herrlich nach Beeren und ein wenig Zimt roch.

»Nun sag schon«, er sah mich über den Rand seines Weinglases an, »woher wusstest du, dass ich mich an diesem blöden Glas geschnitten habe? Kannst du hellsehen?«

Er fragte es so, dass ich einen Moment unsicher war, ob er es wirklich ernst meinte.

»Nein. Aber ich habe ziemlich gute Ohren. Hab dich unten im Garten gehört.«

Er nahm einen Schluck und nickte. »Ich dachte, ich wäre der Einzige, der noch wach ist.«

»Mir kam der Gedanke, dass es nicht gut ist, wenn man den Abend seines Geburtstages allein verbringt. Jedenfalls nicht, wenn man nicht gerade allein in der Einöde feststeckt. Und da das offensichtlich nicht der Fall ist«, ich machte eine ausladende Geste mit den Händen, »musst du jetzt mit mir feiern.«

Ich nahm einen Schluck von dem Wein, der wirklich köstlich war, und sah Ohlsen an. Er grinste und schien sich nicht darüber zu ärgern, dass ich ihn einfach überfallen hatte.

»Wenn es jemanden gibt auf dieser großen, weiten Welt, mit dem ich feiern möchte, dann bist es du.« Er prostete mir zu. »Du hast ein Gespür für wirklich praktische Geschenke. Solche Freunde kann man immer gut gebrauchen.«

Wir lachten leise und genossen die laue Luft und das Rauschen der Wellen, das über die Klippen zu uns drang, und sogen den Duft von frisch gemähtem Rasen aus unserem Garten ein.

Nach einem Moment der Stille sah ich Ohlsen nachdenklich an.

»Darf ich dich was fragen?«

»Natürlich, nur zu.« Er nippte an seinem Glas.

»Wie alt bist du eigentlich geworden?«

»Sechsunddreißig.«

Er war nur ein Jahr älter als ich, was mich nicht überraschte.

»Am Alter kann es jedenfalls nicht liegen, dass du nicht feierst.«

Er zuckte mit den Schultern. »Hab ich noch nie.«

»Gefeiert?«

Er nickte.

»Komm schon.« Ich sah ihn amüsiert an. »Jeder hat mal irgendwann seinen Geburtstag gefeiert.«

»Ich nicht.«

Er schien mich auf den Arm zu nehmen.

»Du willst allen Ernstes behaupten, dass du nie einen Kindergeburtstag erlebt hast? Mit Schokoküssen, bis einem schlecht wird, und klebriger Limonade, die die Küche versaut?«

»Nope.«

Er schüttelte den Kopf und blickte hinaus in die Nacht. Sein Gesicht lag im Schatten und ich konnte den Ausdruck darauf nicht deuten.

»Bei mir zu Hause wurde auf so was nicht viel Wert gelegt.«

Er sagte es leichthin, doch ich merkte, wie eine Spur Bitterkeit in seiner Stimme mitschwang.

»Das ist aber schade.«

In seinen Augen lag eine Melancholie, die mich berührte.

»Vielleicht lerne ich es ja irgendwann. Wenn ich lange genug hier bleibe.«

Wir sahen uns einen Moment zu lange in die Augen, um es bedeutungslos erscheinen zu lassen.

Ich weiß nicht, ob ich diejenige war, die sich zuerst vorbeugte, vielleicht war es einfach nur der Zauber dieser sternenklaren Nacht und des merkwürdigen Momentes, den wir teilten, der uns dazu brachte, etwas zu tun, was so gar nicht geplant war. Als unsere Lippen sich zu einem zaghaften Kuss trafen, schien es das Natürlichste auf der Welt zu sein. Seine Lippen waren weich und schmeckten nach der herben Frucht des Rosés. Es war angenehm, doch dieses Prickeln, das sich eingestellt hatte, als ich Hauke nach der Saisoneröffnung am Strand küsste, und das meine Welt auf den Kopf gestellt hatte, war meilenweit entfernt.

Nach einem Moment ließen wir voneinander ab.

In Stens Blick lag Erstaunen.

»Das ... das war jetzt ein bisschen schräg.«

Ich schluckte und nickte.

»Das kann man so sagen.« Ich griff schnell nach dem Weinglas, um einen großen Schluck zu nehmen. »Vielleicht sollten wir das nicht wiederholen.«

»Auf keinen Fall.« Er nahm ebenfalls einen großen Schluck und schien auf eine Art erleichtert, die mich plötzlich zum Lachen brachte.

»Ich finde, wir haben ein ganz tolles Chef-und-Angestellte-Verhältnis.«

Er nickte und fing ebenfalls an zu lachen. »Das Beste, das man sich vorstellen kann.«

»Das darf auf keinen Fall gefährdet werden.«

Ich konnte ihm nur zustimmen. »Nie und nimmer.«

Und dann lachten wir lauthals los.

»Schschsch … wir müssen leise sein … wir wecken sonst noch die Gäste auf.«

Er hatte vor Lachen Tränen in den Augen.

»Ich würde ja gerne … Aber ich kann nicht … das war wirklich …«

Er schüttelte nur den Kopf. Es dauerte ein paar Minuten, bis wir uns schließlich wieder beruhigt hatten. Aber das breite Grinsen in seinem Gesicht, das manchmal etwas selbstgefällig wirkte, blieb.

»Ich weiß nicht, wie es bei dir war, aber ich hatte kurz das Gefühl, meine Schwester zu küssen.«

»Du hast eine Schwester?«

»Eben nicht. Jedenfalls keine, die mir bekannt ist.«

Ich musste ihm zustimmen. »Ich hab zwar auch keinen Bruder, aber bei mir war es ähnlich.«

Wir sahen uns an und fingen wieder an zu kichern.

»Vermutlich sind wir uns einfach zu ähnlich.«

Er stimmte mir zu.

»Daran muss es liegen. Normalerweise kann mir nämlich keine Frau widerstehen.«

»Angeber!«

»Ernsthaft.« Er sah mich empört an. »Außer natürlich, sie macht sich nichts aus Geld. Oder sie ist bereits bis über beide Ohren in einen anderen verknallt.«

Es war als Scherz gemeint, doch ich spürte, wie ich leicht rot wurde, und griff eilig zu meinem Weinglas. Zu spät, wie ich feststellte. Auf Stens Gesicht erschien ein zufriedener Ausdruck.

»Volltreffer, würde ich mal sagen.«

»Ich hab keine Ahnung, wovon du sprichst.«

»Komm schon.« Er beugte sich vertrauensvoll vor, stützte sich auf den Ellbogen ab und setzte eine wissende Miene auf. »Ich bin dein großer Bruder. Also, so im Geiste. Du kannst über alles mit mir reden.«

»Ich kann mir nicht vorstellen, dass man darüber mit seinem Bruder redet.« Ich verdrehte genervt die Augen. »Ich kann ja schon kaum mit Liv darüber reden.«

»Also habe ich recht, du bist verliebt.«

Ich schwieg einen Moment.

»Es ist kompliziert.«

Sten schien das nicht zu überraschen. »Willkommen im Club.«

Er hob sein Glas, prostete mir zu und trank einen Schluck. »Du hast den Meister der komplizierten Beziehungen vor dir.«

So kompliziert schien mir Sten Ohlsen eigentlich gar nicht zu sein und ich sagte es ihm auch.

»Danke.« Er machte tatsächlich einen verlegenen Eindruck. »Vielleicht könntest du mal mit meiner Ex-Frau darüber reden. Die sieht das etwas anders.«

»Du warst verheiratet?«

»Yep.«

Die Erinnerung daran schien ihn jedenfalls nicht in Begeisterungsstürme ausbrechen zu lassen.

»Sie war die Schwester eines Geschäftspartners von mir und wohl auf der Suche nach einer guten Partie, die ihr ihren etwas aufwendigen Lebensstil finanzierte.«

»Das klingt etwas bitter.«

»Nein.« Er schüttelte vehement den Kopf. »Überhaupt nicht. Ich war froh, dass sie so scharf auf mein Geld war. Das hat die Trennung sehr viel einfacher gemacht. Ich habe ihr einfach die Hälfte abgegeben und dazu noch eine Eigentumswohnung in Rom, nebst Einrichtung. Ich hatte dort einen Gerhard Richter hängen. Den durfte sie auch behalten.«

Er schien tatsächlich mit dem Ergebnis seiner Scheidung zufrieden zu sein.

»Ich hoffe, das reicht bis an ihr Lebensende und sie treibt nicht noch einen armen Kerl in den Wahnsinn mit ihren Neurosen.«

»Aha.« Ich sah ihn amüsiert an. »Ich denke aber nicht, dass man dafür viele Karma-Pluspunkte bekommt.«

»Ich bin ihr wirklich dankbar. Ernsthaft. Immerhin hat mich diese Erfahrung dazu gebracht, die nächsten beiden Verlobungen dann doch lieber wieder zu lösen, bevor es zu spät war.«

Er sah mich vielsagend an, und ich verschluckte mich fast an meinem Wein.

»Man lernt schließlich aus seinen Fehlern.«

»Zwei Verlobungen und eine Ex-Frau! Sten Ohlsen, du steckst voller schrecklicher Überraschungen.«

»Du hast gerade noch behauptet, ich wäre gar nicht kompliziert.«

Er klang etwas beleidigt, doch ich fiel auf seine Unschuldsmiene nicht mehr herein.

»Gut, dass du es erwähnst. Ich denke noch einmal drüber nach.«

Er kniff die Augenbrauen zusammen und blickte mich gespielt strafend an.

»Eigentlich ging es ja um dein Liebesleben. Nicht um meins. Also kommen wir wieder zu dem eigentlichen Thema zurück – du bist verliebt und es ist kompliziert.«

Mit Sten zu reden tat gut. Und lustig war es auch noch. Seine unbekümmerte, selbstironische Art und sein unerschütterliches Selbstbewusstsein, das gar nichts Arrogantes hatte (jedenfalls meistens nicht), war wirklich unwiderstehlich. Kein Wunder, dass er im Geschäftsleben so großen Erfolg damit hatte.

Ich atmete tief durch. »Ich weiß nicht, ob er der Richtige für mich ist.«

»Du willst ihn also gleich heiraten?«

»Nein!« Ich sah ihn entsetzt an. »Natürlich nicht!«

»Das ist doch schon mal gut. Dann probiert einfach aus, ob es mit euch klappt. Und falls es nicht klappt, hattet ihr wenigstens eine schöne Zeit.«

Ich sah ihn skeptisch an. »Bei dir klingt es ganz einfach.«

»So kompliziert sind Beziehungen zwischen Männern und Frauen eigentlich gar nicht. Vorausgesetzt, man will nicht heiraten«, fügte er eilig hinzu und nahm erneut einen großen Schluck von seinem Wein.

Ich stöhnte vernehmlich auf. »Er ist aber fast zehn Jahre jünger als ich.«

Sten prustete los. »Und das ist dein Problem?«

Ich gönnte mir ebenfalls einen großen Schluck Wein und erwiderte beleidigt: »Besonders lustig finde ich das nicht.«

»Sorry.« Er setzte eine zerknirschte Miene auf. »Ich persönlich finde es ja sehr erfrischend, wenn Frauen sich das gleiche Recht herausnehmen wie Männer.«

»Ist das so?«, hakte ich skeptisch nach.

Er nickte eifrig. »Neunundneunzig Prozent der Ehefrauen, die ich bei Geschäftsessen kennenlerne, sind zwanzig Jahre jünger als ihre Männer. Mindestens. Und ich denke mal, der Altersunterschied ist das geringste Problem in deren Ehen.«

»Vielleicht bin ich nur einfach noch nicht so weit, mich wieder auf eine Beziehung einzulassen.«

Er schaute mich einen langen Moment an, und ich fühlte mich wie unter einem Mikroskop.

»Was?«

»Wenn du mal alles Drumherum vergisst: Liebst du ihn?«

Es war eine ganz einfache Frage und die Antwort war kinderleicht zu geben.

247

»Ja …«

»Gut.« Sein Lächeln war tröstend. »Denn nach meiner Erfahrung, und ich weiß, wovon ich rede, verliebt man sich nur dann, wenn man auch wirklich bereit ist, jemandem sein Herz zu schenken.«

Ich sah ihn schweigend an, ließ seine Worte in meinem Kopf nachhallen.

Er verzog kurz das Gesicht und lächelte entschuldigend.

»Ich weiß, klingt kitschig. Vermutlich ist es das auch. Aber ich denke mal, so ist das Leben. Wenn du also meinen Rat hören willst, dann würde ich sagen: Ran an den Speck! Wie man hier oben im Norden so schön sagt.«

KAPITEL 16

Den ganzen Sommer über hatte die Ostseeküste einen Bilderbuchsommer erlebt mit Temperaturen und Sonnenschein, die dem Mittelmeer alle Ehre gemacht hätten. Pünktlich zum hundertjährigen Jubiläum vom Sturmnest braute sich jedoch über der Nordsee und Skandinavien eine ganze Reihe von Tiefdruckgebieten zusammen, die sich zu einem gewaltigen Sturm zu vereinen und in Richtung Ostsee zu ziehen drohten. Die ersten Ausläufer hatten uns bereits erreicht, und auf dem sonst fast spiegelglatten Meer türmten sich die Schaumkronen meterhoch und trieben ihre Wellen mit ungewohnter Wucht an unsere Steilküste.

Badegäste waren kaum noch im Wasser zu sehen, dafür war der Himmel mit den bunten Schirmen der Kite-Surfer bedeckt, die die Bucht vor Brodershöved rauf- und runterfuhren und mit akrobatischen, meterhohen Sprüngen über die Wellen für Staunen bei den Touristen auf der Seebrücke sorgten.

»Gibt es eigentlich einen Plan B?«

Liv sah mich besorgt an, als wir im Garten des Hotels standen und skeptisch in den wolkenverhangenen Himmel blickten.

»Wenn's bei Regen bleibt, kommen wir klar.« Ich deutete auf die Partyzelte, die bereits in der Einfahrt gestapelt waren und darauf warteten, aufgebaut zu werden. »Es sollte nur nicht so heftig stürmen, dass die Zelte wegfliegen.«

»Was ist mit dem Speisesaal? Können wir da die Gäste zur Not unterbringen?«

»Zur Not schon. Aber dann bleibt nicht mehr viel Platz für das Büfett und die Bühne, die wir für die Bands aufgebaut haben. Und den Shantychor, den Mama unbedingt haben will, können wir dann auch vergessen. Die Bühne steht nämlich mitten im Garten.«

Ich zeigte auf das Ungetüm aus blitzendem Chrom und Stahl, das fleißige Helfer bereits am Morgen aufgebaut hatten.

»Jedenfalls passt das Wetter zum Sturmnest, oder?«

Liv grinste mich an und ich konnte nicht anders, als zurückzugrinsen.

»Es wäre nur schön, wenn der Sturm sich zwei, drei Tage Zeit lassen würde. Bis wir die ganze Show hinter uns gebracht haben.«

»Außerdem wäre es schade um die Regatta, das ist so eine gute Werbung für die Waltouren und das Museum.«

Ich schaute kurz auf und wich dann ihrem Blick aus.

»Wie ist denn die Eröffnung gelaufen? Hat alles geklappt?«

Seit zwei Tagen hatte Brodershöved ganz offiziell ein Walmuseum. Ich war zur Eröffnung nicht hingegangen und hatte mich damit entschuldigen lassen, dass es wegen der bevorstehenden Jubiläumsveranstaltung einfach zu viel im Sturmnest zu tun gab.

Der eigentliche Grund war ein anderer, und Liv ahnte ihn wohl bereits. Ich hatte seit unserem Streit auf der Klippe nicht wieder mit Hauke gesprochen.

»Hat alles super geklappt. Halb Brodershöved war da und eine Menge Touristen.« Sie deutete auf den Himmel. »Bei dem Wetter kein Wunder.«

Ich atmete tief durch und hielt weiter den Blick gesenkt. »Das freut mich. Wirklich.«

»Die Brinkhoffs haben dich vermisst. Und nicht nur die«, fügte sie vielsagend hinzu.

»Bitte, Liv.« Ich sah sie nun an. »Lass uns das alles hier hinter uns bringen und danach kümmere ich mich um die anderen Baustellen in meinem Leben.«

Sie schnaubte auf. »Baustelle?!«

»Du weißt, wie ich das meine.«

Einen Moment dachte ich, sie würde mir wieder die Meinung sagen, erklären, dass ich mit jemandem wie Hauke so nicht umspringen konnte. Und vermutlich hatte sie auch einen Augenblick lang mit dem Gedanken gespielt. Zu meiner Überraschung überlegte sie es sich im letzten Moment doch noch anders.

»Okay. Du hast recht. Ist auch alles ein bisschen viel im Moment.«

Sie legte mir tröstend den Arm um die Schultern.

»Jedenfalls bin ich froh, dass du da bist. Und wir nicht allein mit Mama klarkommen müssen. Die hat einen verdammten Staatsempfang aus unserem Jubiläum gemacht.«

Womit Liv noch nicht einmal übertrieb. Wir erwarteten für den nächsten Tag und das ganze Wochenende fast zweihundert Gäste. Es sollte eine Multimediashow geben, die die Historie unseres Hotels über ein Jahrhundert hinweg präsentierte, mit historischen Fotos und alten Filmaufnahmen, dazu Livemusik, den Auftritt des Brodershöveder Trachten- und Fischervereins sowie besagten Shantychors, und dazu waren drei Outdoorküchen aufgebaut worden, die die Gäste mit Speisen und Getränken versorgten. Nicht zu vergessen die Regatta, die morgen Nachmittag stattfinden sollte, gekrönt von einem Feuerwerk, wie es Brodershöved noch nicht erlebt hatte. Bis auf die Tauben hatte meine Mutter wirklich alles bekommen, was sie sich gewünscht hatte. Die Kostenvoranschläge, die uns die Event-Agentur geschickt hatte, hatten mir die Tränen in die Augen getrieben. Doch Sten hatte alles mit einem Lächeln abgenickt und freute sich einfach nur, es richtig krachen zu lassen, wie er es nannte. In dieser Hinsicht waren er und meine Mutter sich sehr ähnlich.

»Warum darf ich mit der *Bandit* nicht mit raus? Das ist voll unfair von dir.«

Clara sah mich sauer an, als wir am Abend vor dem Jubiläum in unserer alten Küche im Sturmnest saßen und zu Abend aßen. Wir hatten uns schon seit dem Abend mit Sten auf der Dachterrasse in der Wohnung einquartiert, die seit dem Weggang von Sabine Warendorf leer stand. Es kostete einfach zu viel Zeit, von der kleinen Fischerkate zum Hotel und wieder zurück zu fahren, und ich hatte den Verdacht, dass wir auch nach der Feier nicht wieder zurückkehren würden. Der selige Gesichtsausdruck meiner Töchter, als sie ihre alten Zimmer in Beschlag nehmen konnten, sprach Bände. Außerdem ging ich nicht mehr davon aus, dass es zwischen mir und Sten noch große Unstimmigkeiten geben würde. Wir waren wirklich Freunde geworden.

»Clara, bitte. Das müssen wir nun wirklich nicht diskutieren. Du weißt genauso gut wie ich, dass die *Bandit* für solche Windstärken nicht geeignet ist.«

Sie verdrehte genervt die Augen, sagte allerdings nichts weiter dazu. Immerhin war sie mittlerweile eine so gute Seglerin, dass sie sich ausrechnen konnte, was mit einer kleinen Jolle passieren konnte, die in heftigen Wellengang und Sturm geriet.

»Ich will nicht, dass ihr kentert.«

Ich sah sie streng an. Clara verzog nur das Gesicht.

»Ich kann super schwimmen und eine Rettungsweste trage ich auch.«

Ich lächelte sie versöhnlich an. »Um dich mach ich mir auch weniger Sorgen. Aber hast du auch mal an Sten gedacht? Für den trägst du als Skipper schließlich die Verantwortung, wenn du ihn mit an Bord nimmst.«

Ich wusste, dass ich ihr damit schmeichelte, und sah zufrieden, wie mein Plan aufging.

»Okay, das ist ein Argument.«

»Fahrt doch bei Inken auf der *Seenixe* mit«, schlug Jule vor, die an ihrem Käsebrot knabberte. »Die braucht sowieso jemanden, der mich vertritt. Ich hab nämlich Museumsdienst«, fügte sie sichtlich stolz hinzu.

Clara schenkte ihrer Schwester einen vielsagenden Blick. »Als könnte ich das vergessen. Du redest seit Tagen von nichts anderem.«

Jule überhörte den ironischen Unterton und sah mich einfach nur glücklich an. »Du hättest gestern dabei sein sollen, Mama. Hauke hat eine Rede gehalten, die echt cool war. Du bist auch drin vorgekommen.«

Ich blickte überrascht auf. »Tatsächlich?«

Sie nickte eifrig und Clara pflichtete ihr bei.

»Er hat sich bei dir bedankt für die Organisation und so und dass du ein Vorbild bist, was Umweltschutz angeht.«

»Ist echt blöd, dass er bald weg ist.«

Ich blickte überrascht zu Jule. »Hauke ist bald weg?«

Die Zwillinge tauschten erstaunte Blicke.

»Hat er dir denn nichts davon erzählt?« Jule sah mich mit großen Augen an.

Ich schüttelte den Kopf.

»Komisch.« Clara atmete tief durch. »Ihr redet doch sonst über alles Mögliche.«

»Und wohin geht Hauke? Zurück nach Kiel, an die Uni? Dann kommt er doch bestimmt jedes Wochenende vorbei, um nach dem Museum zu sehen.«

»Nee.« Jule sah enttäuscht aus. »Kiel wäre ja noch voll okay. Aber er hat einen ganz tollen Job angeboten bekommen. In einem Meeresforschungsinstitut. Da kümmert er sich auch um Wale. Ist allerdings am Pazifik, in Vancouver.«

Ich starrte sie an. Vancouver klang definitiv nicht nach Kiel. Und lag ganz sicher nicht einen Wochenendbesuch entfernt.

Ich erwischte Hauke früh am nächsten Morgen vor seinem Haus.

Ich hatte die Brotbestellung von Ohlrogge abgeholt, dann einen kleinen Umweg gemacht, und als ich parkte, kam er gerade mit gesenktem Kopf gedankenverloren aus der Haustür und wollte zu seinem Auto. Bevor er einsteigen konnte, erreichte ich ihn atemlos.

»Du gehst nach Kanada?«

Einen Augenblick sah er mich überrascht an, dann hantierte er wieder an dem Türschloss des alten Volvos, das ständig klemmte.

»Du weißt es also schon?«

»Ja, ich hätte es nur lieber von dir persönlich erfahren, und nicht um drei Ecken von den Zwillingen.«

Er atmete tief durch. »Ich hätte sie auch darum bitten sollen, es noch nicht zu verraten. Blöder Fehler.«

»Inken, Liv und Jewe wissen auch schon Bescheid?«

Er nickte nur und öffnete die Tür. Ich hielt sie fest und hinderte ihn so am Einsteigen.

Ich merkte, wie die Wut in mir aufstieg. »Du bist so ein Idiot, Hauke Cornelsen.«

Auf seiner Stirn erschien eine Falte, als er mich ebenfalls ungehalten anschaute. »Verrätst du mir auch, warum ausgerechnet ich der Idiot sein soll?«

»Weil du anscheinend jedem davon erzählst, ans andere Ende der Welt zu gehen, nur nicht dem Menschen, den es am meisten betrifft!«

Er lachte kurz auf, aber es war kein heiteres Lachen.

»Du hast mir neulich sehr deutlich gemacht, dass du alles andere als an einer Beziehung interessiert bist. Und ich bin nicht der Typ, der einfach mit einer Frau ins Bett steigt, ohne zu wissen, wie es danach weitergeht.«

»Und deshalb gehst du jetzt nach Kanada?«

Er atmete erneut tief durch und sah mich an, als müsste er einem kleinen Kind die Welt erklären und wäre dabei kurz vor der Verzweiflung.

»Das Angebot liegt schon lange auf dem Tisch, Anni. Schon seit dem letzten Jahr. Ich hab es immer verschoben, weil … weil … Es war einfach nicht die richtige Zeit.«

»Und das ist jetzt anders?«

Er nickte. »Das Museum steht, die Schutzzonen für die Schweinswale sind vom Ministerium genehmigt, es gibt hier für mich nichts wirklich Sinnvolles mehr zu tun.« Er hielt kurz inne, sah mich an und starrte dann einen Punkt hinter mir an, um mir nicht in die Augen schauen zu müssen.

»Ich brauche einfach ein bisschen Abstand. Von dir. Von uns.«

Ich war unfähig, darauf etwas zu erwidern. Er wartete auf eine Reaktion von mir. Als die nicht kam, nickte er mir knapp zu.

»Ich muss jetzt los. Grüß deine Mutter und die Zwillinge von mir.«

»Kommst du heute nicht zur Feier?«

Er lächelte wehmütig und schüttelte den Kopf.

»Das wäre wohl keine so gute Idee.«

Dann stieg er ein, und ich blieb wie angewurzelt auf dem Parkplatz stehen.

Er startete den Motor, wendete und fuhr einfach davon.

Ich war wütend auf Hauke. Nicht, weil er beschlossen hatte, Brodershöved zu verlassen. Ich war wütend darauf, dass er den Mut hatte, eine Entscheidung zu treffen, die ich nicht treffen konnte. Auch wenn es offensichtlich war, dass es ihm das Herz brach.

Meine gereizte Stimmung trug nicht gerade dazu bei, die ohnehin schon von Anspannung und Nervosität geprägte Feier im Sturmnest zu entspannen. Wenigstens hatte das Wetter gehalten und der Sturm, der angekündigt gewesen war, steckte irgendwo über den schwedischen Schären fest und bewegte sich nur langsam in Richtung Norddeutschland.

Die ersten Gäste kamen pünktlich um 14 Uhr und wurden von Livemusik empfangen. In den Outdoorküchen waren die Mitarbeiter der Event-Agentur damit beschäftigt, Berge an Steaks, Hamburgern und Fisch auf dem Grill zuzubereiten oder literweise Bier und Sekt und Cocktails unters Volk zu bringen. Die Stimmung war gelöst, und ich ging mit Sten Ohlsen an meiner Seite durch die Menschenmassen, die sich in unserem Garten verteilten, stellte ihm den Brodershöveder Dorfadel vor, lauschte seinem charmanten Small Talk, als er sich begeistert über unser kleines Küstenkaff äußerte und so die Herzen der weiblichen Dorfbewohner im Sturm eroberte.

Meine Mutter zeigte sich entzückt über den reibungslosen Ablauf der Feier, war mächtig stolz auf unser Sturmnest, auch wenn es uns nicht mehr gehörte, und tauschte mit jedem, der es hören wollte (oder auch nicht), Anekdoten über die hundertjährige Geschichte unseres Hotels aus.

Jewe und Liv hatten sich, wie wir alle, zur Feier des Tages in Schale geworfen. Ich war erstaunt, wie gut Jewe in seinem sandfarbenen Anzug aussah, der ihm tatsächlich etwas Weltmännisches verlieh. Natürlich hatte sich mittlerweile herumgesprochen, dass die Larsen-Schwestern mal wieder Nachwuchs erwarteten.

Ich traf Liv am Getränkestand, und während ich mit Prosecco vorliebnahm, nuckelte sie an einer Apfelschorle und machte einen etwas erschöpften Eindruck.

»Wenn mich heute nur noch einer danach fragt, wann es denn *so weit ist*, oder das Wort *Hochzeit* in den Mund nimmt, raste ich aus.«

Ich sah sie mitleidig an. »So schlimm?«

Sie verdrehte die Augen. »Du ahnst es nicht.«

Sie beobachtete Jewe mit einem Lächeln, das davon zeugte, wie sehr sie ihn liebte. »Keine Ahnung, wie Jewe das aushält.«

Er stand ein paar Meter von uns entfernt im Kreis einiger Gäste, hörte ihnen geduldig zu, lachte über die eine oder andere Bemerkung und schien völlig entspannt und die Ruhe selbst zu sein.

»Alle beglückwünschen ihn dazu, was er doch für einen tollen Fang gemacht hat. Und dass es ja so ein Glück für ihn gewesen ist, dass ich zurückgekommen bin.«

Ich sah sie mitleidig von der Seite an. »Sensibel geht anders, oder?«

Sie seufzte auf. »Ihn scheint das alles nicht zu stören. Das perlt an ihm ab wie an Teflon.«

Ich dachte einen Moment nach. »Jewe hat es nie leicht gehabt in Brodershöved. Der hat sich ein dickes Fell zugelegt.«

Ich legte ihr den Arm um die Schultern und drückte sie fest an mich. »Und wenn man wie er ein halbes Leben lang auf seine

Traumfrau gewartet hat, macht einem das dumme Gelaber seiner Mitmenschen wohl auch nichts mehr aus.«

Ich drückte ihr einen Schmatz auf die Wange und lächelte sie an. »Ich bin wirklich sehr glücklich für dich. Und für Jewe. Und für euren Jewe junior.«

Sie lächelte fast schüchtern zurück. »Ich bin auch glücklich. Sehr, sehr glücklich.«

»Mama!«

Ich drehte mich um und sah Clara auf mich zustürmen. Sie hatte Sten Ohlsen im Schlepptau.

»Da bist du ja. Wir haben dich schon die ganze Zeit gesucht.«

Sie sah mich etwas empört an, was ich etwas unpassend fand. Schließlich sollte ich ja hauptsächlich für unsere Gäste da sein.

»Das scheint ein echter Notfall zu sein. Ist was passiert?«

Clara schüttelte den Kopf. »Nee. Aber die Regatta geht gleich los und weil das Wetter sich gehalten hat, dachte ich, ich könnte doch noch mit der *Bandit* raus.«

Sie sah zu Sten. »Sten will auch unbedingt mit? Stimmt doch, oder?«

Er sah nicht gerade danach aus, als wäre er scharf darauf, bei dem Wellengang in eine Nussschale von Boot zu steigen, um damit über die Ostsee zu segeln.

»Ja, aber nur, wenn deine Mutter es erlaubt. Ich denke mal, sie kennt sich besser damit aus.«

Ich schenkte Sten einen bösen Blick, den er mit einem Schulterzucken und einem Grinsen quittierte. Er hatte den Schwarzen Peter einfach mir zugeschoben.

»Ich weiß nicht, Clara.« Ich blickte in den Himmel, an dem die Wolken schnell hinwegzogen. »Es ist noch immer ziemlich windig. Und draußen in der Bucht wird es bestimmt noch schlimmer sein.«

Ich sah zu Liv und flehte stumm um ihren Beistand. Sie verstand den Wink mit dem Zaunpfahl zum Glück sofort.

»Ich würde auch lieber hierbleiben. Ist viel zu ungemütlich da draußen mit dem kleinen Boot.«

Claras Miene verfinsterte sich. »Ihr seid solche Angsthasen.«

»Das hat damit gar nichts zu tun, Clara«, erwiderte ich ernst. »Es ist nur wesentlich vernünftiger, kein Risiko einzugehen, das man nicht abschätzen kann.«

So ganz überzeugt war meine Tochter noch nicht und schmollte weiter. »Wie will man denn was erleben, wenn man kein Risiko eingeht?«

Sie sah missgelaunt zu Sten. »Dann fahr ich eben bei Inken mit. Kommst du auch?«

Sten schüttelte den Kopf. »Ich bleibe lieber hier. Ist besser für meinen Magen.«

Clara schnaubte kurz und gab einen grummelnden Kommentar von sich, der verdächtig nach »öde Erwachsene« klang, und stapfte dann mit steifen Schritten davon.

Ich sah ihr einen Moment mitleidig hinterher, bis ich merkte, wie Sten und Liv mich aufmerksam musterten.

»Was ist?«, fragte ich verwundert.

Sie tauschten einen Blick und zuckten dann mit den Schultern.

»Ach, nichts.«

»Es ist nur …« Sten sah zu Liv. »… also, was du gerade zur Risikominimierung gesagt hast …«

»Was ist damit?«

»Gar nichts. Es passt nur zu dir.« Liv klopfte mir aufmunternd auf die Schulter und ging wieder zurück zu Jewe, um ihm beizustehen, wie sie versicherte. Ich blickte ihr stirnrunzelnd hinterher.

Am frühen Abend lichteten sich die Reihen auf der Feier, da etliche Gäste auf den Booten die Regatta erleben wollten und sich auf den Weg zur Seebrücke machten. Wir würden sie vom Sturmnest aus, hoch oben auf den Klippen, gut beobachten können, wenn sie ihre Runde an der Küste entlang bis zum Leuchtturm und wieder zurück durch die Bucht machten.

Hauke war tatsächlich nicht aufgetaucht, und ich wusste nicht, ob ich mich darüber ärgern oder es einfach als gegeben hinnehmen sollte. Was mich etwas irritierte, war, dass mich niemand darauf ansprach, wo denn der nette junge Meeresbiologe abgeblieben sei, mit dem ich wochenlang das Walmuseum geplant hatte. Alle schienen wohl zu ahnen, dass es ein heikles Thema war.

Ich sah meine Mutter am Ende des Gartens erschöpft an einem der Tische sitzen. Mit Sten an ihrer Seite.

»Du siehst sehr glücklich aus.« Ich gab ihr einen Kuss auf die Schläfe und setzte mich zu den beiden. »Ziemlich geschafft, aber glücklich.«

Ich blickte Sten vielsagend an, der breit grinste.

Meine Mutter stieß ein seliges Stöhnen aus.

»Was bin ich froh, dass alles so gut klappt. Die letzte Woche hab ich Albträume gehabt, was alles schiefgehen könnte. Ich bin mitten in der Nacht aufgewacht und hab doch tatsächlich nach dem Kuchen gesehen, den ich gebacken habe. Ich habe geträumt, die Mäuse haben ihn gefressen.«

Sie schüttelte den Kopf, und Sten und ich tauschten einen kurzen, amüsierten Blick.

»Soweit ich weiß, ist das Sturmnest mäusefrei, Mama.«

Sie winkte ab. »Ja, ja, ich weiß. Was man halt so dummes Zeug träumt.«

»Sie haben das alles wirklich ganz wunderbar organisiert, Frau Larsen. Ich kann Ihnen gar nicht genug danken.«

Sten lächelte sie charmant an und sie strahlte vor Glück.

»Ach was, Sie müssen mir nicht dankbar sein. Das habe ich sehr gerne getan.« Mit einem verschmitzten Lächeln fügte sie hinzu: »Und die Rechnungen bezahlen ja schließlich Sie.«

»Mama!« Sie sollte es wirklich nicht übertreiben.

»Was denn, mein Kind?!« Sie sah wieder zu Sten und tätschelte ihm den Arm, den er lässig über die Lehne des Rattansessels gelegt hatte. »Wissen Sie, mein Lieber, ohne Ihr Geld wäre die Hundertjahrfeier wohl ein paar Nummern kleiner ausgefallen.«

»Dann freut es mich, dass ich behilflich sein konnte.«

Er schaute in den Himmel.

»Besonders freue ich mich aufs Feuerwerk. Das muss ja ein Riesending werden.« Er zwinkerte meiner Mutter zu. »Wenn ich an die Rechnung dafür denke.«

Ich hoffte inständig, dass meine Mutter es mit ihrer Planung nicht übertrieben hatte. Das Feuerwerk sollte tatsächlich der Höhepunkt des ersten Festtages werden, wenn die Boote wieder an der Seebrücke lagen, die Gäste bei ausgelassenem Tanz und Livemusik den Abend ausklingen ließen und wir die offizielle Feier für den heutigen Tag damit beendeten. Morgen sollte es dann mit dem Shantychor und den Trachtengruppen weitergehen. Und dem Fischerverein.

»Das wird ganz wunderbar, glauben Sie mir. Ich hab mir extra alle Videos von den Aufzeichnungen der bisherigen Feuerwerke der Firma angeschaut. Man muss ja einen Vergleich haben.«

Sie sah mich vielsagend an. »Die haben Eins-a-Referenzen.«

»Das glaube ich. Aber am besten sprichst du nicht mit Clara und Jule darüber. Die halten das nämlich für pure Geldverschwendung und Umweltverschmutzung.«

Was tatsächlich stimmte und schon zu einigen Diskussionen am Frühstückstisch geführt hatte. Doch meine Mutter ließ sich nicht beirren.

»Einmal in hundert Jahren darf man das.«

Das war ihr Standardargument, dem man kaum widersprechen konnte.

Ich schaute auf die Uhr. »Wir sollten uns langsam mal auf den Weg zum Aussichtspunkt machen. Die Boote müssten bald vorbeikommen.«

Sten nickte und stand auf. »Gute Idee. Ich besorge uns noch was zu trinken.«

Was eine sehr gute Idee war. »Wir warten hier auf dich. Oder brauchst du Hilfe?«

Er schüttelte den Kopf und war auch schon weg. Meine Mutter sah ihm nachdenklich hinterher.

»Wir haben wirklich Glück gehabt, mein Kind. Sten Ohlsen ist ein wahres Geschenk für uns und für das Sturmnest.« Ich ahnte, auf was meine Mutter hinauswollte. »So ein netter Mensch. So großzügig und charmant. Und reich ist er auch noch.«

»Denk nicht im Traum daran, Mama.«

»Ich hab doch gar nichts gesagt.«

»Das musst du auch nicht. Ich kenne deinen Blick. Und was Sten angeht«, ich sah, wie er zum Getränkestand schlenderte, »er ist ein wirklich guter Freund geworden. Und das wird auch so bleiben.«

Sie atmete tief durch.

»Dann ist es also was Ernstes mit dir und Hauke.«

Ich blickte verwirrt auf.

Sie verzog nur spöttisch die Lippen. »Denkst du, ich habe das nicht bemerkt? Ich kenne dich seit fünfunddreißig Jahren, mein Kind, und ich habe dich selten so entspannt und gelöst erlebt wie in den letzten Wochen, als du sehr viel Zeit mit einem ganz bestimmten Mann verbracht hast.«

Ich starrte sie nur verblüfft an.

»Jetzt schau bitte nicht so entsetzt drein, Anni. Du weißt, wie sehr ich Hauke mag.« Sie runzelte einen Moment die Stirn. »Auch wenn ich mich erst daran gewöhnen muss, dass du dich ernsthaft mit so einem jungen Mann abgibst.«

»Mama …«

Ich wusste nicht, was ich sagen sollte und merkte, wie ich rot wurde.

Meine Mutter schenkte mir ein ähnlich aufmunterndes Lächeln und das Tätscheln ihrer Hand auf meinem Arm, wie sie es kurz zuvor bei Sten gemacht hatte.

»Ach, weißt du …«

Ich konnte nicht mehr herausfinden, was sie meinte, denn in diesem Moment hörten wir, wie die Sirene im Dorf losheulte und Alarm verkündete.

»O nein!« Meine Mutter verzog verärgert das Gesicht. »Nicht ausgerechnet heute.«

Die Alarmsirene war hier oben an der Küste die sicherste Methode, um die Mitglieder der Freiwilligen Feuerwehr zu alarmieren, falls es in der Gegend brannte, ein Unfall oder ein sonstiges Unglück passiert war.

»Ich hoffe, es ist nichts Schlimmes.«

Ich sah meine Mutter mahnend an. Sie winkte ab.

»Ja, ja, du hast ja recht.« Sie stand auf. »Lass uns mal hören, was los ist.«

Als wir am Getränkestand ankamen, machten sich schon die Ersten, die Mitglied der Feuerwehr waren, auf den Weg. Ich blickte auf zu Sten.

»Weißt du, was los ist?« Mein Herz setzte für eine Sekunde aus, weil mich unvermittelt ein irrwitziges Gefühl der Angst überkam. »Ist etwas bei der Regatta passiert? Und wo steckt eigentlich Clara?«

Sten legte mir beruhigend die Hand auf den Arm. »Es ist alles in Ordnung. Du musst dir keine Sorgen machen.«

Meine Mutter schnaubte auf. »Na, umsonst haben sie den Alarm bestimmt nicht ausgelöst.«

»Unten am Strand ist wohl ein Wal gestrandet.«

Ich sah ihn verdattert an. »Ein Schweinswal?«

Er schüttelte den Kopf. »Ein richtig großer Wal. Und jetzt kommt er nicht mehr raus aufs offene Meer.«

Er sah tatsächlich erschüttert aus und in dem Moment wusste ich aus irgendeinem nicht nachvollziehbaren Grund, dass es unser Wal sein musste. Der junge Buckelwal, den Hauke und ich vor Monaten vor der Steilküste von Brodershöved gesehen hatten und der nun in eine tödliche Falle geraten war.

Kapitel 17

Ich erkannte Haukes hochgewachsene, schlanke Gestalt sofort
zwischen all den anderen unten am schmalen Kiesstrand, als wir
beim Aussichtspunkt ankamen, von dem man einen guten Blick
über die Bucht hatte. Hauke stand knapp hundert Meter unter
uns, bis zur Brust im flach abfallenden Wasser und dirigierte
die anderen Männer und Frauen, die verzweifelt versuchten, das
riesige Tier wieder in tieferes Wasser zu schieben. Sie mussten
vorsichtig sein, denn das panische Tier schlug immer wieder
mit der Fluke aus dem Wasser, im verzweifelten Bemühen, endlich von diesem Strand fortzukommen.

»Oh, mein Gott.« Meine Mutter schlug die Hand vor den
Mund. »Das arme Tier.«

Wir starrten gebannt auf die Szenerie, hörten die verzweifelten Rufe der Männer und Frauen unter uns, die sich
Kommandos zuriefen, um gemeinsam das zentnerschwere Tier
aus dem seichten Wasser zu befreien.

Es musste der Buckelwal sein, den wir gesehen hatten, da
war ich mir sicher. Die Größe stimmte, und ich erkannte eine
Kerbe in der Fluke wieder, die mir damals schon aufgefallen
war.

Ich konnte Haukes Gesichtsausdruck von hier oben nicht erkennen, aber seine ganze Körperhaltung und seine Bewegungen zeugten davon, wie verzweifelt er um die Rettung des Tieres kämpfte.

»Okay.« Ich zog kurzerhand meine eleganten, elfenbeinfarbenen Sandalen mit fünf Zentimetern hohen Keilabsätzen aus, die sehr gut zu dem leichten Sommerkostüm passten, das ich zur Feier des Tages angezogen hatte, aber denkbar ungeeignet für einen Spaziergang waren, und wollte hinunter an den Strand.

»Ich geh mal schauen, ob sie noch Hilfe brauchen.«

Ich hörte noch, wie Sten meine Mutter fragte, ob sie auch alleine klarkam, dann folgte er mir den steilen, schmalen Abhang hinunter, den man eigentlich nicht betreten durfte, der aber der kürzeste Weg zum Ufer war. Als er meinen erstaunten Blick sah, zuckte er nur mit den Schultern, versuchte, das Gleichgewicht zu halten, um nicht abzustürzen, und erklärte lapidar: »Ich bin viel stärker, als ich aussehe.«

Ich musste unwillkürlich lächeln. Sten hatte tatsächlich das Talent, selbst in den unmöglichsten Situationen nie seine Selbstironie und seinen Optimismus zu verlieren. In seiner Gegenwart konnte man das Leben leicht nehmen.

Wir kamen im Laufschritt zu der Stelle, an der die anderen schon im Wasser waren und nun versuchten, einige Feuerwehrschläuche unter den Rumpf des Tieres zu bekommen, damit sie ihn leichter ins tiefere Wasser ziehen konnten. Sten hatte das Jackett seines taubengrauen Anzugs, der aussah, als hätte er ein Vermögen gekostet, ausgezogen und achtlos auf den Kies geworfen. Nun löste er seine Krawatte und krempelte die Hemdsärmel hoch.

Ich versuchte, Haukes Aufmerksamkeit zu erregen, und hob den Arm.

»Hauke!«

Er blickte sich irritiert um, bis er mich erkannte. Ich lächelte ihn an.

»Wie können wir helfen?«

Er zögerte kurz, dann gab er das eine Ende des Schlauchs an den Mann, der neben ihm im Wasser stand, und kam atemlos zu uns an den Strand.

»Er muss heute Nachmittag mit der Strömung in die Bucht geschwommen sein und ist dann auf den feinen Kieseln gestrandet. Er steckt fest. Wir kriegen ihn nicht frei.« Er raufte sich die nassen Haare. »Verdammt! Warum musste er auch hierher zurückkommen?«

»Es ist der, den wir gesehen haben, stimmt's?«, wollte ich wissen.

Hauke nickte. Dann fiel ihm auf, dass Sten Ohlsen neben mir stand.

»Was machen Sie denn hier?« Er klang nicht gerade erfreut.

Sten hatte ebenfalls seine Schuhe und die Strümpfe ausgezogen und war dabei, die Hosenbeine hochzukrempeln.

»Ich will helfen. Sie müssen mir nur sagen, was ich machen soll.«

Hauke sah ihn einen Moment misstrauisch an, dann nickte er.

»Okay.« Er deutete auf die Gruppe der Helfer, die mit den Schläuchen beschäftigt waren. »Wir versuchen, die Schläuche unter den Wal zu bekommen. Dann können wir mehr Kraft ansetzen, um ihn aus dem Kies zu ziehen. Aber der arme Kerl hat eine solche Panik, dass wir aufpassen müssen, von seinem Gewicht nicht erdrückt zu werden.« Er sah uns vielsagend an. »Nur zu eurer Information. Der Wal wiegt schätzungsweise vier Tonnen.«

Sten stieß einen anerkennenden Pfiff aus. »Ein Leichtgewicht ist er ja nicht gerade.«

Dann watete er, als wäre es die natürlichste Sache der Welt, in seinen teuren Klamotten in die Fluten, nahm Haukes Platz an der Seite des Mannes ein und griff wild entschlossen nach dem Ende des Schlauchs. Ich blickte ihm besorgt hinterher und hoffte, dass Sten auch wusste, was er tat. Haukes Stimme riss mich aus meinen Gedanken.

»Müsste er nicht oben bei eurer Feier sein?«

Ich schenkte ihm ein schiefes Lächeln. »Ich fürchte, dein Wal hat mal kurz das Programm durcheinandergebracht.«

Hauke nickte und ich bemerkte den Hauch eines schlechten Gewissens auf seinem Gesicht.

»Ich war's, der den Alarm ausgelöst hat. Tut mir leid, dass ich damit das Jubiläum ruiniere.«

»Das muss dir nicht leidtun. Wir können den Wal doch nicht einfach hier sterben lassen.«

Er blickte besorgt auf das Tier und schüttelte verzweifelt den Kopf.

»Viel ausrichten kann die Feuerwehr nicht. Mit den schweren Lastwagen kommen sie nicht runter an den Strand. Und die größeren Boote, mit denen wir ihn ins tiefere Wasser schleppen könnten, kommen auch nicht nahe genug an ihn heran, ohne auf Grund zu laufen.«

Er atmete tief durch und die Verzweiflung, völlig hilflos dem Leiden des Wals gegenüberzustehen, war ihm deutlich anzumerken.

»Ich habe keine Ahnung, ob wir es schaffen, Anni, dazu bräuchte es wohl ein Wunder.«

Ich widerstand nur sehr mühsam dem Impuls, seine Hand zu nehmen, um ihn und mich zu trösten.

»Dann werden …«

Der laute, anhaltende Ton eines Signalhorns drang vom Wasser her zu uns und unterbrach mich. Wir blickten über die Bucht. Ich erkannte ganz deutlich Jewes *Windsbraut*, und in einigem Abstand auch Inkens *Seenixe,* die sich von den anderen Booten der Regatta abgesetzt hatten und auf unseren Strandabschnitt zusteuerten.

»Warum machen die denn so einen Aufstand?«

Hauke sah mich fragend an, als ob ich die Antwort wüsste.

»Jewe weiß doch, dass er mit seiner *Windsbraut* nicht viel näher kommen kann.« Er schüttelte verständnislos den Kopf.

Wir beobachteten, wie die beiden Schiffe nun anfingen, gegenläufig zu kreuzen. Ihre Manöver schienen nicht viel Sinn zu ergeben.

»Sag mal, sind die betrunken? Was machen die denn da?«

Hauke schien tatsächlich verärgert zu sein.

Und dann sahen wir den Grund für Jewes und Inkens ungewöhnliches Verhalten, als der gekrümmte Rücken eines weiteren Buckelwals auftauchte und eine meterhohe Wasserfontäne in die Luft blies, während seine riesige Seitenflosse aus dem Wasser ragte.

»Oh, Mist …« Hauke wurde blass. »Bitte, lass das jetzt nicht wahr sein …«

Ich blickte fasziniert auf die massige Gestalt im Meer, die fast doppelt so groß sein musste wie das Jungtier, das bei uns gestrandet war.

»Es gibt *noch* einen Wal?!«

Hauke rieb sich mit der Hand verzweifelt übers Gesicht.

»Das ist mit Sicherheit das Muttertier. Ich hätte mir denken müssen, dass sie ihrem Kalb in die Ostsee gefolgt ist. Sie wird versuchen, es zu retten.«

»Aber das bedeutet doch, dass sie auch strandet.« Das war keine Frage, eher eine düstere Feststellung.

Hauke nickte. »Deshalb versuchen Jewe und Inken, sie abzudrängen.« Er atmete tief durch. »Ich hoffe, sie schaffen es lange genug.«

Er zückte sein Handy und sah mich dabei ernst an. »Sie müssen es irgendwie schaffen, bis wir das Kalb freihaben.«

Er musste Jewes Nummer angewählt haben, denn als Nächstes hörte ich, wie er dessen Namen ins Handy rief und ihm Anweisungen gab, wie sie am besten in der Bucht kreuzen sollten, um ein weiteres Unglück zu verhindern.

Der Wind hatte wieder aufgefrischt und schickte dunkle Regenwolken aus Nordost über das Meer und die Klippen, als wir Stunden später noch immer am Strand waren und mit dem Mut der Verzweiflung dagegen ankämpften, das Walkalb dem sicheren Tod zu überlassen.

Ich hatte mittlerweile erfahren, dass die größte Gefahr für das Tier darin bestand, in dem niedrigen Wasser von dem eigenen Gewicht erdrückt zu werden. Und das war nicht das einzige Problem. Die dicke Fettschicht, die es brauchte, um sich gegen die Kälte im Nordatlantik zu schützen, sorgte an Land dafür, dass sich der Körper des Wals überhitzte und es zum Kreislaufzusammenbruch kommen konnte. Zum Glück brachte der Wind nicht nur Regen, sondern trieb auch hohe Wellen vor sich her, sodass der massige Körper immer wieder überspült und dadurch gekühlt wurde.

Ich schätzte, dass mittlerweile ganz Brodershöved sich am Strand und auf den Klippen versammelt hatte, dem Wind und dem Regen trotzte. Es herrschte eine bedrückte, angespannte Stimmung. Einige Männer und Frauen der Feuerwehr hatten meterweise Kabel von einem Generator auf den Klippen hinunter an den Strand verlegt und große Scheinwerfer aufgebaut, um auch in der Nacht weiterarbeiten zu können.

In der Bucht hatten sich noch wesentlich kleinere Boote eingefunden, um dem Muttertier den Zugang zu versperren. Es war noch immer in Küstennähe und der Wind trug das Geräusch seines Blasens, wenn es an der Oberfläche auftauchte, um Atem zu schöpfen, zu uns an den Strand.

Die Nachricht von einem gestrandeten Wal an der schleswig-holsteinischen Ostseeküste hatte sich wie ein Lauffeuer herumgesprochen und für Aufregung gesorgt. Etliche Reporter und Fernsehteams waren noch am Abend angereist, um vor Ort die Aktion zur Rettung des Tiers für ihre Nachrichtensendungen festzuhalten.

Angesichts einer solchen Sensation war unser kleines Brodershöved plötzlich in aller Munde und die Reporter interviewten die Einheimischen, um in Erfahrung zu bringen, ob es zu ihren Lebzeiten schon einmal etwas Vergleichbares gegeben hatte. Doch selbst die ältesten Brodershöveder konnten sich nicht daran erinnern, jemals von einer Walstrandung gehört zu haben. Was nichts an der Tatsache änderte, dass nun ein Wal an unserem Strand um sein Leben kämpfte.

Ich hatte mit meiner Mutter dafür gesorgt, dass Getränke und kleine Snacks von unserem Jubiläumsbüfett hinunter an den Strand gebracht worden waren, um die zahlreichen Helfer mit dem Nötigsten zu versorgen. Und während wir Wasserflaschen und Sandwiches verteilten, sah ich Hauke im Kieselstrand sitzen. Er hatte die Ellbogen auf den Beinen abgestützt und verbarg seinen Kopf zwischen den Armen, schien völlig erschöpft zu sein.

»Hier.« Ich reichte ihm eine Wasserflasche. »Du musst etwas trinken.«

Er blickte auf und blinzelte ein paar Mal, wie um sicher zu sein, dass auch wirklich ich vor ihm stand.

»Anni …«

Ich setzte mich zu ihm. »Und? Wie sieht es aus? Schafft ihr es rechtzeitig?«

Ich war mir nicht sicher, ob ich die Antwort hören wollte.

Er starrte auf die Stelle im Wasser, an der das hilflose Tier lag. Das Schlagen der Fluke war mittlerweile seltener geworden. Von Minute zu Minute schien es weiter Kraft zu verlieren.

»Ich hatte gehofft, dass wir mit dem Wind und den Wellen eine bessere Chance haben, aber das Wasser scheint den Wal immer weiter an den Strand zu drücken. Und wir können nichts dagegen tun.«

Das waren bittere Neuigkeiten.

»Und wenn mehrere von den kleinen Booten ihn rausziehen?«

Er schüttelte den Kopf. »Keine Chance. Die haben einfach nicht genug PS.«

»Anni?! Anniiii?!«

Die Stimme meiner Mutter drang zu uns. Anscheinend suchte sie mich.

Ich stand auf und entdeckte sie in einer Gruppe von Männern, die im Licht der Scheinwerfer standen. Ich winkte ihr zu, und als sie mich endlich bemerkte, kam sie aufgeregt mit den Männern im Schlepptau zu mir.

»Anni, das musst du dir anhören. Herr Brinkhoff hat vielleicht die Lösung für unser Problem.«

Ich sah überrascht zu unserem Hauptsponsor, den ich fast ohne Anzug und Krawatte nicht erkannt hätte. Er trug eine

Bauarbeiterweste mit dem Logo seiner Firma darauf, und einen signalfarbenen, abgewetzten Helm. Die anderen Herren schienen wohl seine Mitarbeiter zu sein.

»Herr Brinkhoff?!«

Hauke war aufgesprungen, und Brinkhoff nickte uns knapp zu.

»Ich hab gehört, was los ist und dachte, ich könnte helfen. Mit einem Kran müsste man das arme Tier doch anheben können, oder nicht?«

Hauke nickte. »Wir haben es geschafft, zwei von den Wasserschläuchen unter den Rumpf zu ziehen, damit müsste es gehen.«

Mein Herz machte vor Freude einen Sprung. Das hörte sich doch endlich einmal hoffnungsvoll an. Brinkhoff schob seinen Bauarbeiterhelm in den Nacken und kratzte sich die Stirn.

»Jetzt kommt die schlechte Nachricht, mein Junge.« Er deutete hoch zu den Klippen. »Wir können mit dem schweren Gerät nicht bis an die Wasserkante. Wir könnten ihn damit zwar anheben, aber der Ausleger reicht nicht, um das Tier weiter ins Wasser zu heben.«

»Gibt es denn überhaupt keine Möglichkeit? Vielleicht vom Wasser aus?«

Ich sah ihn flehend an. Er schüttelte den Kopf. »Nicht mit unseren Geräten. Ich wünschte, es wäre anders, Frau Larsen, aber so haben wir keine Chance.«

Er blickte wieder konzentriert zu Hauke.

»Eine Möglichkeit gäbe es allerdings noch.«

Wir sahen überrascht auf.

»In Kiel liegt gerade die *Sposobny* im Hafen. Ein russischer Schwimmkran, der eigentlich für den Ausbau von Nordstream vorgesehen und grade nicht im Einsatz ist. Der kann auch in flachen Gewässern operieren und müsste es vom Tiefgang her in die Bucht schaffen.«

273

Zum ersten Mal sah ich so etwas wie Hoffnung in Haukes Augen aufblitzen.

»Würden die uns zu Hilfe kommen?«

Brinkhoff tauschte einen Blick mit seinen Mitarbeitern, der nichts Gutes versprach.

»Sicherlich. Aber umsonst werden sie es nicht machen. So ein Schiff kostet eine Menge Geld, und sie haben durch die Unterbrechung der Bauarbeiten an der Pipeline bereits eine Menge davon verloren.«

Hauke sah ihn ruhig an. »Sie haben schon viel für die Wale getan, Herr Brinkhoff, und ich bitte Sie auch nur ungern, aber könnten Sie …?«

Brinkhoff legte Hauke die Hand auf die Schulter. »Tut mir leid, junger Mann, das übersteigt selbst meine finanziellen Möglichkeiten. Etwas könnte ich spenden, aber das wird mit Sicherheit nicht reichen. Und soweit ich es verstanden habe, bräuchten wir die Hilfe schnell.«

Hauke rieb sich die Stirn und schien fieberhaft nach einer Möglichkeit zu suchen, wie man auf die Schnelle an Geld kommen konnte.

»Vielleicht hab ich da die Lösung.«

Hauke fuhr herum und sah mich erstaunt an.

»Ich glaube, ich weiß, wer uns helfen könnte.«

Auf Brinkhoffs Gesicht machte sich Erleichterung breit.

»Das wäre wirklich wunderbar, meine Liebe.« Er griff zu seinem Handy. »Ich versuche, die Russen ans Telefon zu bekommen.«

Kapitel 18

»Nur mal so eine Frage.« Liv beobachtete mit gerunzelter Stirn Sten, der neben Jewe im Führerhaus der *Windsbraut* stand, und schien das alles noch nicht wirklich glauben zu können. »Wie reich ist Ohlsen noch mal genau?«

Ich stand mit ihr am Bug des Schiffes und wir warteten darauf, dass der russische Schwimmkran am Horizont auftauchte. Es war früher Morgen und über der Ostsee begann es langsam zu dämmern. Der Regen hatte in der Nacht endlich aufgehört und der Wind nachgelassen, trotzdem war der Himmel noch immer wolkenverhangen.

»So genau kann ich dir das nicht sagen.« Ich lächelte Liv verhalten an.

»'ne grobe Schätzung würde mir reichen«, gab sie trocken zurück.

»Na ja, jedenfalls so reich, dass er mal eben hunderttausend lockermachen kann.«

Liv stieß den Atem aus. »Das ist eine Menge Geld.«

Ich nickte. »Sie wollten eigentlich das Doppelte. Aber Brinkhoff hat gut verhandelt und den Russen versprochen, dass die Presse sie als Retter der Meere feiern wird. Gute PR zieht wohl immer.«

»Ich hoffe nur, die Bergung klappt auch wirklich.« Sie nahm das Fernglas und suchte die Wasseroberfläche nach der Mutterkuh ab, die noch immer irgendwo hier herumschwamm und verzweifelt zu ihrem Kalb wollte.

Es war erstaunlich schnell gegangen, die russischen Seeleute zu kontaktieren und sie von unserem Vorhaben zu überzeugen. Sie mussten das Geld wohl dringend brauchen. Eine halbe Stunde später hatten sie in Kiel abgelegt und sich auf den Weg zu uns gemacht.

Sten hatte nicht eine Sekunde gezögert, als ich ihn bat, die Kosten für das Bergungsschiff zu übernehmen. Und während Brinkhoff mit den Russen verhandelte, hatte Sten mitten in der Nacht seinen Bankberater ans Telefon geholt. Soweit ich das verstanden hatte, war er Kunde einer sehr noblen Privatbank, von der ich noch nie gehört hatte, und die für ihre Kunden rund um die Uhr erreichbar war. Was die Vermutung nahelegte, dass Sten wohl ziemlich reich sein musste. Sie hatten noch in der Nacht das Geld auf das Konto der russischen Firma überwiesen.

Hauke war mit den anderen Helfern am Strand geblieben und wollte vor Ort die Koordination der Rettungsaktion übernehmen. Der Plan war es, mit dem Schiff so nah an den Strand zu kommen, wie es möglich war, um dann mit dem Ausleger des Krans das Tier anzuheben und es vom Strand wegzuziehen und, wenn es möglich war, am besten gleich ganz aus der Bucht zu bekommen. Die Gefahr, dass das Tier erneut strandete und dann vielleicht auch noch das Muttertier folgen würde, wäre ansonsten einfach zu groß gewesen.

Jule, die unbedingt mit an Bord der *Windsbraut* gewollt hatte, während ihre Schwester bei Inken war, trat zu uns. Sie sah schrecklich müde aus, war aber völlig aufgedreht.

»Jewe meint, sie müssten gleich da sein. Er hat über Funk mit ihnen gesprochen. Er findet, sie sprechen ein schreckliches Englisch.«

Ich nahm sie in den Arm und drückte sie fest an mich. Ihr schmaler Körper zitterte vor Kälte in ihrer dünnen Jacke.

»Ich möchte, dass du bei Liv und Sten im Führerhaus bleibst, ja?!«

»Ich will aber mit auf das Kranschiff.« Ihr Protest klang sehr müde.

»Bitte, Jule. Das ist kein Ausflugsboot und viel zu gefährlich für dich.«

Sie zog die Stirn kraus und schien alles andere als überzeugt.

»Ich muss doch mithelfen, den Wal zu retten!«

Liv legte ihr tröstend die Hand auf die Schulter. »Du hilfst uns, wenn du auf der *Windsbraut* bleibst und auf Bootsmann aufpasst.«

Jewes Hund war natürlich auch an Bord, und wie nicht anders zu erwarten, schien er hocherfreut über die ganze Aufregung zu sein, die um ihn herum passierte. Bootsmann war nicht nur wegen seiner außergewöhnlichen, zweifarbigen Augen etwas Besonderes. Dieser Hund hatte einen ausgeprägten Abenteuergeist.

Clara schien endlich überzeugt. Vielleicht war sie auch einfach nur ganz schrecklich müde. »Okay.«

Ich warf meiner kleinen Schwester einen dankbaren Blick zu. Sie würde die *Windsbraut* steuern, während Jewe an Bord der *Sposobny* ging, um den Kapitän des Schiffes durch die Untiefen der Bucht zu lotsen. Es gab wirklich niemanden sonst, der sich so gut in den Gewässern unserer Küste auskannte.

Dann sahen wir endlich das Kranschiff, das mit voller Kraft im großen Bogen aus Nordwest auf die Bucht von Brodershöved zuhielt.

»Das sind sie.« Sten war zu uns gekommen und deutete aufs Meer. »Die haben ganz schön Tempo drauf, alle Achtung.«

In seiner Stimme klang Bewunderung. Und eine kindliche Freude, ein solches Meisterwerk der Technik aus der Nähe bewundern zu können. Manchmal fragte ich mich, ob diese Technikbegeisterung bei Männern genetisch bedingt war.

Neben der *Sposobny*, was übrigens so viel wie *Der Fähige* hieß, wie mich Sten wissen ließ, nahm sich Jewes *Windsbraut* wie ein Spielzeugboot aus, als sie längsseits beidrehte, um Jewe über eine Seitenluke und Fallreep an Bord zu nehmen. Ich sollte ihn begleiten und über Handy Kontakt zu Hauke halten. Erstaunt blickte ich auf, als auch Sten neben mir zum Fallreep griff. Ich brauchte erst gar nichts zu sagen. Er machte einen sehr entschlossenen Eindruck.

»So ein Wunderwerk der Technik lass ich mir garantiert nicht durch die Lappen gehen. Das will ich mir schon genauer anschauen.«

Man konnte ihm nicht wirklich widersprechen. Immerhin hatte er gerade ein kleines Vermögen ausgegeben, um das Kranschiff zu chartern.

Die Besatzung des russischen Schwimmkrans bestand gerade mal aus einem guten Dutzend Männern und Frauen. Sie schienen ihren Job nicht gerade seit gestern zu machen, wie Jewe anerkennend feststellte. Er verstand zwar nur die Hälfte von dem, was Kapitän Beschenkow ihm auf Englisch mitteilte, beide manövrierten das riesige Gefährt allerdings mit traumwandlerischer Sicherheit durch die Untiefen der Bucht, bis fast nur noch einen Katzensprung vom Strand entfernt die Maschinen stoppten und die Spezialisten an den hydraulischen Kränen ihre Arbeit begannen und den Ausleger einsatzbereit machten.

Ein kleines Schlauchboot wurde zu Wasser gelassen, und ich bestand darauf, mit an Bord zu gehen, um in der Nähe von Hauke und dem Wal zu bleiben.

Hauke hatte mittlerweile Verstärkung aus seinem Team an der Kieler Uni bekommen, und drei weitere Kollegen des meeresbiologischen Instituts hatten sich mit allerlei technischem Equipment noch in der Nacht auf den Weg nach Brodershöved gemacht. Ihr Ziel war es, den jungen Buckelwal mit einem Peilsender auszustatten, um dessen Bewegung in der Ostsee in Realzeit verfolgen zu können. Daraus sprach nicht nur wissenschaftliches Interesse über die Wanderbewegungen der Wale. Sie erhofften sich auch eine Art Frühwarnsystem, um weitere Strandungen des Tiers zu vermeiden. Immerhin war klar, dass man den Buckelwal nicht bis raus in die Nordsee schleppen konnte. Voraussetzung für all das war allerdings, dass uns die Rettung in den nächsten Stunden auch wirklich gelang.

Ich erkannte Hauke erst auf den zweiten Blick, als wir mit dem Zodiac nah an den Strandabschnitt ankamen, an dem der Wal noch immer feststeckte. Hauke hatte seinen Neoprenanzug angezogen, den er normalerweise für Tauchgänge benutzte. Obwohl es Sommer und die Ostsee angenehme zwanzig Grad warm war, hatte er fast die ganze Nacht im Wasser zugebracht und drohte auszukühlen. Als er mich an Bord des Schlauchbootes erkannte, schwamm er zu mir und klammerte sich an den Leinen der Bordwand fest.

»Wir haben den Wal mit einem Minisender ausgestattet. Wenn die Russen so weit sind, können wir loslegen.«

Über den Lärm des Außenbordmotors hinweg rief ich ihm zu, dass sie sich bereit machen sollten, und im nächsten Augenblick lief die Rettungsaktion an.

Das Tier war zu erschöpft, um sich noch groß zu wehren, als der Kranausleger es mithilfe der Feuerwehrschläuche, die noch immer unter ihm lagen, langsam und behutsam anhob. Es war zu gefährlich für den Wal, ihn daran ins tiefe Wasser zu ziehen, daher hatten Hauke und seine Kollegen ein riesiges, mindestens zwanzig Quadratmeter großes Netz aus dicken Hanftauen, das wie eine riesige Hängematte aussah, vorbereitet, das sie nun mit vereinten Kräften unter dem Tier positionierten. Als alles an seiner Stelle war, wurden die Aufhänger der Matte an den Kranausleger gehängt und das Netz, in dem der Wal nun wie in einer riesigen Schaukel hing, vorsichtig angehoben. Als der Wal endlich wieder Wasser unter seinem Bauch hatte, brandete Applaus bei den zahlreichen Schaulustigen und Helfern am Strand auf und Erleichterung und Freude über das gelungene Manöver machten sich breit. Doch die Gefahr war noch nicht vorüber. Jetzt begann der schwierige Teil der Rettungsaktion.

Langsam begann die *Sposobny* das Netz mit dem Wal weg vom Strand und aus der Bucht von Brodershöved zu ziehen. Sie bewegte sich im Schritttempo, was ich angesichts der Größe dieses Schiffes ziemlich beeindruckend fand. Hauke und seine Kollegen blieben während der ganzen Zeit im Wasser, klammerten sich an dem Netz fest und stellten sicher, dass sich der massige Körper des Wals nicht durch hektische Bewegungen im Netz verschob. Außerdem wollten sie dafür sorgen, dass sich der Wal, so er denn erst mal in sicheren Gewässern war, nicht im Netz verfing, wenn sie die Haken am Kran lösten, um ihn in die Freiheit zu entlassen.

Das Schlauchboot, in dem auch ich mich befand, begleitete wiederum Hauke und seine Kollegen und hielt Kontakt zur Brücke des Schiffs.

Die ganze Aktion dauerte nicht länger als eine halbe Stunde, doch es kam mir vor wie eine Ewigkeit. Je weiter wir hinaus in die Bucht kamen, umso mehr schien sich das Tier zu erholen.

Die Fluke begann sich wieder zu bewegen, erst verhalten, dann immer heftiger, und das Netz mit dem Tier fing an zu pendeln. Es wurde höchste Zeit, dass wir es freiließen.

Schließlich stoppte die Maschine und ich sah auf zur Küstenlinie von Brodershöved. Die Klippen und der Strand waren nur noch eine dünne Linie am Horizont und selbst der Leuchtturm war im Morgendunst kaum noch zu erkennen.

Hauke gab dem Bootsführer des Zodiacs, in dem ich saß, ein Zeichen, sich möglichst weit weg von dem Buckelwal zu positionieren und darauf zu warten, bis sie das Netz unter dem Tier gelöst hatten und es sich wieder frei bewegen konnte. Wir würden sie dann ins Boot aufnehmen und zurück zur Küste bringen, wie es abgesprochen war.

Selbst aus der Entfernung hörte ich, wie die Hydraulik des Auslegers zu arbeiten begann und das Netz mit dem Buckelwal sich weiter ins Meer senkte, bis sein mächtiger Körper fast ganz mit Wasser bedeckt war. Dann gab es ein Klicken und der Haken, der das Netz am Kran befestigt hatte, wurde gelöst und platschte ins Wasser. Ich sah Hauke und seine Mitstreiter, wie sie um das Tier herumschwammen und die Enden des Netzes sicherten, damit der Wal sich nicht darin verfangen konnte. Bis dahin hatte alles so bemerkenswert gut geklappt, dass einem fast unheimlich wurde. Der Wal war ruhig geblieben, so als hätte er gespürt, dass die Menschen um ihn herum nichts Böses mit ihm vorhatten und seine Rettung waren. Ich sah, wie Hauke sich im Wasser zu uns umdrehte. Selbst aus der Entfernung konnte man die Erleichterung in seinem Gesicht erkennen. Mit beiden Armen signalisierte er per OK-Zeichen, dass alles in Ordnung war. Obwohl ich kein Wort Russisch verstand, interpretierte ich den Jubel der Männer an Bord des Zodiacs als große Begeisterung über die geglückte Rettungsaktion und lächelte ihnen zu, als sie mir anerkennend auf die Schulter klopften, obwohl ich gar nichts getan hatte.

Im nächsten Augenblick brach das Chaos aus.

Ich hörte einen der Männer laut rufen, und als ich mich wieder umdrehte, sah ich, wie ein weiterer mächtiger Walkörper aus dem Wasser auftauchte und eine riesige Wasser- und Luftfontäne in den Himmel blies. Es war das Muttertier, das nur darauf gewartet zu haben schien, mit seinem Kalb wieder vereint zu werden. Es hätte ein berührender, freudiger Moment sein können, wenn sie nicht beschlossen hätte, mitten in der Gruppe der Schwimmer aufzutauchen, die sich noch immer im Wasser befanden.

Ich weiß nicht, ob Wale über die Fähigkeit verfügen, Freude und Erleichterung zu empfinden. Als ich jedoch sah, wie sich der riesige Körper aus dem Wasser hob, sich drehte und mit der großen Brustflosse in den Himmel winkte, um dann mit großem Getöse wieder auf der Wasseroberfläche aufzuschlagen und das Meer aufzuwühlen, hätte ich schwören können, dass es aus purer Freude geschah. Hauke und die anderen Männer im Wasser befanden sich in höchster Gefahr, und noch bevor ich etwas sagen konnte, heulte auch schon der Motor des Zodiacs auf und unser Bootsführer machte sich, ohne zu zögern, auf den Weg, um die Männer aus der Gefahrenzone zu bringen. Alles musste sehr schnell gehen, bevor der Wal wiederauftauchen und springen konnte und damit auch unser Boot in Gefahr brachte. Haukes Kollegen waren erfahren genug, um dies zu wissen und kletterten erst gar nicht an Bord, sondern klammerten sich einfach an den Seilen des Schlauchbootes fest und ließen sich neben dem Boot herziehen. Wir hatten fast alle gesichert. Nur Hauke fehlte noch.

Er war etwas abgetrieben worden und trat vielleicht zehn Meter von uns entfernt Wasser. Wir wollten gerade auf ihn zusteuern, als erneut der Rücken des Wals aus dem Wasser auftauchte, sich in die Luft hob und seine halbe Drehung vollzog.

Als die Seitenflosse auf die Wasseroberfläche traf, war Hauke genau darunter.

Ich schrie auf und suchte an der aufgewühlten Wasseroberfläche nach einem Lebenszeichen von ihm, als der Wal wieder abtauchte. Plötzlich sah ich seine reglose Gestalt, die bäuchlings auf dem Wasser trieb, und ohne groß zu überlegen sprang ich ins Wasser.

Ich war schon immer eine gute Schwimmerin gewesen und die Angst um den Menschen, der mein Leben so gründlich auf den Kopf gestellt hatte, dass nichts mehr so sein würde wie vorher, ließ mich in wenigen Kraulzügen bei ihm sein. Ich drehte ihn herum, hob seinen Kopf aus dem Wasser. Er war benommen, aber nicht bewusstlos und begann zu husten. Ich hielt ihn fest im Rettungsgriff und wartete darauf, dass die anderen sich mit dem Boot näherten.

»Alles gut, Hauke, ich bin da … wir sind gleich in Sicherheit.«

Kräftige Arme zogen ihn Augenblicke später an Bord des Zodiacs und als ich nach einem der Seile griff, um mich ebenfalls an Bord zu hieven, hörte ich, wie die Männer etwas auf Russisch riefen, was ich zwar nicht verstand, was aber eindeutig nach einer Warnung für mich klang. Ich ließ das Seil los, drehte mich im Wasser um und erkannte unter der Oberfläche einen riesigen schwarzen Schatten, der sich mir langsam näherte, und ich hielt den Atem an. Ich erwartete im nächsten Augenblick, dass sich dieser Schatten aus dem Wasser erheben und mich mit voller Wucht treffen würde, doch nichts geschah. Ich blickte mich irritiert um, und was ich sah, ließ meinen Herzschlag für einen Moment aussetzen. Alles um mich herum schien einzufrieren, stillzustehen, und es gab nur mich und dieses Geschöpf neben mir im Wasser.

Mir kam in den Sinn, was ich vor langer Zeit irgendwann im Physikunterricht gelernt und nie wirklich verstanden hatte.

Wenn man den Lehren der Quantenphysik Glauben schenkt, dann gibt es nichts in diesem Universum, was uns voneinander trennt. Wir sind alle Teil einer unendlich großen, mit aller Macht ausgestatteten Ursuppe, deren Teile einem permanenten Wandel unterworfen sind: für einen Augenblick im Ganzen, im Nächsten eine Form annehmend, um kurz darauf wieder im großen Alleinsein aufzugehen. Wie die Wellen des Meeres, die sich kurz erheben, dem Horizont entgegenstreben, um sich dann wieder mit den anderen Wellen zu einem riesigen Ozean zu vereinen. Plötzlich verstand ich, was damit gemeint war. Oder besser gesagt, ich fühlte es, als ich in dieses faustgroße Auge blickte, in dem sich meine eigene Gestalt so klar spiegelte, als wäre sie eine zweite Version meiner selbst. Ich spürte, wie das Auge friedlich und doch bestimmend auf mir ruhte und alle Panik von einer Sekunde auf die andere von mir nahm. Nichts konnte mir passieren, ich war Teil eines wundersamen Plans, den mein Verstand nicht begreifen würde, den mein Herz aber spüren konnte. Wovor sollte ich noch Angst haben?

Im nächsten Moment spürte ich, wie eine kräftige Hand mich an der Rettungsweste packte und ich in einer ruckartigen, fließenden Bewegung über den Rand des Zodiacs gehoben wurde und neben Hauke wieder zu Atem kam.

»Anni? Anni? Bist du okay?« Hauke sah fürchterlich blass aus und seine Lippen waren blau gefroren. Er musste sicherlich ein paar Prellungen davongetragen und ziemliche Schmerzen haben, dennoch sorgte er sich in erster Linie um mich.

Ich kroch näher zu ihm, während das Boot drehte und mit aufheulendem Motor wieder zurück zur *Sposobny* fuhr.

»Alles prima. Mir geht's gut.«

Ich legte meine Hand auf sein blasses Gesicht, strich ihm die nassen Locken aus der Stirn. Er schloss vor Erleichterung die Augen. Ich spürte, wie sich sein Brustkorb in einem tiefen

Seufzer hob. Er war viel zu erschöpft, um noch irgendetwas zu sagen.

»Es ist alles gut, Hauke, wir haben es geschafft.«

Und dann beugte ich mich vor, um diese eiskalten Lippen, die leicht nach dem Salz und dem Tang der Ostsee schmeckten, zu küssen, sie zu wärmen, ihnen wieder Leben einzuhauchen.

Er wich überrascht zurück, öffnete die Augen, sah mich verdutzt an.

Ich lächelte. »Wir haben es wirklich geschafft. Sie sind gerettet.«

In seine Augen trat ein Ausdruck unendlicher Erleichterung. Es war unmöglich, zu sagen, ob es wegen der geglückten Rettung war oder weil ich bei ihm war. Als er sich mühsam aufrichtete und seine Lippen die meinen fanden, war die Antwort völlig nebensächlich.

Kapitel 19

Hauke erholte sich erstaunlich schnell, und nachdem ein Sanitäter an Bord des russischen Kranschiffs keine schwerwiegenden Verletzungen festgestellt hatte, konnten wir wieder an Bord der *Windsbraut* wechseln, die an Steuerbord neben der *Sposobny* ihre Position hielt. Unsere nassen Sachen hatten wir an Bord des russischen Schiffs gegen etwas ausgetauscht, was entfernt an Trainingsanzüge erinnerte und erstaunlich warm war. Ich kam mir für einen kurzen Augenblick vor wie einer dieser Astronauten, die nach einem monatelangen Weltallflug wieder auf diesem verrückten Planeten Erde landeten.

Es war fast Mittag, als wir an der Seebrücke von Brodershöved anlegten und von einer Handvoll Journalisten und dem halben Dorf in Empfang genommen wurden.

Hauke stellte sich erschöpft und doch geduldig den Fragen der Journalisten, erklärte, dass man dank des Peilsenders nun die Route des geretteten Walkalbs und seiner Mutter würde überwachen können und dass er sehr hoffe, die beiden nicht so schnell wiederzusehen und sie ihren Weg hinaus aus der Ostsee finden würden.

Sten wurde ebenfalls interviewt. Die Journalisten hatten wohl in Erfahrung gebracht, dass sie es mit einer durchaus prominenten Businessgröße zu tun hatten. Wie es Stens Art war, spielte er völlig unbekümmert seine Beteiligung an der Rettungsaktion herunter. Stattdessen lobte er den Einsatz und den Mut der Brodershöveder, insbesondere Jewe und Inken, die mit ihrer schnellen Reaktion dafür gesorgt hatten, dass das Muttertier der Bucht fernblieb und nicht auch noch in Lebensgefahr geriet.

Ich musste grinsen, als ich ihm zuhörte, und hatte den Eindruck, ich lauschte einer sehr effektiven Werbekampagne für die beeindruckenden Brodershöveder Waltouren und unser Museum. Den Rest erledigten Jule und Clara, die mit kindlicher Begeisterung das Drama der Nacht schilderten, deren Augenzeugen sie geworden waren. Ich war mir sicher, dass unser Tourismusverband es kaum fassen konnte und vor Freude außer sich sein musste angesichts dieser kostenlosen Marketingkampagne.

Als sich die Aufregung einigermaßen gelegt hatte, lud Sten gleich alle ein, mit hoch ins Hotel zu kommen und die zwei bemerkenswertesten Ereignisse in der Geschichte unseres kleinen Küstendorfs gebührend zu feiern. Die Jubiläumsfeier des Sturmnests war etwas anders ausgefallen, als wir es ursprünglich geplant hatten, doch sie war noch immer nicht vorbei. Wie nicht anders zu erwarten, ließen sich die Brodershöveder nicht lange bitten.

Ich hatte lange und heiß geduscht, mich kurz gefragt, ob ich mich dem Anlass entsprechend wieder festlich kleiden sollte und mich dann doch für Jeans, T-Shirt und eine bequeme Fleecejacke entschieden. Sten hatte Hauke überredet, zu ihm hoch in die Dachgeschosswohnung zu kommen, um sich dort unter der Dusche wieder aufzuwärmen und kurz auszuruhen.

Jewe würde ihm inzwischen ein paar trockene Anziehsachen aus seiner Wohnung holen.

Als ich mit einer Kanne starken Kaffees und Mamas Apfelkuchen hoch in die Wohnung kam, schlief er tief und fest auf der Couch. Sten grinste mich breit an.

»Ich hatte schon Angst, unser Held schläft noch unter der Dusche ein.«

Sten hatte sich ebenfalls frisch gemacht und umgezogen und den teuren Anzug, der vermutlich für alle Zeit ruiniert war, gegen sein übliches Outfit aus Jeans und T-Shirt ausgetauscht. Obwohl auch er die ganze Nacht auf den Beinen gewesen war, machte er einen munteren, völlig aufgekratzten Eindruck.

»Weißt du was?!« Er zwinkerte mir zu. »Ich lasse euch beide jetzt mal allein und schau mal, was unten so los ist.«

Ich wollte kurz protestieren, doch Sten erlaubte keinen Widerspruch. Im Vorbeigehen schnappte er sich noch ein Stückchen Kuchen vom Teller.

»Ich will unbedingt dieses Feuerwerk heute Abend sehen. Unbedingt.«

Und schon war er weg und ich war mit Hauke allein.

Er wachte nicht auf, als ich das Tablett auf dem Beistelltisch abstellte und mich zu ihm auf die riesige Eckcouch setzte, die Sten so im Raum positioniert hatte, dass man darauf den Himmel über der Terrasse sehen konnte. Ich betrachtete das erschöpfte Gesicht, das entspannt und friedlich wirkte. Er war noch immer blass, aber die Lippen hatten wieder eine natürliche Farbe. Sein Mund war im Schlaf leicht geöffnet. Seine Locken waren noch feucht von der Dusche und einige Strähnen klebten ihm auf der Stirn. Er bewegte sich kurz im Schlaf und stöhnte leise auf, so als würde ihm die Bewegung Schmerzen bereiten. Ich beugte mich zu ihm und strich ihm behutsam über die Stirn.

»Schsch … alles gut.«

Er öffnete verschlafen die Augen. Ich lächelte ihn an.

»Schlaf ruhig weiter …«

Sein breiter Brustkorb hob sich in einem tiefen Atemzug.

»Anni …«

Dann spürte ich seine Arme, die sich um meine Hüfte legten und mich an sich zogen. Ich legte mich zu ihm, schmiegte den Kopf an seine Schulter und nahm den frischen Geruch seines Körpers wahr, spürte seinen Herzschlag an meiner Wange, und noch bevor ich irgendetwas sagen konnte, war auch ich eingeschlafen.

Ich wurde wach, weil irgendwo draußen im Garten die Fanta Vier sehr laut darüber sangen, zusammen groß und nicht allein zu sein. Und so, wie es sich anhörte, war halb Brodershöved der gleichen Meinung. Lautstark wurde mitgesungen.

Ich rieb mir verschlafen die Augen und blinzelte ein paar Mal. Es hatte bereits angefangen zu dämmern und das Zimmer lag im Zwielicht. Ich hob den Kopf und blickte zu Hauke. Sein Lächeln begrüßte mich.

»Hallo …«

Ich rieb mir die Augen. »Du bist wach …«

Es war keine Frage.

»Schon eine ganze Weile.«

»Wie spät ist es? Wir müssen runter, die Party …« Ich wollte aufstehen, doch Hauke hielt mich sanft fest.

»Ich denke, die kommen prima ohne uns klar.«

Ich ließ mich wieder zurück in seine Arme sinken.

»Warum hast du mich nicht geweckt?«

»Weil du sehr tief geschlafen hast.« Er lächelte. »Und du einfach unwiderstehlich aussiehst, wenn du schnarchst.«

Ich runzelte empört die Stirn. »Ich schnarche nicht.«

»Oh, doch.« Er gab mir einen Kuss. »Ganz leise. Wie eine Katze, die schnurrt.«

»Das sind nur die Nebenhöhlen. Die sind bestimmt verstopft. Von meinem kleinen Ausflug in die Ostsee.«

Er nickte und tat so, als ob er mir glauben würde. Aber sein Schmunzeln verriet mir, dass das wohl nicht der Fall war.

Wir sahen uns einen Moment an, bewegungslos, die Wärme und die Nähe des anderen genießend.

»Und was machen wir jetzt?« Meine Stimme war nicht mehr als ein Flüstern.

»Wir könnten runtergehen, uns ins Getümmel stürzen und ordentlich einen heben.« Er lächelte leicht. »Wir könnten auch einfach hier liegen bleiben.«

»Das meine ich nicht, Hauke.« Ich ließ ihn nicht aus den Augen. »Was machen *wir* jetzt? Wie geht es mit uns weiter?«

Er strich mir sanft eine Strähne aus der Stirn, und die Berührung seiner Finger auf meiner Haut ließ einen wohligen Schauer durch meinen Körper fahren. Ich beugte mich vor und küsste ihn. Es war ein langer, intensiver Kuss, der mein Verlangen nach ihm verstärkte. Als wir uns lösten, erkannte ich die gleiche Begierde in seinen Augen, die auch mich erfasst hatte.

Meine Stimme war nicht mehr als ein Flüstern. »Wir sollten lieber die Tür abschließen. Immerhin ist das Stens Wohnung, und wenn er …«

Weiter kam ich nicht, denn ein gewaltiger Knall, gefolgt von einem freudigen Aufschrei, ließ mich zusammenzucken. Im nächsten Moment wurde es im Wohnzimmer taghell von dem Feuerwerk, das unten im Garten vom Sturmnest gezündet wurde.

Wir sahen uns einen Moment überrascht an. Dann brachen wir in Gelächter aus, ließen uns eng umschlungen auf die Couch zurückfallen und starrten in den hell erleuchteten Himmel, um uns ganz dem Zauber des nächtlichen Lichterspiels hinzugeben.

In dieser Nacht schlief ich das zweite Mal in meinem Leben mit Hauke Cornelsen. Wir liebten uns auf der Couch. Es war nicht nötig, die Tür abzuschließen, denn Sten Ohlsen schien aus irgendeinem Grund wohl zu ahnen, dass er seiner Wohnung in dieser Nacht lieber fernbleiben sollte. Vielleicht hatte er auch einfach nur beschlossen, gemeinsam mit seinen neuen Freunden aus Brodershöved und meiner Mutter bis in den Morgen hinein zu feiern.

Es war bereits hell, als ich aufwachte und der Wind das Geräusch der Brandung durch die geöffnete Terrassentür in unser Zimmer trug. Ansonsten herrschte wieder Stille im Haus und im Garten. Ich betrachtete Haukes Gesicht, das wieder diesen entspannten, zufriedenen Ausdruck hatte. Sein Dreitagebart war dichter geworden und ließ ihn älter aussehen. Und verwegener, wie einen Polarforscher, der nach einer langen Expedition endlich heimgekehrt war. Die Frage, wie es mit uns weitergehen würde, hatte in der Nacht keine Bedeutung mehr gehabt. Doch jetzt, im Tageslicht, kroch sie wieder in mein Bewusstsein und ließ mein Herz unruhig schlagen.

Er wachte nicht auf, als ich mich behutsam von ihm löste, in meine Sachen schlüpfte, die um die Couch herum verstreut lagen. Dann verließ ich leise die Dachgeschosswohnung.

Ich machte eine Runde durchs Haus, um zu sehen, was alles nach der Feier noch zu tun war, und war überrascht, wie aufgeräumt unser Speiseraum und die Hotelküche waren. Die Mitarbeiter der Event-Agentur mussten noch in der Nacht ganze Arbeit geleistet haben. Die zahlreichen Warmhalteboxen und Getränkekisten standen säuberlich gestapelt für den Abtransport bereit.

Auch in unserer Wohnung herrschte Stille, als ich leise hineinhuschte und nach den Zwillingen schaute. Jule und Clara schliefen fest unter ihren Bettdecken vergraben und würden dank der Aufregung der letzten Tage vermutlich erst am Nachmittag wieder aufwachen. Meine Mutter schien die Feier bis zum letzten Moment genossen zu haben. Sie lag voll bekleidet auf dem Bett im Gästezimmer und schnarchte leise vor sich hin. Jedenfalls war sie nicht wach zu bekommen. Als ich sie zudeckte, murmelte sie kurz im Schlaf. Dann ging ich wieder hinaus in die Küche, um mir einen Kaffee zu kochen.

Ich bemerkte ihn erst, als er mich ansprach und den Kopf aus dem Strandkorb steckte, in dem er es sich bequem gemacht hatte.

»Einen wunderschönen guten Morgen.«

»Sten!«

Er grinste mich breit an, und an dem leicht glasigen Ausdruck in seinen Augen erkannte ich, dass er wohl noch immer ein bisschen betrunken war. Er blickte sehnsüchtig auf die Tasse in meiner Hand.

»Falls mich meine Sinne nicht täuschen, muss das da Kaffee sein. Gibt's da noch mehr von?«

Ich nickte. »Eine ganze Kanne. In der Küche.«

Er wollte aufstehen, sank aber sofort wieder zurück in den Strandkorb.

»Zu weit weg.« Er blickte mich unschuldig an. »Krieg ich einen Schluck?«

Ich musste lachen. »Sten! Du bist hackedicht, wenn *meine* Sinne mich nicht täuschen.«

»Ich sag dir, diese Russen. Die können feiern. Die haben den Wodka in Magnumflaschen angeschleppt und wie Wasser in sich reingeschüttet.«

Ich reichte ihm meine Tasse. »So wie es aussieht, hast du aber auch zugelangt.«

Er nahm vorsichtige Schlucke und stöhnte vor Wohlbehagen auf.

»Schon viel besser.« Er gab mir die Tasse zurück. »Und wie war's bei dir so?«

Er grinste frech, und ich konnte ihm nicht in die Augen sehen und nahm schnell einen Schluck von meinem Kaffee.

»Danke, dass du heute nicht nach oben gekommen bist.«

»War mir ein Vergnügen.« Er zwinkerte mir zu. »Euch beim Sex zu überraschen wäre selbst mir peinlich gewesen.«

»Woher willst du das wissen? Also, das mit dem Sex, meine ich.«

Er schenkte mir nur einen vielsagenden Blick, lehnte sich im Strandkorb zurück, schloss zufrieden die Augen, verschränkte die Arme hinter dem Kopf und atmete tief durch.

»Wurde auch Zeit, dass ihr das auf die Reihe kriegt. Freut mich für dich.«

Ich erwiderte nichts, trank nur meinen Kaffee und schaute auf den weiten Horizont.

Sten öffnete ein Auge und sah mich skeptisch an. »Ihr habt es doch auf die Reihe bekommen?«

Ich setzte mich zu ihm in den Strandkorb und spielte mit der Tasse in meiner Hand.

»Hauke geht nach Vancouver. Er kann da ein ziemlich wichtiges Forschungsprojekt leiten.«

»Und für wie lange?«

Eins musste man Sten Ohlsen lassen, sein scharfer Verstand erfasste sofort die Situation und stellte die wichtigen Fragen.

»Ich weiß es gar nicht so genau. Aber es hört sich nach einem längerfristigen Projekt an.«

»Hast du mit dem Gedanken gespielt, ihn zu begleiten?« Ohne zu fragen, griff Sten nach meiner Tasse, um noch einen Schluck zu trinken. Als er meinen Blick sah, fügte er eilig hinzu: »Ich frage nicht aus Eigennutz. Obwohl ich sehr, sehr ungern auf deine Hilfe im Sturmnest verzichten möchte. Wo es doch gerade so gut läuft.«

Ich lächelte ihn matt an. »Keine Angst. Ich und das Sturmnest, wir sind unzertrennlich.«

Er nickte und einen Augenblick schwiegen wir uns wieder nachdenklich an.

»Du hast nie irgendwo anders gearbeitet und gelebt, oder?« Ich schüttelte den Kopf.

Wieder herrschte einen Moment Schweigen.

»Würdest du es gerne?«

Ich horchte in mich hinein, versuchte zu ergründen, was mich davon abgehalten hatte, wie Liv oder Smilla in die Welt hinauszugehen, mir dort einen neuen Platz zu erobern.

»Ich bin gerne hier, Sten.« Ich sah ihn an und er schenkte mir ein warmes Lächeln.

»Das kann ich sehr gut verstehen. Geht mir nämlich genauso.«

Mit einem Seufzer stand ich auf und nahm ihm die leere Tasse aus der Hand.

»So, wie es aussieht, bleibt es wohl kompliziert.«

Er nickte nur und ich hielt demonstrativ die Tasse hoch. »Ich hole dir mal Nachschub. Und dann kannst du auch hoch in deine Wohnung. Du siehst aus, als könntest du eine Dusche und etwas Schlaf gebrauchen.«

Ich spürte seinen Blick in meinem Rücken, als ich ging, und war beruhigt, dass er nichts weiter sagte.

Ich schrieb Hauke eine Nachricht, dass ich ihn nicht hatte wecken wollen, unten bei meiner Familie sei und mich freue, wenn er uns beim Frühstück Gesellschaft leistete. Es dauerte nicht lange und er schrieb zurück, dass er das Angebot sehr gerne angenommen hätte, aber leider keine Zeit hatte. Er musste zu einem Treffen mit seinen Kollegen nach Kiel, um zu klären, wie sie mit den beiden Buckelwalen in der Ostsee weiterverfahren wollten und wie das Tracking mit dem Peilsender organisiert werden konnte, um eine weitere Strandung zu vermeiden, ohne dabei den Kostenrahmen des Instituts zu sprengen. Wir verabredeten uns für den Nachmittag und ich wusste nicht, ob es ein gutes oder ein schlechtes Zeichen war, dass wir nach dieser Nacht nicht gemeinsam den Tag begonnen hatten.

Ich regelte mit der Agentur den Abbau der Zelte und Outdoorküchen, sorgte für das Frühstücksbüfett, und war sehr erleichtert, als Liv gegen neun vor mir stand, um mir beim Zimmerservice zu helfen. Es brachte durchaus Vorteile mit sich, wenn man schwanger war und keinen Alkohol mehr trinken konnte. Als gegen Nachmittag der Rest meiner Familie langsam wieder von den Toten auferstand, waren bereits die gröbsten Spuren der Jubiläumsfeier beseitigt und die Hälfte der Zimmer wieder aufgeräumt.

Clara und Jule hatten einen Bärenhunger und konnten über nichts anderes als den Wal und seine Rettung sprechen. Meine Mutter war etwas blass und sehr einsilbig, und ich vermutete, dass sie einen schweren Kater hatte. Nach einem halben, angeknabberten Toast und einem starken Kaffee schickte ich sie wieder zurück ins Gästezimmer, was sie mit einem dankbaren Lächeln und ohne Widerspruch annahm.

Liv sprach mich mit keinem Wort auf Hauke an. Entweder, weil sie sensibel genug war, das schwierige Thema besser zu meiden, oder weil ihr in dem gestrigen Trubel gar nicht aufgefallen war, dass Hauke und ich uns zurückgezogen hatten.

Als am frühen Abend wieder Ruhe einkehrte, zog ich mir eine Fleecejacke über und machte mich auf den Weg zur Klippe.

Hauke hockte am Fuße der Abbruchkante auf einem der großen Findlinge und blickte hinaus aufs Wasser, als ich den Strand erreichte. Von dem Equipment der Feuerwehr, den großen Scheinwerfern und den Menschenmassen waren kaum Spuren zurückgeblieben. Es war schwer vorstellbar, dass sich hier vor kurzer Zeit ein Drama abgespielt hatte, das es sogar in die Abendnachrichten der großen Fernsehsender geschafft hatte.

Er blickte auf und lächelte, als er das Knirschen meiner Schritte im Kies hörte. Und dann stand er auf und kam mir entgegen. Wir blieben unschlüssig voreinander stehen. Als ich nach seinem Arm griff, um ihn an mich zu ziehen und zu küssen, konnte ich seine Erleichterung fast körperlich spüren.

»Ich hab dich vermisst, heute Morgen.« Er hatte die Arme um meine Hüften gelegt und mich nah an sich herangezogen.

»Ich wollte dich nicht wecken.« Ich lächelte ihn schüchtern an. »Und schlafen konnte ich auch nicht mehr.«

Er küsste mich erneut. »Kein Problem. Jetzt bist du ja da.«

Wir sahen uns prüfend in die Augen. Hauke wusste, dass wir nun über das sprechen mussten, was wir vergangene Nacht vermieden hatten.

»Sollen wir ein Stück laufen?« Er deutete auf den Strand.

296

Ich schüttelte den Kopf. »Lass uns hier bleiben.« Ich zog ihn mit mir zurück auf den Findling, und wir saßen nun eng umschlungen da und schauten aufs Meer.

Wir gaben uns ganz der Stille des Augenblicks hin, genossen die warmen Strahlen der Sonne, die ab und zu hinter den dunklen Gewitterwolken hervorschaute, die immer noch über der Küste und dem Meer hingen, und zögerten das, was wir sagen mussten, so lange wie möglich hinaus.

Schließlich löste ich mich von ihm und rückte ein Stück von ihm ab, um ihn besser anschauen zu können.

»Wie lange wirst du in Vancouver bleiben?«

Er wich meinem Blick nicht aus. »Der Forschungsauftrag geht über achtzehn Monate. Mit Option auf weitere anderthalb Jahre.«

Ich nickte. »Und wann reist du ab?«

»Der Flug geht morgen Abend.«

Ich schenkte ihm ein schiefes Lächeln. »Du hast es wohl nicht abwarten können, aus Brodershöved zu verschwinden, stimmt's?«

Er lächelte matt zurück. »Die Maschine vorgestern war leider schon ausgebucht. Sonst hätte ich die genommen.«

»Dann hättest du aber einiges verpasst.«

Sein Lächeln wurde breiter. »Das Beste.«

»Und du wärst jetzt auch kein berühmter Meeresbiologe, der es in die Hauptnachrichten geschafft hat.«

Er tat so, als wäre es ihm wichtig. »Das hab ich schließlich immer gewollt, in die Nachrichten kommen.«

»Du wirst garantiert der jüngste Professor deines Instituts.«

Er verzog das Gesicht und schüttelte den Kopf. »Viel zu langweilig.«

»Verstehe.« Ich berührte sanft sein Gesicht. »Du liebst die Herausforderung.«

Er küsste die Innenfläche meiner Hand.

»Wir sollten uns nie mit dem Erstbesten zufriedengeben.«

Ich war mir nicht sicher, ob wir immer noch über seine Arbeit sprachen.

Seine Stimme war belegt, als er unvermittelt ernst wurde. »Ich kann den Job absagen, Anni. Es gibt eine ganze Reihe wirklich guter Meeresbiologen, die sofort an meine Stelle rücken könnten.«

»Nein. Das würde ich nicht wollen, Hauke.«

»Dann komm mit.« Er sah mich mit einer unbekümmerten Begeisterung an. »Vancouver ist voller großer Hotels, die garantiert jemanden mit deinen Qualifikationen suchen. Und Jule und Clara könnten ein Auslandsjahr an einer der High Schools machen, das wünschen sich viele in dem Alter. Und Vancouver ist wunderschön, ganz anders als die amerikanischen Städte. Sehr europäisch und sehr gastfreundlich. Und den Pazifik haben wir auch direkt vor der Haustür.«

Ich schwieg und wich seinem Blick aus.

»Und was wird aus dem Sturmnest?« Im Grunde war es keine Frage, denn der Gedanke, unser Hotel einfach seinem Schicksal zu überlassen, war mir ebenso fremd, wie der, meine Töchter zu verlassen.

Hauke kannte mich gut genug, um das zu wissen. Wir schwiegen wieder einen langen Moment.

»Du könntest mich im Winter besuchen kommen, wenn keine Gäste da sind. Und ich komme so oft, wie es meine Arbeit zulässt.« Er sah mich entschlossen an. »Ich habe keine Ahnung, wie so eine Fernbeziehung funktioniert, Anni, aber ich werde alles tun, damit sie funktioniert. Ich will dich nie wieder verlieren.«

In seinen Augen erkannte ich, dass er es völlig ernst meinte.

Was waren schließlich schon achtzehn Monate?

Kapitel 20

Wir brachten Hauke am nächsten Abend nach Hamburg zum Flughafen, wo er den Flieger nach London nehmen würde, um dann von dort Nonstop nach Vancouver zu fliegen. Wir mussten mit zwei Autos fahren, denn Liv, Jewe und Inken wollten ihren Freund, den sie für lange Zeit nicht wiedersehen würden, verabschieden.

Auch Clara und Jule wollten mit, nachdem sie völlig unbeeindruckt zur Kenntnis genommen hatten, dass ihre Mutter nun einen neuen Freund hatte. Aus ihren Kommentaren konnte ich heraushören, dass sie wohl schon länger damit gerechnet hatten und sie mit meiner Wahl durchaus zufrieden waren. Zumal Hauke nach der Walrettung ihr ultimativer Held und Vorbild war.

Der Abschied am Flughafen verlief weniger emotional, als ich befürchtet hatte. Vielleicht lag es daran, dass wir nicht allein waren, uns viel zu sehr beobachtet fühlten, als dass wir unseren Gefühlen freien Lauf hätten lassen können. Vielleicht hatte es aber auch damit zu tun, dass wir die letzte Nacht zusammen verbracht hatten, uns bis zum Morgengrauen liebten, als müssten wir uns versichern, dass elftausend Kilometer Entfernung

299

zwischen uns nichts an den Gefühlen, die wir füreinander empfanden, ändern würden.

Als ich Hauke zwischen all den Reisenden hinter der Milchglasscheibe der Sicherheitskontrolle verschwinden sah, überkam mich ein Gefühl von grenzenloser Leere und Alleinsein, obwohl ich umringt von meiner Familie und meinen Freuden war.

Ich kannte dieses Gefühl. Es war das gleiche, das ich empfunden hatte, als ich von Thies Beerdigung nach Hause gekommen war und wusste, dass ein Teil meines Lebens für immer von mir gegangen war und nie wiederkehren würde. Ich versuchte, mir einzureden, dass dies völlig übertrieben von mir war. Hauke lebte. Zwar war er am anderen Ende der Welt, aber er war immer noch ein Teil meines Lebens und irgendwann, wenn seine Zeit in Vancouver vorbei war, würde er wieder nach Brodershöved und zu mir zurückkehren.

Wir telefonierten täglich miteinander, über Skype, und ich konnte seine Begeisterung über die Arbeit mit den Walen und seinen neuen Kollegen an dem Forschungsinstitut von seinem Gesicht ablesen. Er war wie ein offenes Buch und konnte seine Gefühle nicht verstecken, und dafür liebte ich ihn. Er ließ mich teilhaben an seinem neuen Leben, schickte mir Fotos und Videos der atemberaubenden Schönheit des Pazifischen Ozeans und der Natur an der zerklüfteten Küste. Ich konnte seine Begeisterung nachvollziehen. Alles dort war um so vieles größer, beeindruckender und erhabener als das, was man vor unserer Haustür finden konnte. Beim Betrachten der Bilder überkam mich ein Gefühl, das ich selten in meinem Leben empfunden hatte. Ich wollte ebenfalls ein Teil dieses Abenteuers sein, es mit ihm und meinen Töchtern erleben. Eine mir zuvor unbekannte Unzufriedenheit begann sich in meinem Innern breitzumachen.

Auch ich teilte meinen Alltag mit ihm. Schilderte, wie Brodershöved in diesem Spätsommer von neugierigen Touristen fast überrollt wurde, weil sie die Wale sehen wollten, von denen sie in den Nachrichten erfahren hatten. Wie schön es war, zu sehen, wie das Sturmnest wieder von seinen Gästen gefeiert und gelobt und weiterempfohlen wurde und wir bis ins nächste Jahr hinaus ausgebucht waren. Dass Jule und Clara all das Drama, das nach Thies' Tod über uns gekommen war, völlig zu vergessen schienen und wieder zu den unbekümmerten, gut gelaunten und aufmüpfigen Teenagern wurden, die sie vor seinem Unfall gewesen waren.

Ich erzählte ihm amüsiert, wie Jewe und Liv heimlich in Dänemark geheiratet hatten, so wie es ihr Plan gewesen war, und meine Mutter vier Wochen lang kein Wort mehr mit den beiden sprach, weil sie sich doch so auf eine weitere Feier im Haus gefreut hatte.

Vermutlich redeten wir mehr miteinander, als es andere glückliche Paare taten, solche, die sich eine Wohnung teilten. Ich versicherte mir immer wieder, dass unsere Beziehung schon irgendwie funktionieren würde. Schließlich bekamen es andere auch mühelos hin, jahrelange Fern- oder Wochenendbeziehungen zu führen und dabei glücklich zu sein.

Die Wahrheit war, dass ich alles andere als glücklich war. Ich tat mein Bestes, um es mir nicht anmerken zu lassen. Und es funktionierte erstaunlich gut. Zumindest bei meiner Familie. Und auch bei Hauke.

Es gab jedoch einen Menschen, dem ich nichts vormachen konnte. Und der dazu auch noch den Mut besaß, es mich wissen zu lassen.

»Was ist das?« Ich sah Sten etwas ungehalten an, der einen Umschlag vor mich hingelegt hatte und mich damit aus meiner Konzentration gerissen hatte. Ich war gerade am Computer des Empfangstresens damit beschäftigt, die Buchungen für das nächste Jahr durchzugehen und die Zimmerbelegung vom Sturmnest zu planen. Und dabei das Kunststück zu vollbringen, dass wirklich alle Gäste mit meinen Entscheidungen zufrieden waren.

»Mach's auf, dann wirst du's sehen.« Er stützte die Ellbogen auf den Tresen und sah mich entspannt an.

»Bitte, Sten, ich hab grad wirklich keine Zeit für deine Spielchen.«

»Siehst du?! Genau das ist das Problem. Deine Work-Life-Balance ist saumiserabel, wenn ich das mal anmerken darf.«

Ich atmete tief durch. Es war schwer, mit Sten zu streiten, wenn er die Ruhe in Person war.

»Das von seinem Chef zu hören, der von einem erwartet, dass der Laden läuft, ist ganz schön deprimierend. Im Grund genommen bist eigentlich du schuld daran.«

Das stimmte natürlich überhaupt nicht, aber es war immer gut, von der eigenen Verantwortung abzulenken. Bei Sten funktionierte es nur leider nicht.

»Schwacher Versuch der Ablenkung.« Er lächelte milde über meine etwas hilflose Schuldzuweisung. »Jetzt mach den Umschlag auf, sieh nach, was es ist, und dann können wir uns immer noch darüber streiten.«

Ich stieß einen Seufzer der Resignation aus. So wie es aussah, hatte ich eh keine Chance, mit der Arbeit weiterzumachen, bevor er nicht seinen Willen bekommen hatte. Manchmal konnte Sten so dickköpfig sein wie ein Dreijähriger an der Supermarktkasse, der unbedingt den einen Schokoriegel haben will.

Etwas irritiert zog ich die Unterlagen heraus, die in dem Umschlag steckten.

»Ich versteh nicht ganz …« Ich sah fragend zu ihm auf.

Er zog amüsiert die Augenbrauen hoch. »Was genau gibt es an einem First-Class-Flugticket nicht zu verstehen?«

»Ich soll nach Vancouver fliegen?«

Er nickte. »Exakt! Bravo! Du hast es ja doch verstanden.«

Ich schüttelte den Kopf. »Ich hab überhaupt nichts verstanden, Sten. Ich kann nicht nach Vancouver fliegen. Es ist viel zu viel zu tun, und wer soll sich um die Zwillinge kümmern und überhaupt um alles.«

Ich schob das Ticket entschlossen wieder zurück in den Umschlag. Doch so leicht gab sich Sten nicht geschlagen.

»Weißt du, was ich an dir wirklich liebe, Anni? Du bist so herrlich leicht zu durchschauen. Deshalb habe ich natürlich schon alles vorbereitet, und du musst dir überhaupt keine Sorgen machen.«

»Was genau heißt das … alles vorbereitet?« Ich traute der ganzen Sache nicht wirklich.

»Es bedeutet, dass ich mittlerweile genug vom Hotelbetrieb verstehe. Und mit ein bisschen Unterstützung deiner Mutter und Liv den Laden schon gewuppt bekomme.«

Ich starrte ihn groß an. »Aber, du …«

»Davon abgesehen«, er ließ mich gar nicht weiterreden, »hat allein die Ankündigung, mal eine Woche ohne mütterliche Aufsicht zu sein, bei Clara und Jule zu Jubelschreien geführt.«

»Du hast das alles hinter meinem Rücken organisiert?« Ich war weit davon entfernt, begeistert zu sein. Stattdessen kam ich mir bevormundet und hintergangen vor. Und ein klein wenig hatte ich auch Angst davor, was passieren würde, wenn ich tatsächlich nach Vancouver reisen würde.

»Nicht hintergangen, Anni. In weiser Voraussicht geplant. Das ist ein Unterschied.«

Er meinte es vollkommen ernst und sah mich dabei so unschuldig an, dass es mir schwerfiel, sauer auf ihn zu sein.

»Okay, du scheinst das alles immerhin durchdacht zu haben. Ich kann trotzdem nicht fliegen.«

Er runzelte die Stirn. »Und warum nicht?«

»Weil ich gar nicht weiß, ob Hauke überhaupt Zeit für mich hat. Er muss doch ständig mit dem Boot raus und ist dann gleich für mehrere Tage auf See. Und wenn er wieder zurückkommt, stapelt sich die Arbeit im Institut. Ein Überraschungsbesuch seiner Freundin aus Deutschland kommt da vielleicht nicht ganz so gut an.«

Ich überlegte einen Moment und sah ihn dann streng an. »Du hast hoffentlich nicht schon mit Hauke gesprochen, oder? Wenn du das getan hast, bin ich nämlich echt sauer.«

»Natürlich nicht.« Er schaute etwas beleidigt drein. »Wie gesagt … in weiser Voraussicht geplant. Da mache ich dem armen Kerl doch nicht Hoffnungen und dann klappt das mit seiner Liebsten gar nicht.«

Ich musste unwillkürlich lächeln. Sten kannte mich wirklich gut.

»Dann rechnest du also doch damit, dass ich nicht fliege. Prima. Denn das werde ich auf keinen Fall tun.«

Ich schob ihm den Umschlag hin und starrte wieder auf den Bildschirm, um Sten klarzumachen, dass für mich die Diskussion beendet war.

»Anni?!«

Ich blickte genervt auf. »Was denn noch, Sten?«

»Wovor hast du Angst?«

Ich starrte ihn einen Augenblick zu lange an, um nicht zu verraten, dass er meinen wunden Punkt getroffen hatte.

»Keine Ahnung, wovon du sprichst.« Schnell tippte ich irgendetwas in den Computer, um abzulenken. Der Bildschirm wurde plötzlich schwarz und nichts funktionierte mehr.

»Was zum ...« Ich blickte auf und sah, wie Sten mir den Stecker vor die Nase hielt.

»Also, Anni, wovor hast du so große Angst, dass du lieber weiter still vor dich hin leidest, anstatt glücklich zu werden? Erklär's mir bitte. Denn ich verstehe es wirklich nicht.«

Ich merkte, wie mir die Tränen in die Augen traten, und schniefte verlegen auf. »Keine Ahnung ... vielleicht ... weil ... was ist, wenn Hauke längst gemerkt hat, dass das mit uns eventuell, ich meine, kann doch sein, dass er ...«

Ich konnte nicht mehr weitersprechen und heulte einfach drauflos. Sten kam um den Tresen herum und nahm mich einfach nur in den Arm. Ich heulte an seiner Schulter weiter und nach ein paar Minuten hatte ich meinen emotionalen Ausbruch wieder besser im Griff. Ich schluchzte noch ein paar Mal auf, dann löste ich mich aus seiner Umarmung und griff nach der Kleenexbox, die auf dem Tresen stand.

»Danke ...« Ich sah ihn nicht an und schnäuzte mich ausgiebig.

»Geht's wieder?«

»Keine Ahnung, wo das so plötzlich hergekommen ist. Normalerweise heule ich nicht einfach so los.«

»Ich weiß. Du solltest es ruhig öfter machen, ist irgendwie befreiend, stimmt's?«

Ich nickte.

»Gut.« Er sah mich wieder prüfend an. »Wenn ich dich also richtig verstanden habe, dann hast du Angst, dass Hauke dich nicht mehr liebt, sich schon nach 'ner anderen umsieht und dich mehr oder weniger vergessen hat.«

Ich verdrehte die Augen. »Danke, dass du es so sensibel auf den Punkt gebracht hast.«

Ich boxte ihm auf den Arm, was ihn kurz aufstöhnen ließ.

»Blödmann ...«

Er rieb sich den Arm und lachte dann laut auf.

»Was ist daran bitte so komisch.«

Er nahm mich einfach wieder in den Arm, drückte mich und hielt mich dann eine Armlänge auf Abstand, um mich anzuschauen.

»Ich finde es sehr komisch, dass man so intelligent sein kann wie du, Anni, und gleichzeitig so dumm.«

Er ließ mich los, ging wieder vor den Empfangstresen und schob mir dabei den Umschlag mit dem Ticket zu.

»Du wirst überrascht sein, Anni, was passiert, wenn du dich auf das Abenteuer einlässt.«

Damit ließ er mich mit meinen wirren Gedanken zurück.

In der Nacht schlief ich nicht besonders gut. Es war nicht nur die Aufregung, tatsächlich für eine Woche ans andere Ende der Welt zu fliegen, um endlich den Menschen wiederzusehen, den ich vermisste, wie ich noch nie jemanden in meinem Leben vermisst hatte. Es war auch nicht die Angst, dass Hauke mich nicht mehr so lieben würde, wie er es vor seiner Abreise getan hatte. Es war vielmehr die Erkenntnis, dass, wenn ich diese Reise antrat, nichts so blieb wie zuvor. Ich war in Brodershöved nicht mehr glücklich, und dafür allein Hauke verantwortlich zu machen, wäre unfair gewesen. Wie Sten treffend festgestellt hatte, wurde es Zeit, herauszufinden, was passierte, wenn ich mich auf das Abenteuer einließ.

Von solchen Selbstzweifeln waren meine Töchter meilenweit entfernt, wie ich am nächsten Morgen feststellen konnte, als ich auch nur in Erwägung zog, bereits in zwei Tagen nach Vancouver zu fliegen.

»Das ist so megacool.« Clara sah mich begeistert an. »Vancouver ist spitze. Wir wollten auch unbedingt mit, aber Sten meinte, wir sollten euch mal eine Auszeit gönnen. So allein und ungestört.«

»Oh, danke. Das ist wirklich sehr großzügig von euch.« Ich misstraute der Selbstlosigkeit meiner Töchter in diesem Moment etwas. »Ihr könnt ruhig zugeben, dass ihr es einfach toll findet, wenn ich mal eine Weile nicht da bin und ihr eurer Oma und Sten auf der Nase herumtanzen könnt.«

Jule sah mich empört an. »Das stimmt überhaupt nicht. Wir freuen uns echt für dich und Hauke.«

Einen Moment lang sah ich die beiden skeptisch an, dann beschloss ich, ihnen zu glauben. »Okay.«

Ich drückte beiden einen Kuss auf die Stirn, bevor sie sich dagegen wehren konnten. »Ich habe tatsächlich die tollsten Zwillinge, die man sich nur wünschen kann.«

»Übrigens«, Clara sah mich mit dem abgeklärten Blick eines Teenagers an, der den kompletten Durchblick hat, »falls ihr irgendwann auf die Idee kommen solltet, für länger in Vancouver zu bleiben, dann fänden wir das auch supercool.«

»Und euch mit Oma allein lassen?« Ich war nun doch etwas erschrocken.

»Natürlich nicht. Wir kommen dann natürlich mit«, erwiderte Jule.

»Klar, dass das nicht für immer wäre.« Clara musste wohl meinen verwirrten Blick gesehen haben. »Irgendwann würde ich schon gerne wieder zurück nach Brodershöved. Aber so ein Jahr oder so, wäre schon toll. Ich könnte dann bestimmt super Englisch und ich wäre die Jüngste in meinem Jahrgang, die ein Auslandsjahr gemacht hat. Das ist nämlich megaangesagt.«

Ich starrte meine Töchter verblüfft an. Wie sich herausstellte, waren manche Probleme überhaupt keine Probleme, wenn man sie näher betrachtete.

Vielleicht lag es am Alter, dass Jule und Clara völlig unbekümmert in die Zukunft blickten und einfach nur darauf gespannt waren, was sie für sie bereithielt. Bei meiner Mutter führte meine Ankündigung, Hauke einen Besuch abzustatten, der vielleicht darin mündete, dass ich mit meinen Töchtern für längere Zeit in Kanada blieb, zu völligem Unverständnis und Entsetzen.

»Das kannst du nicht machen, Anni! Das geht auf gar keinen Fall!«

Sie sah mich mit einem Ausdruck in den Augen an, der zwischen völliger Hilflosigkeit und Wut über meinen Plan hin- und herschwankte.

»Was soll dann bitteschön aus dem Sturmnest werden? Hast du dir darüber schon mal Gedanken gemacht?«

Ihre Ablehnung traf mich so unvorbereitet, dass ich nur noch stammelnd meine Vorschläge vorbringen konnte.

»Na ja … also, Sten würde … wir könnten eine Stelle ausschreiben und eine qualifizierte Fachkraft für dich und Sten dazuholen …«

»Ich kann das nicht mehr, Anni. Dafür bin ich zu alt.«

Sie ließ mich meinen Plan gar nicht weiter ausführen und erhob sich aufgebracht vom großen Esstisch, an dem ich den Familienrat, bestehend aus meiner Mutter, mir und Liv zusammengerufen hatte.

Liv war hochschwanger und ihr kugelrunder Babybauch passte kaum noch unter die Tischkante. Jewe hatte sie vor einer Stunde zu uns ins Sturmnest gebracht und sie hatte sich schwer atmend durch die Küche geschleppt. Dabei hatte sie mich voller Selbstmitleid angesehen und verkündet, es könne durchaus sein, dass ich in den nächsten Stunden Geburtshilfe leisten müsse, weil das Baby mittlerweile jeden Moment kommen könne. Zum Glück war es noch nicht ganz so weit.

»Jetzt warte doch mal, Mama.«

Ich sah meiner Mutter aufgewühlt hinterher, die die Flucht angetreten hatte, um einer weiteren Diskussion zu entkommen. »Ich hab ja noch gar nichts entschieden.«

Das schien sie etwas zu beruhigen und sie kam schweren Herzens wieder zurück an den Tisch.

»Das hat sich aber so angehört.«

»Wäre es denn wirklich so schlimm für dich?«

Sie sah mich nur anklagend an, was eine Antwort überflüssig machte.

Ich nickte langsam. »Okay …«

Liv, die das Ganze bislang stumm verfolgt hatte, meldete sich nun zu Wort.

»Sagt mal, spinnt ihr beiden jetzt völlig?« Sie sah erbost von meiner Mutter zu mir. »Nichts ist okay.«

Ich verstand nicht sofort, was sie damit meinte. »Ist ja schon gut, Liv. Ich dachte, es wäre tatsächlich eine gute Idee, aus Brodershöved rauszukommen und …«

Liv unterbrach mich einfach. »Ich hab doch nicht dich gemeint, du Hirni.«

Sie warf unserer Mutter einen ärgerlichen Blick zu. »Eins kann ich dir sagen, Mama, wenn du das hier Anni jetzt versaust, dann rede ich kein Wort mehr mit dir. Und zwar bis an dein Lebensende, damit das klar ist.«

Meine Mutter sah sie erschrocken an. »Livvy …«

»Nix Livvy!« Sie blickte wild entschlossen zu mir. »Du wirst es genau so machen, wie du es dir vorgenommen hast, Anni. Das Sturmnest wird auch ohne dich bestens klarkommen.« Sie sah wieder zu meiner Mutter. »Und du wirst das auch!«

Meine Mutter zog es vor, zu schweigen. Allerdings mit Leidensmiene, die kaum zu ertragen war.

Liv atmete tief durch. »So, das musste echt mal raus.«

Dann entspannte sie sich wieder und lächelte vage. »Auch wenn ich eine Heidenangst davor habe, bald ein winzig kleines Monster zu gebären, während du am anderen Ende der Welt steckst. Deine Erfahrung könnte ich nämlich echt gut gebrauchen.«

»Es ist ja noch nicht sicher, dass ich und Hauke …«

»Unsinn!« Liv schien mit fortschreitender Schwangerschaft die Geduld mit mir zu verlieren. Anders konnte ich es mir nicht erklären, dass sie mich ständig unterbrach.

»Sieh mich mal an, Anni.« Sie streckte die Hände aus und nahm meine in die ihren. »Seit du siebzehn warst, hast du dich hier um alles gekümmert. Um das Hotel, um Milly, um mich.«

Sie sah zu meiner Mutter, die immer noch geschockt schwieg. »Und auch auf Mama hast du aufgepasst. Ohne dich wäre das Sturmnest nicht das, was es heute ist. Und unsere Familie auch nicht.«

Ihr Blick war so voller Liebe und Bewunderung, dass mir erneut die Tränen kamen. Ihre Stimme war eindringlich und sanft.

»Es wird wirklich Zeit, dass du mal deinen eigenen Weg gehst. Dass du mal herausfindest, wer du noch sein kannst oder bist. Ohne uns und das Sturmnest. Glaub mir, ich weiß, wovon ich rede. Und das Schöne ist, wir sind hier. Dein Heimathafen. Wenn du also genug von den Abenteuern da draußen hast, kannst du jederzeit zurückkommen.«

Ich spürte, wie sie meine Hände aufmunternd drückte.

»Wenn du mich fragst, Anni, dann kannst du es nicht besser treffen.«

Dann nahm sie mich in den Arm (trotz ihres dicken Babybauchs) und wir hielten uns fest. Es gab nichts mehr zu sagen.

Kapitel 21

Wenn man davor Angst hat, dass die bereits getroffene Entscheidung vielleicht nicht die richtige ist, und man nicht hundertprozentig sicher ist, was einen am anderen Ende der Welt erwartet, ist es durchaus hilfreich, die Reise in der First Class einer großen Fluglinie anzutreten.

Mal ganz davon abgesehen, dass ich wahnsinnig viel Platz hatte und in einem Sitz saß, der mühelos in ein bequemes Einzelbett umfunktioniert werden konnte, wurde ich die elf Stunden von Frankfurt nach Vancouver auch ständig nach meinen Wünschen gefragt. Eine alkoholische Erfrischung vielleicht (wobei Champagner gemeint war) oder doch lieber Kaffee oder Tee? Ein kleiner Snack (der nicht in Plastik verpackt war) oder vielleicht doch etwas zu lesen?

Als das Kabinenlicht dann endlich gedimmt wurde und für kurze Zeit Ruhe einkehrte, konnte ich endlich meinen Gedanken freien Lauf lassen. Und war erleichtert, als die Fragerei ein paar Stunden später weiterging. Ansonsten hätte ich vermutlich gleich nach der Landung in Vancouver sofort wieder die Rückreise angetreten.

Ich hatte nicht mit Hauke telefonieren können. Er war auf einer Tour weit draußen vor der Küste von Steveston, südlich von Vancouver Downtown, wo das Forschungsinstitut seine Boote im Hafen liegen hatte, und war nicht zu erreichen. Ich würde ihn erst am Abend treffen. Wobei er noch nichts von seinem Glück wusste.

Sten hatte die Reise perfekt geplant und mir nicht nur das unverschämt teure Flugticket spendiert. Am Flughafen wartete eine Uber-Limousine auf mich, die mich direkt zu einem kleinen, aber luxuriösen Hotel direkt am kleinen Hafen von Steveston brachte. Die Aussicht auf die Mündung des Fraser River war atemberaubend schön. Ich machte mich etwas frisch und überlegte, mich kurz hinzulegen. Doch an Schlaf war nicht wirklich zu denken. Also zog ich mich wieder an, schnappte meine Tasche und machte mich auf zu einem kleinen Rundgang durch die Stadt und den Hafen.

Obwohl es bereits Anfang November war, waren die Temperaturen angenehm mild und erinnerten eher an einen sonnigen Herbsttag. Dass das Wetter allerdings rasend schnell umschlagen konnte, merkte ich eine halbe Stunde später, als mich ein Wolkenbruch biblischen Ausmaßes bei meinem Stadtrundgang überraschte und mich in das Büro eines der zahlreichen Whale-Watching-Tourenbüros fliehen ließ. Die Mitarbeiter waren sehr nett und zuvorkommend, obwohl ich doch gar keine Tour buchen wollte, und ließen mich das Gewitter, das genauso schnell abzog, wie es aufgezogen war, bei einer Tasse Tee in ihrem Wartebereich aussitzen.

Als wir ins Plaudern kamen und ich erwähnte, dass ich einen Freund besuchte, der am hiesigen Meeresforschungsinstitut arbeitete, waren sie noch freundlicher (wenn das überhaupt möglich war). Sie informierten mich ungefragt darüber, dass die *Seahorse III,* mit der Hauke unterwegs war, sich bereits auf dem Rückweg befand und jeden Augenblick im Hafen anlegen musste. Sie zeigten mir auch die Anlegestelle, und kurz darauf lief ich über den hölzernen Steg, an dessen Ende ich Hauke endlich treffen würde.

Die Wolken hatten sich verzogen und die tief stehende Herbstsonne tauchte die Flussmündung vor mir in ein goldfarbenes, traumhaftes Licht, was sich in den Wasserpfützen und auf den nassen Booten spiegelte und magische Reflexe in die Luft zauberte. Plötzlich tauchte am weiten Horizont ein Regenbogen auf, so groß und klar und farbenprächtig, wie ich in meinem Leben selten einen gesehen hatte. Er erstreckte sich fast über die ganze Flussmündung, überspannte die Hafeneinfahrt, um sich dann irgendwo in den Weiten des Pazifiks zu verlieren. Am Horizont tauchte ein Boot auf und nahm Kurs auf den Hafen. Ich weiß nicht, woher ich es wusste, denn auf die Entfernung konnte man selbst mit dem Sehvermögen eines Adlers den Namen des Bootes nicht erkennen, doch in diesem Moment wusste ich, dass Hauke an Bord des Schiffes war, das in den Hafen einlief.

»Anni?«

Haukes Verblüffung hätte nicht größer sein können, als er, noch an der Reling stehend, sah, wer da am Pier auf ihn wartete. Er blinzelte ein paar Mal, um sicher zu sein, dass er sich nicht täuschte.

»Ich habe ein paar interessante Neuigkeiten für dich und dachte, ich bringe sie dir persönlich vorbei.«

Er wartete erst gar nicht ab, ob das Boot vertäut war oder nicht, und sprang kurzerhand auf den Anleger, um mich stürmisch in die Arme zu schließen.

»Ich … ich … kann gar nicht sagen, wie ich mich freue.«

Er strahlte über das ganze Gesicht. Wobei von seinem Gesicht nicht viel zu sehen war, außer einem wirklich wilden Bart.

»Dann wird es dich bestimmt freuen, die Neuigkeiten zu hören.«

Ich küsste ihn lange und intensiv und all die Sorgen, die ich mir gemacht hatte, waren verschwunden.

Als wir uns voneinander lösten, sah er mich fragend an.

»Verrätst du mir auch, um welche Neuigkeiten es geht?«

Ich nickte. »Nemo und Dori sind gut im Nordpolarmeer gelandet.«

Er runzelte überrascht die Stirn. Es waren die zwei Buckelwale, die wir vor der Küste von Brodershöved gerettet hatten und die bereits vor Wochen ihren Weg hinaus aus der Ostsee zurück in die Nordsee und an die Küste Norwegens gefunden hatten. Die Boulevardpresse hatte ihnen diese Namen verliehen.

»Das ist … äh … das ist schön. Aber … ähm … also, die Kollegen aus Kiel haben mir schon eine Mail geschickt.«

Er sah tatsächlich etwas enttäuscht aus.

»Dann ist es ein Glück, dass das nicht alle Neuigkeiten sind.« Ich lächelte ihn an. »Ansonsten hätte ich ja völlig umsonst den weiten Weg gemacht.«

Er war noch immer verwirrt und schob sich seine dunklen Locken aus der Stirn, die wild von seinem Kopf abstanden und ihm tatsächlich das Aussehen eines rauen Seebären verliehen, so, als ob er dadurch besser denken und verstehen könnte, was ich da von mir gab. Es wurde Zeit, ihn zu erlösen.

»Was hältst du davon, wenn ich und Clara und Jule, also rein theoretisch, wenn wir dir die nächste Zeit hier oben Gesellschaft leisten?«

Ich sah ihn intensiv an, um auch ja keine Reaktion in seinem Gesicht zu verpassen, wenn er realisierte, was das für uns und unsere Beziehung bedeuten würde. »Also, natürlich nicht die ganze Zeit. Die Zwillinge müssten schließlich zur Schule gehen und ich müsste arbeiten. Es gibt da ein wirklich schönes

Hotel direkt am Hafen. Die sind auf der Suche nach jemandem, der ihnen bei den europäischen Touristen helfen kann.«

Er starrte mich noch immer an, unfähig, etwas zu sagen. Es machte mich zugegebenermaßen etwas nervös.

»Also, die Winter sollen hier ja auch ziemlich lang sein und da wäre es doch ganz schön, wenn du und wenn wir ...«

Ich konnte meinen Satz nicht vollenden, denn Hauke nahm mich so stürmisch in den Arm, hob mich hoch in die Luft und wirbelte mich mit einer Leichtigkeit über den Holzsteg, als wäre ich ein Kind. Seine Jubelschreie schreckten sogar die Möwen am Ende des Anlegers auf, die sich missmutig zum Trocknen in die Sonne gesetzt hatten. Als er mich hinunterließ und meine Füße wieder festen Boden unter sich hatten, sah ich ihn atemlos an.

»Ich bin jetzt mal ganz mutig und interpretiere deine Reaktion als Zustimmung.«

Er atmete tief durch und ließ mich dabei nicht los.

»Absolute Zustimmung.« Er küsste mich erneut. »Ich liebe dich, Anneke Larsen, und ich will verdammt sein, wenn ich nicht jeden einzelnen Moment mit dir aus ganzem Herzen genießen würde.«

Er lachte befreit, als wäre eine große Last von ihm gefallen. »Und das Gleiche gilt auch für Clara und Jule, nur falls du dir ihretwegen Sorgen machst.«

Ich schüttelte den Kopf. Ich hatte beschlossen, mir überhaupt keine Sorgen mehr zu machen. Und keine Pläne.

Man wusste schließlich nie genau, was passierte, wenn man dem Leben die Chance gab, einen glücklich zu machen.

Nachwort und Dank

Liebe Leserinnen, liebe Leser.

Wie immer möchte ich mich an dieser Stelle für Ihr Interesse bedanken und ich hoffe, ich habe Sie ein weiteres Mal gut unterhalten können und Ihnen mit meiner Geschichte ein paar entspannte Stunden bereitet. Es würde mich sehr freuen, denn das ist etwas, was wir in diesen Zeiten sicherlich alle gut gebrauchen können.

Es ist fast genau ein Jahr her, dass ich nach einem wunderschönen Sommerurlaub in Schweden mit der Arbeit an der Reihe um die drei Larsen-Schwestern angefangen habe. Voller Elan und Freude habe ich mich auf das Schreiben gestürzt und war gespannt, was mich diesmal erwartete. Denn jedes Buch ist auch für mich ein großes Schreibabenteuer, bei dem zwar die Richtung feststeht, aber ich nicht weiß, was noch alles auf dieser Reise auf mich zukommt.

Nur so viel sei gesagt: Es war ein aufreibendes Abenteuer. Mit unverhofften Hindernissen, Krisen und Abschieden, die so nicht geplant waren. Und es gab Augenblicke, da war ich kurz davor, die Reise abzubrechen, weil mir die Kraft und der Mut gefehlt haben, die jede Geschichte erfordert, die erzählt werden will. Jetzt ist auch diese Reise beendet, und manchmal frage ich mich, wie ich doch noch ans Ende gekommen bin.

Die letzten Monate waren nicht nur für mich, sondern für viele, viele andere Menschen eine große Herausforderung und Prüfung. Ein winzig kleiner Virus hat unser Leben innerhalb kürzester Zeit auf eine Art und Weise verändert, die wir sicherlich nicht für möglich gehalten hätten. Und wir alle müssen einen Weg finden, mit diesen neuen, unverhofften Umständen, die unser Leben plötzlich bestimmen, klarzukommen.

Es mag sich komisch anhören (immerhin habe ich mir das Ganze ja nur ausgedacht), aber mir hat es geholfen, Anni dabei zu begleiten, wie sie ihr Leben nach ihrer persönlichen Katastrophe wieder in den Griff bekommt. Eine der wichtigsten Erkenntnisse war, dass wir dabei nicht alleine sind oder es alleine schaffen müssen. Und so bin ich in erster Linie meiner Familie und meinen Freunden dankbar, die mich auf dieser Abenteuerreise begleitet haben und für mich da waren, wenn ich es am nötigsten hatte. Ich wünsche mir sehr, dass auch Sie Menschen an Ihrer Seite haben oder finden, die Sie bei Ihren Abenteuern begleiten.

Ein ganz besonderer Dank geht auch an all die fleißigen Mitstreiter in meinem Verlag von Montlake, die dafür sorgen, dass meine Bücher den Weg zu Ihnen finden. Und ohne meine wunderbare Lektorin Lena Woitkowiak wäre ich völlig aufgeschmissen. Danke für Deine Unterstützung!

Vielleicht ist es Ihnen aufgefallen, und falls nicht, dann werden Sie hoffentlich nicht allzu enttäuscht sein. Aber Brodershöved, dieses zauberhafte Dorf an der schleswig-holsteinischen Ostseeküste, gibt es so in Wirklichkeit nicht. Es entspringt allerdings nicht alleine meiner Fantasie und ich habe mich von zahlreichen wunderschönen Küstenorten inspirieren lassen. Und vielleicht kommt dem einen oder anderen Leser ja etwas bekannt vor.

Was nicht meiner Fantasie entspringt, ist der katastrophale Zustand der Ostsee und seiner Küstenlandschaft. Unzählige Tier- und Pflanzenarten sind bedroht, allen voran diese zauberhaften, scheuen Geschöpfe – die Schweinswale. Sie sind die einzige einheimische Walart, die es vor unseren Küsten gibt. Sie und ihren gefährdeten Lebensraum zu schützen ist mir ein großes Anliegen. Wir alle können etwas zu ihrem Schutz tun und das Erste, was mir dabei einfällt, ist, sich zu informieren. Der NABU in Schleswig-Holstein bietet da zahlreiche Informationen und auch geführte Walbeobachtungstouren an. Ein Ausflug mit den Experten lohnt sich immer, glauben Sie mir.

Nun bin ich wirklich am Ende dieser Reise angekommen, und ich hoffe, wir sehen uns bald in Brodershöved wieder. Die Larsen-Frauen sind schließlich immer für eine Überraschung gut.

Bleiben Sie gesund!

Ihre Elli C. Carlson

FSC
www.fsc.org
MIX
Papier | Fördert
gute Waldnutzung
FSC® C083411

Zeitfracht Medien GmbH
Ferdinand-Jühlke-Straße 7
99095 Erfurt, Deutschland
produktsicherheit@kolibri360.de

Druck:
CPI Druckdienstleistungen GmbH
im Auftrag der
Zeitfracht Medien GmbH
Ein Unternehmen der Zeitfracht - Gruppe
Ferdinand-Jühlke-Str. 7
99095 Erfurt